丝路北道

彭英之——

著

文匯出版社

图书在版编目（CIP）数据

丝路北道 / 彭英之著 . -- 上海：文汇出版社，
2023.8

ISBN 978-7-5496-4091-1

Ⅰ . ①丝… Ⅱ . ①彭… Ⅲ . ①游记－作品集－
中国－当代 Ⅳ . ①I267.4

中国国家版本馆 CIP 数据核字 (2023) 第 141526 号

丝路北道

彭英之 著

出 品 人 周伯军

项目策划 孙　晶
责任编辑 陈　屹
审读编辑 徐海清
装帧设计 今亮后声·张今亮　任晓宇

出版发行 文匯出版社
上海市威海路 755 号（邮政编码 200041）
经　　销 全国新华书店
印刷装订 上海颛辉印刷厂有限公司
版　　次 2023 年 8 月第 1 版
印　　次 2023 年 8 月第 1 次印刷
开　　本 890 × 1240　1/32
印　　张 12.25
字　　数 210 千
ISBN 978-7-5496-4091-1
定　　价 68.00 元

目录

自 序

　　1764 年 10 月的一天，一位二十七岁的英国年轻人来到罗马的卡比托利欧山。多年之后，当他在自传中写到为什么会花上一生去为这座城市修史的时候，史学家爱德华·吉本提到了这个年轻时的场景。他说当他坐在遗迹中沉思时，一些赤脚的修士在古老的朱庇特神庙里唱起了黄昏赞，而就是在那时，他第一次产生了为罗马帝国的衰亡撰史的冲动。

　　我也曾试图找到那个让我下定决心写这本书的时刻。它或许是在西安城楼下听民谣的深夜，又或许是在吉尔吉斯斯坦的天山下仰头的瞬间。但在记忆的迷雾中，我已无法确定它是哪一刻，甚至那一刻是否唯一存在。我只知道，在这一场不停向西的游历结束之前，我已经决定要为这条名为"丝绸之路"的

古路留下一份属于当代的记录。当我在中国西北和中亚的沙漠、草原与古都中驻足的时候，我一次又一次被这条大通路的样貌震撼。时间和地理为它构建了框架，人物和冲突赋予它内涵，而最叫我入迷的是几者间的完美契合。数千年来它的故事性始终充沛，来自五湖四海、不同肤色、不同信仰的人纷纷在这里留下印记，直到今天也未曾停过。

在这段旅程结束之后的五年里，我通过书籍、网络、视频等形式一次又一次地访问了这条通路。旅行本是一场祛魅的过程，但在重访的过程中，我不断感受到它无穷尽的魅力。五年的时间对丝绸之路来说微不足道，对我而言同样转瞬即逝。在厚重的历史书页与轻快的旅途见闻中，我努力寻找着那个适合叙述丝路的视角。最终我意识到，我和同伴们自己早已成为丝路上的角色。我们是时代投射在丝绸之路上的影子，是交流的媒介，也是冲突的载体。这是个典型的丝路故事。我要做的，就是认识这一层身份，然后将故事娓娓道来。

那就准备行装吧。我们，在破晓前出发。

一

这个时代的访客

2017 年 9 月 4 日。香港。

我今年二十九岁，平日在一家靠处理数据为生的公司工作。每天我七点半进公司，六点半离开，生活规律，唯一值得抱怨的是六台电脑屏幕对视力造成的不可逆损害。公司对员工很好，请假的要求大都应允，于是我可以没有顾忌地安排时间背包出行、冲浪，挥霍青年时代最后的精力与自由。在家时我会在窗台上种菜。爱种菜是中国人最朴实的基因。

三周之后我要踏上一场从西安出发的陆路西行，终点是伊朗首都德黑兰。伊朗签证的申请报名照现在丢在工位上，边上懒散地放着一板肠胃药——那是前晚被救护车送去医院后配的。为了这趟旅程我筹划了近两年，可要是当时医生诊断得再严重些，那之前的心血都得白费。西行的"同谋"此刻坐在离我四个工位的地方，他叫耐森，有个中文姓氏"孙"。耐森在得克萨斯长大，是个实打实的白人。他身高两米，体重二百五十斤，心眼很细，笑起来腼腆，有一种理科生的内向，朋友们总叫他"友善的巨人"。

"当时我一度以为整个计划都要泡汤了，"我捧着茶杯来到耐森的工位旁，侥幸的语气像两天前刚刚逃离了一个爆炸现场，"我是在凌晨三点给活活痛醒的。"耐森边听边点头，脖颈跟着前后运动。他总是这样，让人觉得特别有诚意。"还好，医生说只是急性肠胃炎。"

耐森大学时在北京学习过一阵，喝得微醺兴起时会拿毛笔写《兰亭集序》，也会在月色朦胧的时候背两首唐诗。他走路一般慢腾腾的，脸上挂着少年般的微笑，看到他会让人联想到河马：它们体型庞大，平时在水塘里一动不动，但真要跑起来，腿动得比谁都快。我见过耐森跑步，那场景犹如一座高速移动的大山。

我和耐森在美国念本科的时候相识，到现在已有十多年。我们读的是理论数学，他是我师兄，常给我在学校里答疑解惑，现在的工作也是他建议我申请的。那时我数学学得不大好，主要（借口）是花了太多时间去其他系上课。大四那年我修了一门希腊化时代① 历史，分数全班第二。 教授说可以转行，还来得及。 他建议我花一年时间恶补拉丁语和古希腊语，并说会给我写博士申请的推荐信。 我听闻之后大受鼓舞，然后没有实践。

　　毕业后我和耐森在同一家公司里编程建模。 下班后我只有脑力读小说，早前收的西方古典史书籍纷纷落得了吃灰的命运。 我读的是历史小说，最初是南斯拉夫作家的，后来是南美作家的，直到一位土耳其朋友给我推荐《我的名字叫红》②，自那之后一发不可收地走进了中西亚文学艺术的世界。 耐森下班之后也没闲着。 他学中文，听北欧工业音乐，不知怎的又喜欢上了收藏古代钱币。 我俩在工作之余各自不务正业，就这样一年年地朝着三十岁进发。

　　2015 年的某一天，耐森提出了一个看似不起眼的建议。那是一个工作日的上午，他用私人邮箱给我发了一封邮件，标题写着"去中亚旅行"。 我转头瞄了他一眼，发现他和平常工作的姿势一样，完全没有开小差的征兆。

*　　2016 年想 / 有时间去中亚吗？ 我想去。 如果你有空一起最好。 我们不需要现在做具体安排，可以先计划一下这次旅程该多长，什么季节去。 我没有*

① 希腊化时代，为公元前 323 年亚历山大大帝过世到公元前 30 年托勒密王国灭亡时期的总称。
② 《我的名字叫红》，诺贝尔文学奖得主、土耳其作家奥尔罕·帕慕克所著小说。

太多想法，觉得走个一到两周，去比什凯克^①、伊塞克湖^②、塔什干^③和撒马尔罕^④，有时间再去其他小点的地方。我不想去费尔干纳盆地^⑤或者去到离阿富汗太近的地方。……就我了解这个区域的其他地方应该还算安全。你怎么想？2016 年如果不行的话，2017 年也行。

那时我刚从伊朗旅行回来，工作之余处于对研习中西亚历史文化极度痴迷的状态，经常眉飞色舞地和耐森分享中西亚文明中心的辉煌成就。耐森总是听着，然后微笑点头。我一度质疑自己的痴迷是否来自不了解，本质上带有不经思考的东方主义。然而，不久后我确定，这份喜爱来源于纯粹的审美：中西亚的艺术造诣精湛，建筑绘画色彩绚烂，几何花纹繁复精致，在诗歌和文学上的成就堪称辉煌。我学完了菲利普·希提教授所著《阿拉伯通史》和波斯史诗《列王纪》，闲暇时开始靠翻阅波斯诗人哈菲兹和鲁米的诗集打发时间。现在耐森提议和我一起去探索中亚，我喜出望外，迅速在电邮上回复：

我本来预备接下来几年把丝绸之路分段走完。那就一起吧。2017 听上去更合理。2016 年的长途旅

---

① 比什凯克，吉尔吉斯斯坦首都。
② 伊塞克湖，世界第二大的高山湖泊，位于吉尔吉斯斯坦境内的天山山脉。
③ 塔什干，乌兹别克斯坦首都。
④ 撒马尔罕，乌兹别克斯坦第二大城市，中亚地区历史名城。
⑤ 费尔干纳盆地，天山间的盆地，位于乌兹别克斯坦、吉尔吉斯斯坦和塔吉克斯坦三国交汇处。

行我大都安排了。夏天去中亚可能会热得够呛，不如秋天。我听说这些国家的签证很难拿，可能得搭上一些研究项目才能拿到邀请函。

我不知道耐森与此同时正在非常深入地学习中国钱币。他刚一个人去了位于内蒙古额济纳旗的黑水城遗址和巴林左旗的辽上京遗址，实地考察收集到钱币的出土地点。这让我非常意外。我可以想象，他高大的身躯孤零零地站在北方的荒原上，远看像一座丰碑。多年之后，耐森在他的博客里写道：

> 从学问的角度上来说，我和英之是从两个方向接近中亚的。可以说我们各自来错了方向。英之大量阅读了波斯历史与艺术，拜访了伊朗。从这点上看，他是从西面来的。我对中国历史感兴趣，所以我是从东面来的。但英之是中国人，我是美国人，所以我们不知怎的搞混了，互换了出发点。我猜这就是21世纪的样子。

白天我们努力建模，晚上有一搭没一搭地做出行计划。这是我们之间的秘密。一件庞大复杂的事情做成前最好不要让太多人知道——这是我少数几条迷信之一。我想在条件允许的情况下彻底走一次丝路：从西安出发，出河西走廊后沿塔克拉玛干沙漠边缘绕行，再从天山北麓离开中国国境，穿过中亚到伊朗，沿里海进入高加索，最后终于伊斯坦布尔。耐森希望聚焦中亚，决定等我离开中国后再加入旅程。

19世纪德国历史学家李希霍芬（Richthofen）最初提出"丝绸之路"这个概念，目的是为描述贯穿欧亚的一整套贸易道路网络，而非一条具体的路。从这点上来说，想怎么走这条路，取决于我们的偏好。李希霍芬笔下的丝绸之路衔接欧亚大陆中部各个时期重要的贸易、生产和消费城镇，像一条大动脉为不同地区的文明提供新鲜的血液。它是一间露天博物馆，浓缩了人类社会的形态变迁，刻满了历史的教训。但当21世纪的乐章奏响时，中亚这片区域在全球经济和文化生活中的重要性已经降到几乎无足轻重的地步。也正因如此，为这场旅行收集有效信息要比我们想象得困难很多。我和耐森做出一张庞大的表格，用不同颜色标记沿路城镇，记录各地间的距离，在尽可能的情况下寻找连接各地的火车。

翌年六月我到美国出差，趁工作间隙在书店收下一套联合国教科文组织汇编的六卷《中亚文明史》，增购了户外装备。初夏的纽约充满悸动，树荫间流淌着音乐与期待。我来到大都会博物馆，穿过来自世界各地的游客人群，走进伊斯兰艺术展厅，拍下门口的中亚和中东历史文化中心的地图，以备查漏补缺。展厅内有许多细密画和织品的展品，不少来自中亚诸国。我在聊天软件上给耐森传去好几张照片，留言说："出差收获颇丰。"

第二天天蒙蒙亮，我半睡半醒摸向手机，看见耐森发来一堆邮件。我点开一封，发现是一份排版清晰的自驾可行性调查：

"我查了一下，觉得租车的问题在于没法异地还车。论坛上说可以先买车，离开的时候找机会卖掉。如果在一个国家买，去另一个国家卖，我们会触发汽车进口税——除非找法子让它报废，然后找警察局出示证明。"

第二封电邮补充道：

"你可以考虑在伊宁卖车，或者阿拉木图①。吉尔吉斯斯坦都是山路。确定要自己开吗？"

我睡眼惺忪坐起身，横过屏让邮件里的字显得大点：

"土库曼斯坦卖车可能有些困难。乌兹别克斯坦汽车的进口税特别高。或许你可以考虑开进伊朗卖？看上去大多数道路状况还不错。"

耐森写完，在邮件下方附上驴友论坛总结的中亚陆路口岸清单与地图的链接和图片，解题过程细致缜密，思路清清楚楚。我赞叹不已，想到既然他把宝贵的周末拿出来做研究，我就可以放心偷懒了。于是我放下手机，毫无羞耻地睡了回去。

这一年香港的冬天有些冷。听新闻说不少市民兴奋地去

---

① 阿拉木图，哈萨克斯坦最大城市，位于哈萨克斯坦南部。

大帽山①上看霜，不小心失温困在了那里。我和耐森在温暖的房间里敲定路线规划，联系一些同学朋友征询同行意向。几个月来我一直在研究《中亚文明史》，去哪儿都带着。这让家附近的小餐馆老板们印象深刻。他们常给我留出一个角落里的位子看书等餐。在所有的阅读地点中，我最喜欢三万英尺的高空，尤其是晚上起飞的航班。飞机上一片黑暗，座椅头顶打出的阅读光孤独而充实，像通往另一个时空的虫洞。

从很多角度判断，这个冬天人们的情绪是乐观的：中国的创业大潮如火如荼，美国最受欢迎的音乐剧是气盛的《汉密尔顿》，爱情歌舞电影《爱乐之城》横扫全球奖项票房。英国公投和美国大选给国际社会注入了不确定性，让人隐约觉得世界会朝更混乱的方向前进，但在表象里，一切都很积极。

春节后我到北京出差。夜里几个朋友来我的宾馆房间聊天。他们与我年龄相仿，大都在办公楼里坐班。我挪走书和笔记本，空出茶几，让他们摆满烈酒、啤酒、葡萄酒，不一会儿就堆得乱七八糟。众人聊得畅快，不久喝得微醺。做反垄断律师的如清拿起纸杯走到床边坐下，欲言又止。一会儿她站了起来，问出一个似乎困扰多时的问题："你们不觉得死亡这个事情真的很可怕么？死了就什么都没有了。什么都没有了！"

---

① 大帽山系香港最高峰，海拔 957 米。

"这个事情，我可以用量子力学来解释。"一位在创业公司工作的朋友站在书桌边，露出自鸣得意的微笑。他叫朱总，戴着眼镜，个子瘦高，脸上似乎永远挂着揶揄。"这个世界上可能有无数个平行宇宙。我们有一定可能在某些宇宙里观察到你死了，但你自己永远会身处一个观测到自身还活着的宇宙。"

"哎？"如清被绕晕了。她最近加班频繁，好不容易才出来喘口气，没想到迎面撞上平行宇宙。

朱总解释说："你作为观测者，在任何一个时间节点进入哪一个宇宙都是随机的，但是遵从的原则是熵越高越好。在这无穷多个宇宙子集里，有些你死了，有些你还活着，但你作为观测者应该只能去到你活着的宇宙里。"

我说："如果这个理论是对的话，那每个人在自己的观测里都可以活得无穷长。但别人在自己的世界里消亡的概率几乎是百分百。爱的人都死了，难道不会特别难受吗？会不会抑郁？"

大家沉默。如清更难受了，晕在床上看天花板。

"这是什么书啊？"一位瘦瘦的姑娘拾起书桌上的《中亚文明史》。她一头长发，瘦长的身子，气质飒爽，大家管她叫娜娜。

"《中亚文明史》。"我给娜娜解释，"三四个朋友约着走丝绸之路北道，只有我会走完全程，其他人会中间加入。本来我计划从西安到伊斯坦布尔，但现在看上去请不出这么长的假，可能只够时间到德黑兰。"

"这么酷？要怎么计划啊？"

"我和一个朋友研究这事儿已经一年多了，我啃历史书，做笔记，他在中亚旅友论坛上找信息。山川河流，国界关口，谁在东南谁在西北，刚开始根本说不清楚。我们只好标记值得访问的地方，逐渐划掉去不了的地方，现在做出了一张地图……"他们凑到我的手机边。屏幕上繁星点点，划着好几种颜色的线。"网上能查到一些东西，肯定要比古人方便，但各个国家的相关政策很难把握。我们最近找到一家看上去靠谱的中亚旅行社打听消息，顺带做签证邀请函。"

朱总打开自己的手机："计划什么时候？"我说："估计9月到10月。一头一尾我还没想好。估计几位旅伴能加入的时候加入，得离开的时候离开。""我有空，"朱总自说自话就把自己安排上了，"可以把国庆那段时间空出来"。其他人看到，马上有样学样："我也有空！""这个很酷哎，我也要来。"娜娜兴奋地瞪大双眼。如清没有反应过来，呆呆地看着大家，右颊上露出一个酒窝。

"呃。这场旅行会很辛苦。不是开玩笑。旅伴需要体力好，早上起来说走就走，还不好自说自话，随意脱队……""我可以！""我也可以。""等我和你确认哦。"

隔天酒醒，朱总和娜娜没有改变想法的意思。到了夜里，如清也终于鼓起勇气："怎么样才可以加入啊？我昨天听你说才知道还开放。""他们……不都当场和我说了吗？你也要吗？""如果人满了就算啦，你别为难。"她比朱总客气多了，我反倒不好意思。

我放弃挣扎，对耐森说，我们似乎要多几个旅伴了。

春夏之交，路线日趋明朗。我将一个人从西安出发，穿过河西走廊，沿天山北麓横穿新疆，等如清在中途加入。接着我们从霍尔果斯出关，在阿拉木图与耐森和大部队会师。之后旅队将结伴穿过哈萨克斯坦东南，钻进吉尔吉斯斯坦的大山，再从费尔干纳盆地出到平坦的河中地区①。几位朋友需要在这里离开，留守的同伴继续穿越红沙漠②到花剌子模绿洲③，再向南穿过黑沙漠④，到达土库曼斯坦和伊朗的边界。耐森与余下的朋友在这里与我做别后，我将再度进入伊朗，最后只身从德黑兰返程。这一趟我们约定全程走陆路，只在特殊情况下考虑飞机。

---

① 河中地区指中亚锡尔河与阿姆河中间的区域。
② 指克孜勒库姆沙漠，世界第十五大沙漠，全境位于中亚境内。
③ 指位于中亚西部阿姆河下游、咸海南岸的绿洲。
④ 指卡拉库姆沙漠，世界第十二大沙漠，全境位于中亚境内。

几个月后，香港步入潮热的初秋，台风一个接一个从城市外围飞过。离出发的日子不远了。耐森这几周正在仔细研究苏联出版的《粟特钱币目录汇编》和英国学者编写的《伊斯兰几何设计》。我刚拿到第三张签证，开始加快阅读《中亚文明史》最后一卷。旅队从我和耐森俩人变成了五个人、八个人，直到最多的一周时会有十一人同行。

一个周六的下午，我和最新加入旅队的亦舒在湾仔的咖啡厅讨论出行前的准备。咖啡店里人来人往，粤语、普通话、英语、法语一片混杂。这种多元和一千年前的中亚如出一辙。那时布哈拉和撒马尔罕的地位如同今天的香港、纽约，是令人兴奋的世界大都会，但现在的境遇和当年天差地别，两座城市的名字或许大部分人连听都没听说过。

"我怕中亚条件不好，最近肯定要再网购一下。"亦舒在文娱行业工作，"看看还有什么需要带的。一次性床套? 或者马桶坐垫? 我肯定会带很多药。"

"药确实值得带一些。"我记得在中亚工作的科学家伊本·西拿公元 11 世纪写出的《医典》，直到近代仍在欧洲当成教科书使用。

"大家的到达日期都定了么? "

"差不多了。两位谷歌工程师会从纽约飞哈萨克斯坦，耐森夫妇从香港过去汇合。朱总如清他们从北京飞伊宁。"听上去这仿佛一场当代经济中心朝旧世界经济中心的奔赴。在之后的几周里，我会与从事各行各业的同龄人同行。他们中有中国人、美国人、英国人，有的拥抱外部世界，有的活在自己的观点中，还有的在左右摇摆。大家从自己的生活中抽离，被丢进一个陌生的世界。用这个时代塑造出的人和思维去触碰丝路的变化和永恒，一定会出现些有趣的效果。

那天夜里我被救护车送去了急诊，幸好最终虚惊一场。2017 年 9 月 4 日，当我再一次在早晨七点半走进办公室的时候，我不再怀疑这一趟西行即将发生。三周后，我在出发当天下午拿到伊朗签证，与耐森在办公室暂别，踏上了第一周独行的旅途。

从深圳起飞若干小时后，飞机稳稳地降落在咸阳国际机场，一个与两千多年前第一个东方统一帝国"秦"捆绑在一起的名字。现在不再有人在灞桥折柳送别，取而代之的是由电波变成的发光文字。它们出现在小小的屏幕上，无视距离，从天而降，却让人担心会在不经意间消失。趁着飞机在跑道上滑行，我从包里取出随身携带的笔记本，它看得见摸得着，不会突然不见。我用手掌压了压纸，在第一行写下标题。从此刻开始，一切都将是故事。

二　一夜长安

深夜，西安的主干道灯火通明。

出租车一路向南，路过古钟楼，在靠近城墙的路口转上一条西向的小路。穿过一面牌坊后，环境霎时安静。现代工业城市轰鸣的背景声消失了，四周只剩昏黄的路灯和轻摆的树影。

青年旅舍的门外挂着两串红灯笼，像是为晚归的人留的灯。我拽下背囊，轻轻拍上车门，穿过门口昏暗的酒吧。"你的房间在二楼，走这边上。"前台像个学生，"早饭在你刚进门的地方，自助。"他伸头往酒吧用力瞅了两眼，发现两位散客还没有要结账的意思。我问："几点开始？明晨赶飞机。"他把身份证件递还给我："七点。需要的话可以更早。"

我循着他的指示找到木质楼梯。回廊空空荡荡，没有走道灯，屋梁上垂下的几盏灯笼似乎是空间中唯一的光源。我打开自己的房门，推开窗，放进沙沙的树声。几秒后，酒盏碰撞的声音零零落落地从楼下传来，又或许是一阵吹过风铃的微风。我收拾了一下，溜进古城的夜色。这个点能遇到的，多半是些灵性的物事。

城南的小街静悄悄，偶尔有自行车的链条声由远及近，再由近及远。几间深夜食肆亮着灯，影子和行道树纠缠在一起，叫人分不清虚实。我想起西安的朋友们提到夜宵时如数家珍的样子，从胡辣汤、手撕面、摆汤面到三鲜煮馍，全然刹不住车。这种烟火气让人莫名地熟悉，或许因为诗词歌赋里的汉唐长安城就是这样有人情味儿的。同样是都城，它比明清的北京城叫人觉得容易亲近得多。这里既有"一日看尽长安花"的得意，也有"渭城朝雨浥轻尘，客舍青青柳色新"的送别。这些文字有血有肉，让后来者每每读到都感到亲切。

这座城市现在的名字是西安。它承受着故都长安之重，就算汉唐的砖瓦早已消散在烟云之中，它仍需不停接待争睹长安气度的访客。古城的境遇大体如此：在人们心中，"长安"二字早已升华作了一个符号，大家不见得多了解它，也不一定多想真正了解它，却始终被它模糊鲜亮的形象吸引。为一个符号寻找载体是人类的本性，我也不能幸免。千百年来，多少人在这里度过了西行前的最后一夜，于是，在西安停留十小时对我成了一件再有仪式感不过的事。

我在一家揪面片店外拉过塑料凳子，找了张沿街的方桌坐下。老板很快把面端了上来，汤里放了韭菜和辣子，还加了点陈醋。我左手打开手机导航，手指划过朋友推荐的粉巷和大皮院，发现手里拿着一份伪装成二维的时空地图。"咸阳""未央""雁塔"这一众地名，深入民族记忆，每个名字背后各自隐藏着一个巨大的时代。它们在这里被如此轻描淡写地泼洒在城区的地图上，让人不禁感觉走进一场千秋大梦。当它们像油盐酱醋一样融入居民的日常生活，不知是叫名字失去了历史感，还是让城市里的人一直生活在错位的不真实感之中。

长安是丝路的起点。丝路初兴时，汉以长安为都。那时的长安像一个文明的二十岁，年轻，敢梦，向西进取。丝路鼎盛时，唐又以长安为都。这时的长安像极一个文明的三十五岁，仍然年轻，但是更为气盛，且厚积薄发，充满自信。因为自信，所以包容；因为包容，所以天下向往之，也能纳天下而用之。

如今西安仍是欧亚陆路贸易经济重镇。新闻里西安在争取人才落户，书记向自己的城市发出"西安十问"，要求官员开动脑筋提振发展。然而，背负这样历史气韵的城市总会活得有些身不由己。它远离全国政治中心千余年，却似乎永远无法摆脱取悦亿万国人的身份。但凡评论它的未来，总离不开它的过去。西安和一个"古"字，好像总也分不开。

我和老板娘结了账，骑上共享单车向南去。半夜刚过，明城墙下能听见两三个歌手在弹琴唱歌。这里不是唐代长安教坊，歌手们没有兴趣歌颂繁华壮丽，只是直白地分享平凡人的喜怒哀乐，一如那些写在长安的唐诗，古城的背景和他们像野藤蔓和土墙一样迷人地互相依靠。城墙边有一座颇有名气的民谣酒吧，门口的折叠椅上坐着几位已唱和待唱的歌手。我穿过入口，挤到一张长桌边坐下，身边都是年轻的男女。他们时而哄笑，时而窃窃细语，有人大喊心情不好要点歌，空气中弥漫着浓郁的荷尔蒙。台上的歌手不急不慢唱着民谣，陶醉在自己的音乐里：

> 日子一天一天就这样过去
> 那些荒诞的时光都已经忘记
> 想起那些慢慢变得陌生的朋友
> 一回头
> 青春都喂了狗

"我是甘肃的。平凉你们知不知道？"他放下琴，凑在话筒边介绍自己，"我中学的时候篮球打得很好，帮学校拿了全省第二名。省里嘉奖我们，直接给分配工作，去做体育老师。那个时候觉得自己好厉害，这个也算公务员了吧。"

他戴着费多拉帽，穿着纯黑的短袖 T 恤，故作深沉的嗓音通过扩音器传到不大不小酒吧的每个角落。一些听众停下对谈，另一些继续暧昧。

"校长吧，他看我留长发，说影响不好，叫我把头发剪了。但是他个子比我小，说话的时候很怕我。我那个时候就觉得吧，不能这样被束缚下去了，对不对，就辞职了，把辞职报告一扔扔在校长桌子上，然后就骑车去拉萨了。"

歌手描述着他的见闻，声音弥漫在刻意黯淡的光线里。若干世纪后，如果有人要构建一条"古文艺之路"描绘21世纪初中国文艺青年的出师历程，那丽江、大理和拉萨应该赫然在列。歌手故事里的挣扎与纠缠平凡而熟悉。那些关于故乡和远方的故事在这座城市的酒馆茶室中已经演绎了一两千年，每次都能触动几个年轻人的心。

他讲完架好琴，正预备拨弦，又凑回话筒说："我们西安是好地方。中国的首都是哪里啊？大家都知道是北京。可我一直觉得是我们西安。我们西安几朝古都来着？十三？对吧。所以说，北京还年轻着呢。"

他语气平静，话里满满都是长安的影子，那个让人自豪的进取意象，一个大国的符号。可现在长安早已活成抽象而浪漫化的记忆，一个任众人随意解读的概念。今时今日，北京接过了长安的头衔，取代了长安的功能，甚至也"借走"了长安的名字：天安门前那条十车道的长安街，国人每次阅兵都能见到，而它在隋代的名字"大兴"也被带到北京的郊区，进了新机场的名字。经过中原政治、经济中心上千年的东移、南移后，西安从汉唐两大世界性帝国的首都变成了一个中国西北的省会城市，但这不妨碍年轻人从周边县市聚拢到西安的酒馆里。他们在周五夜晚寻觅酒精和琴弦的声音，听歌手用精神上的骄傲慰藉现实，把梦想依附上一座适合遐想的城市。没有什么是长安人没经历过的，没什么比得上生活在中国人的精神古都。在幽暗的空间里，"长安"像一轮皓月抚慰着人心。

时间到了四更天。穿黑 T 恤的歌手换成了穿衬衫的歌手。门口还有一个在候场。我离开酒吧，看到城门下的两三个人仍在唱。门洞里的人行道上坐了一排年轻人在听，自行车不时从他们中间穿过。他们每个人都在自己的世界里徜徉，不知沉浸在臆想还是现实之中。昏黄的灯光映衬着安详的道路，陪伴着整个城市慢慢睡去，不知道唤起哪个朝代的梦。西安过了一千年富贵日子，又过了一千年小康日子，比起其他城市已经很受眷顾。这样的变迁、这样的现实与过往荣光，我在前方的路上还会见到很多。那里会有数不清的诗歌在跳舞，有众多时间埋下的暗号，还会有轻轻重重的期望和不同深浅眼窝的脸庞。

青旅门口的红灯笼指引着回房的路。穿过古色古香的走廊，我看到一架人力车。它放在楼梯背后的回廊上，挂了块牌子写着"请勿触碰"。它让我想起了那些摆放在自然历史博物馆门口的恐龙化石。

三

长城的尽头

大漠的白昼吞噬了西安的夜色，一阵风起一阵干燥。

我向西两千多里，来到陆路旅行的起点。从十米多高的夯土城墙上向外远眺，风土已与西安全然不同。野地的景致开阔荒芜，祁连雪山雾气茫茫，太阳躲在云后，光线仍旧刺眼。如有晴空落日，这样的风景一定摄人心魄。脚下的城墙从几千公里外的渤海边蜿蜒而来，在附近的山边画下句号。不远处的城楼上挂着大大的牌匾，上书"天下第一雄关"，宣告此处地界庄严。

嘉峪关，长城最西端的城关。它在明代的两百多年里标记了中原政权的疆界。关城建在南北两山间最狭窄之地，拦住东西去路，在群山之下一副万夫莫开的模样。东西城门上各有一座三层高的城楼，门外造有瓮城，防御体系环环相套，进出西域的商人在很长的一段时间里都要在此登记通关。我在城墙上绕行，看见迎面走来一队身穿明朝军服的群众演员，靴子砰砰带声。大风呼呼刮过，嘴唇皮肤不久就感到干裂。

"要注意防风哦。你们南方人细皮嫩肉的，一不小心就被吹跑了。"我想起朋友墨墨的关照。

呵呵。我不以为然地扶了下墨镜。

墨墨是嘉峪关人，帮我做过临行前的准备工作。我没想到会认识一个从嘉峪关来的人，总以为这座关口应该和山海关、居庸关一样，周围是个小镇，如果再大点，顶多是个光秃秃的小县城。墨墨纠正我说，嘉峪关是正宗地级市，20 世纪 60 年代就建了，城市的经济以工业矿业为主，是酒泉钢铁厂的所在地。这些我没听过。明朝时嘉峪关是边防重镇，一点风吹草动就会牵动国人的神经，可现在没多少人会了解这里的事。

墨墨大学毕业没几年，和我同在一个背包客群。不久前她搬去了成都工作，家人前几天又去了兰州。她觉得尽不到地主之谊有些不好意思，于是积极替我出谋划策："嘉峪关机场没有大巴，你刷脸吧，找找有没有人愿意捎你一程。你上飞机就自来熟一下，我觉得问题不大。"

我确信墨墨不是在开玩笑，但计划的可行性仍然让我心存疑虑。

"他们肯定都有人接。"她保证道。

同机的乘客们下飞机后果然一个个被接走了。我敷衍的尝试没能成功。这不奇怪。真正让我意外的是路边的风景。我坐网约车进城，以为会看到"大漠孤烟直"的景象，可机场路边没有一丝这样的感觉：沿路树荫成片，地上还有洒水装置定时工作。是的，体感是很干燥，眼前的色调是有些黄，周遭是没有什么农田，但树荫道看上去非常惬意，完全不是想象中的样子。

快车司机从后视镜里瞥了我一眼："别看现在这里美，过了这一段以后很荒凉的。"我不确定他是在宽慰我还是在借机感慨。"你是哪儿人？"他问。我说："上海。""上海啊。上海吃不吃烧烤的？""吃的，不过肯定没你们这儿的好。""你是来方特吗？"他又问。我说："方什么？""方特。"他再次说。

我说不好意思，我不知道方特是什么。他讶异地告诉我，方特是个游乐园。我说我来嘉峪关是来拜访嘉峪关的。他有些失望，把我在城里放下就走了，包车的联系方式也没留。我对方特的无知让他兴致索然。

我应该知道这个游乐园吗？

我舔了舔新近干裂的嘴唇，朝城楼台阶走去。旅行团的游客在地面上排着队，挨个爬上宏伟的城墙，构成一条不停蠕动的线。这里曾是边境重地，到如今听不见铁与血的呐喊，只有快门声此起彼伏，导游旗到处招展。只要愿意买票，谁都可以进入当年的军事禁区。它像一头陷入沉睡的巨兽，任凭参观者到处打量。关城历经最近几十年多次修复，现在像祭奠上个时代的纪念品一样擦得锃亮。

我朝关外西望，大片土地人烟稀少，未来几天要一路往那里去，气候只会更加干燥。我拿出无人机，螺旋桨"嗡"的一声启动，得意地冲城楼顶端升去。它的外壳是深灰色的，但如清管叫它"小黑"。它将是我一路上重要的合作伙伴。

"谁的无人机？降下来！降下来！"一位保安大叔循声冲来，满脸愤怒。

我看着他。他看着我。我低头看了眼遥控器。他继续看着我。我认怂。嘉峪关无疑在某些方面依旧戒备森严。我收好"小黑"，灰溜溜地下到内城外，看到一条长长的游客队伍排在"通关文书"的纪念品小摊跟前，边上是"丝绸之路"衣料店。新建的演武场上搭了两顶毡房，中间是一个文艺演出的舞台。一摞牌子靠在栏杆上，写着"中国嘉峪关国际短片电影展"，看日期昨天开幕，要持续到后天，不过选映的片目都是国内出的，有《话说长江》《故宫》《本草中国》和《瓷路》。听说开幕式昨天在关城内举行，安排了一场千人中国诗词朗诵会。

接驳电动车载着我从戈壁滩上驶向出口，横风不停拍打着车框。长城横亘在一百多米外，看上去气质雄浑，甚至霸道。它是专属华夏的图腾，曾经划出一个文明的边界，我想不出有什么其他人类的建筑能起到这样的作用。这是追寻大一统的国家才可能拥有的符号，叙事中充满小我的牺牲和集体的胜利。孩子们从大人那里听长城的故事，总会遇到"防御""保护""外族"这几个词。它们是深埋在中国人潜意识里的意象。如果一个外国人要了解中国，人们尽可以把长城指给他看说："喏，看到它，你就大概能明白个七八分了。"它与丝绸之路在中国土地上各自划下几条长长的线，唯有在这一带交汇。它们见证了明朝政府与草原汗国的攻防互通和数十年的闭关绝贡，在关城的一呼一吸间决定着中原文明封闭与融合转换的节奏。不过，这样的戏码现在不再在这里上演，甚至不再需要物理空间的载体。

出租司机三三两两在出口处等生意。他们穿着统一的蓝衬衫制服。"去长城第一墩嘛？可以去看一下。""悬壁长城。可以去悬壁长城。""包车，包车。可以都跑。"

似乎没人问方特。

"回城。"我最后看了一眼雄关，把活儿给了位女师傅。她慢悠悠地往城里开，不时往两边张望，漫不经心地兜着拼车生意。

"嘉峪关跑出租的女司机多么？"我看她完全没有征询我

是否介意拼车的意思，决定和她聊两句。"不少。咱们这儿夫妻档多，轮流开，这样不浪费时间，钱也是家里自个儿分。我开白天，老公开夜班。"一位中年女士在路边回头，师傅迅即踩下刹车问要不要回城。女士摇头拒绝。于是师傅又起了速。"收入还行？""唉！富不了，也饿不死。我加点气啊。"

她一路兜着生意，我也不催。市内的马路宽敞，街边火锅店和全国各地风味的小菜店很多，高楼不少，没有一点边塞城市的影子。广告牌表明，嘉峪关正在争创全国文明城市。20 世纪初瑞典考古学家斯文赫定探访嘉峪关时，附近只有一座破败的老镇，走的是骆驼和马。一百年后中心城区依然不大，但看上去已和其他现代化城市无异，甚至同样绿化成排。街景里见不到什么和长城有关的视觉元素。那座关城是本地日夜生活的背景，看上去也是最视而不见的摆设。

"方特到底是个啥？"我发消息问墨墨，"为什么会有司机以为我大老远来嘉峪关是为了方特？""那是最近几年才建好的游乐园。"墨墨回复，"有点火。貌似西北片区这个游乐园最新、最大，所以有很多西部地区的人是专门为了去游乐园才在嘉峪关过夜的。以前嘉峪关是个旅游城市，但是并不是过夜的选择。""原来如此。看上去还是新玩意儿吸引人。""你在哪儿？""刚到镜铁市场，在找你推荐的眼镜烤肉店。"

市场里人声鼎沸，不像有什么吃饭的区域，环境纷乱，倒能想象出几分边塞市集的味道。我穿过拥挤的人流，嗅到了干辣椒和花椒的香味。"眼镜烤肉店"的招牌挂在一个露天的角落，店内外人很多，随处摆着折叠椅。我找到桌子坐下，十串十串地点了烤肉，又加上了一杯杏皮水。

"那边冷么？还绿吗？"墨墨问，"我过年骨折了都没回去。""凉快！比我想象的绿。就是白天暴晒。""紫外线好强的好吗？戴帽子啊。你再去个敦煌，去个新疆，估计亲妈都认不出你了。黑。"我想了想，决定告诉她，去的是瓜州，不是敦煌。

"眼镜！"邻桌的男人冲我身后叫道。顺着声音望去，一位戴眼镜的大叔正气场十足地打着电话，想必是老板本人。他身旁倒挂着两只去了毛的羊，大声呵斥着电话对面的羊肉供应商。听到邻桌打招呼，他点头致意，然后转过身去。

"你运气还有点好。"墨墨看到我发去的两张城楼照片，"那个城楼，不知道怎么回事，我有好几次去它都围起来了。它要修缮嘛，所以那个墙之前看起来都很新。""之前去是学校组织的春秋游吗？""自己去啊。学校没组织过。哈哈。票价这么贵估计组织不起。"

服务员端来了一份香气四溢的烤肉，我拿起一根啃了下去。"你是大学的时候离开嘉峪关的？""是。""那你的朋友们现在还在吗？""好多同学都在全国各地，一般学校比较好的都在外地定居了。经济还是主要因素吧。本来就是移民城市，上一辈都是全国各地去的。我家是姥爷那一辈过来的，支援西部什么的。"

我从来没以移民城市的视角看待过嘉峪关。但这里确实从来都是如假包换的移民城市。古时在这里迁入迁出的是戍边将士和边境商人，现在是工业人才和家庭，不同的是现在出入嘉峪关变得便利。当年苦守边疆的士兵或许想不到未来会有旅人来这里吃烤肉，喝杏皮水，更难想象陇海兰新线和连霍公路会从城市的南面穿行而过。这两条路将中国的广大的疆域牢牢连在一起，完全无视当年这里曾经是一堵有形无形的墙。

"你在这里说普通话没人会当你外地人的！全城都是普通话。"墨墨还在担心我不放心，顿了顿又说，"加上你不白话的呢，一般不太容易被骗。哈哈哈哈。"她揶揄起我来总是很直白。我在手机上找到几张方特的图片，游乐园的设计元素采用当地特色，有莫高窟形状的，还有伊斯兰风格的屋顶。

"你准备回来吗？"我问墨墨，"回嘉峪关生活工作。""不会，从没打算回去工作呢。主要还是气候太干燥，工资水平略低。我本身就不稳定，可能喜欢到处跑吧。你白天多涂点防晒！虽然我小时候从没涂过那个东西。"

我大灌了几口酸甜爽口的杏皮水。墨墨在成都湿润的气候下，会不会不再习惯这边的烈日和大风了？服务员又端上一份烤羊腿，我顺手拿起一串咬下，肉质香软有弹性，调味充盈口腔，确实是上海不容易找到的味道。"眼镜"骂完供应商来到邻桌寒暄，受欢迎的样子让人想起二十公里外出土的魏晋墓烤串胡人像。客人络绎不绝地走进他的烤肉店，隔壁排档铺的老板带着羡慕的眼神时时往这里张望。以前嘉峪关管控着中原和草原间的往来，现在人们尽可以选择自由来去这座城市。长城在这走到地理的尽头，也走到了职责的尽头。它不需要在当地居民的生活中凸显存在感，日后最好也不用再度启用。但我知道那座宏伟的关城屹立在那儿，就算只是摆设，也总会用历史启示一些人，提醒一些人，教会他们隔离与融合的微妙平衡，为他们指明未来进出时该走的路。

太阳落低，镜铁市场的上空晕染着橙红色的光彩，桌上堆起了一摞油光光的金属签。我起身穿过人潮汹涌的市集，在路口找到一辆液化气出租车。嘉峪关市牧马人国际青年旅社在城南，前台立着一匹黑不溜秋的模型马，边上的留言板上贴着世界各地来客的感谢和感想。侧墙上有一面手绘地图，为他们显眼地标注出长城相关的景点，在方特的位置上留了空。

"我明天要赶凌晨五点多的火车，这里的大门半夜会锁么？"我问前台的姑娘。"不会，直接出门就好。火车站知道怎么走吗？""知道。你们这儿进出方便。"

旅社走廊上敞着几扇门，里面摆了好几张胶囊太空舱式的上下铺床位，舱内用紫光照明。这种未来主义和大漠莫名契合，或许因为大漠是一张能任人涂写的画布。我走进走廊尽头的单人间，放下包，拿出笔记本，开始洗去一天的日晒和风尘。还是得听墨墨的，明天出关，该买瓶防晒霜了。

四　荒漠瓜州

卧铺车的隔间里飘荡着三位赶路人均匀的鼾声，车厢里慢慢有了光线。小桌板上渐次划过电线杆等长的淡影，上铺的被子耷拉下来，成了下铺的床帘。我撩开紫色的窗帘布，发现清晨的戈壁渐渐有了形状。大漠见不着边，只有红柳和梭梭在自由无羁地生长。

墨墨没法在接下来的路上帮到我。她在嘉峪关生活了近二十年，却从没去过更西面："你要去哈密？这对嘉峪关人来说都很远了！"

我并不着急去哈密，半路先在瓜州下了车。它曾是初唐时的一座边境城市，清朝时改名安西，到了民国复改原名。当代县城坐落于疏勒河边。县城面积不大，从一头走到另一头用不了半个小时。现在不是瓜州的旅游旺季，但就算在旺季它也没有邻居敦煌出名。它比嘉峪关安静，没有几间宾馆，也见不到大巴车来来去去，房屋以平房和多层为主。王安石写瓜洲和京口只有一水之隔，但此"瓜州"非彼"瓜洲"，没有三点水，也没有多少水。没有水的瓜州属于安西极旱地区，一年不下几滴雨。

在城南的废墟间我站上一座风化多年的土堆。大风肆无忌惮地拍打着身上的衣衫。太阳很亮，体感很干。四下望去，再绿的植物都蒙上了一层土色。

"对面是北门，"一位年轻的导览员帮我往远方指去。顺着她指的方向能在土墙遗存中大约看出个门的样子，又或许看不出，只是想象。土墙的形态各异，努力一下可以在脑中还原出其他结构。从嘉峪关往西，一路都能见到这样被风化的城楼。比如阳关，比如玉门关。

导览员指的是当年玄奘偷偷出关时走的瓜州城门，那时瓜州城址还在这座废墟的位置。玄奘西行取经时途经瓜州，凉州发函前来捉拿，若非当地官员照应，本来无法出关。东方帝国历来极少派遣留学生，像玄奘这样的千百年来边防以捉住遣返为主。官派留学项目直到清末才第一次成建制出现，距今不过一百多年。在此之前，就算仗打不赢，人们也极少认为有大范围去其他文明学习的必要，当代学生自由出国学习的情况古时闻所未闻。清代以前的文人墨客少把玄奘拿来做人生榜样，倒对编撰他的故事很感兴趣。

"这是箭楼，"导览员把我的注意力拉回了脚下，"那里可以看到城防的马面 ①。"沙土做成的几何体有了名字后多了几分生气。它们被太阳晒得泛光，制造出一种炎热的假象，然而空气中的温度并不高。这座城池在明初还有人居住，到嘉峪关闭关之后才被彻底遗弃。现在它叫锁阳城，名字来源于地面上一株株叫锁阳的植物。

导览员带我在风中下到地面。她戴着遮阳帽，穿着长衣长裤，特意戴了一副白色的手套，看她斯文、白净的模样，显然一直在用心防晒。相比之下，我露在外面的皮肤有些太多了，而且还没找到时间买防晒霜。不知道她平日里一次会带多少访客，但现在偌大的戈壁遗址上只有我一个人。除去呼呼的风声外，一切都很安静。导览员启动电瓶车，控制方向盘颠过坑坑洼洼的地表："怎么会想到来这里？""我在走访丝路，"我诚实地回答，"从嘉峪关到瓜州，明天入疆，几天后从霍尔果斯进中亚，之后一路向西，最后到伊朗德黑兰。"这是今天第二次有人问我这个问题。上一次我不是这么回答的。

"哦？跑这么远呀。一个人么？"她音调略微升高，眼里

---

① 城墙上突出的矩形墩台，方便防守者从侧面攻击来袭敌人

透露着惊讶。她把自己浑身保护得很好，唯独没戴墨镜。"现在是，过几天就有同伴了。"我停了停，又问："你是本地人么？""是的，"她依旧盯着前面的路。我好奇当地的生活细节，可苍凉的氛围让私人问题突然显得不合时宜。四周几乎没有任何成形的人造建筑，一片片杂草从土地中挣扎而出。几百米外，玄奘曾经开坛说法的寺庙只剩一座拇指状的遗迹，俊美而孤独。

"今天上午在榆林窟，真的太好看了。"我想了想，抛出一个新话题。"嗯。"车上再度陷入沉寂。

我们在距寺庙一百米开外的地方停车。我和她不作声地朝遗迹走去。两人间满是荒漠的气息。

上午被问到为什么来这里时，我正在几十公里外的榆林窟。石窟位于榆林河谷内，有些遮挡，不至于像这样从头到脚地暴晒。窟内负责接待的也是个女孩子，但她不是本地人。她今年刚毕业于四川外国语大学，现在在榆林窟做双语讲解。她个子不高，眼中闪烁着那个年龄人群自带的理想主义和认真。

"为什么这么老远跑来大西北？"我问。"喜欢。"她解释得直白，甚至带着可爱的严肃，然后又随即反问，"你怎么会想到来这里？""喜欢。"这个回答同样简单合理。我没忍住笑。她也笑了。在榆林窟容易遇见喜欢石窟艺术的同好：它沿山壁开凿，内藏的几乎全是国宝。石窟始建于唐代之前，比起同属敦煌石窟群的莫高窟要小很多，而且因为偏远，访客人数也要少不少。20 世纪 40 年代张大千曾经为其中的几窟壁画久驻瓜州，临摹不倦。

"你是从瓜州县城过来的么？"她问。我点头。"现在有新路了，方便很多。几个月前坐班车过来要开好几个小时。""几十公里路要这么久？""是啊，全是土路！"她的语气忆苦思甜，又带着些许骄傲。

她带我和一位同时到访的中年女士爬上山壁进窟，用手电指向窟内的藻井和石塑，提纲挈领地点出各民族作品风格之异同，看得出下了苦功夫。相比于一切都被岁月磨到糊的锁阳城，榆林窟内的形象要热闹多了。无论是汉人还是回鹘人，或者是吐蕃人、西夏人乃至蒙古人，他们在瓜州生活时的长相衣着、器物审美尽被收在了壁画之中。这些人看重的尘世俗物早已被沙尘和时间掩埋，自己最志得意满的样子却以供养人的形式被定格在画中，成为后世珍视与研究的瑰宝。瓜州与敦煌在晚唐至北宋初年间隶属汉人的归义军政权，史料在新旧《唐书》和《资治通鉴》中颇少，后人常来石窟中寻找可供研究的线索。

"有特窟票的跟我来吧。"讲解员带我们看完七个普通窟，回到山壁下的出发点。"特窟？这里的特窟可以看？"我惊讶道，旋即朝售票处跑去，远远听到她笑着叫别急。售票处不接受电子支付。我把钱包里的现金尽数上缴，勉强剩二十元防身。

同行的中年女士发话了。她看上去家境殷实，保养得很好，在每窟的佛像前都会认真拜两下，但对细看壁画造像没有兴趣："小伙子不好意思，我从敦煌专程过来的，下午要回去赶飞机，能不能先每一窟都去一下，一会儿你们再回来慢慢看？"

她或许有事求于佛菩萨。我客气地答应了，只是有些惋惜。比起独立的壁画、雕像甚至寺庙，佛教石窟的空间感异乎寻常地强烈。穿过一扇窄门，窟内便与窟外彻底隔绝，仿佛一个完整独立的天地，既有善舞的飞天，也有开坛说法的佛菩萨，还有百态千相的众生。这里有云有河，有花有树，若是匆匆来，匆匆去，如何能沉浸进这个平行洞天？

女士拜完佛像后离开。我突然拥有了全世界的自由。讲解员带我来到一窟内，虚掩上门，打开手电，在墙上映出蓝光。瞬间世界神奇地凉爽下来。说看到的是壁画，不如说是灵动的影像：墙上留下了两幅西夏画师留下的水月观音，身形柔美，斜倚水边。手电似月光，在菩萨身上泛出飕飕的凉气。他们衣带飘飘，身后浮云朵朵。我在画前，却似在画中，石窟内好像轻风拂面，水波荡漾，没想到竟能获得如此强烈的通感。隔壁窟中的两幅《普贤变》《文殊变》更加摄人心魄。画师在壁画顶部用蓝色青金石颜料构建出苍劲有力的山水，又在山水间绘出巨幅腾云的菩萨。墙面上的颜料堆积得错落有致，让一切动态立体，好像风云交错，菩萨现身，秀美而壮阔。手电光细细幽幽，划过每一个人物，最终落在壁画中左部的玄奘形象之上。他的裤腿细带被风带起，四周云彩环绕，身后的白马将将停步，身旁是他被困瓜州时认识的胡僧石磐陀。退后看，佛菩萨和贤人头顶的光晕都融在近似动态的大山水之中，好像大千世界以极快的速度在眼前变幻。优秀的东方宗教壁画离不开灵性的山水树石。画师们在这些洞窟里不知度过了多少月盈月亏，让眼和手超脱艰苦的现实，任凭内心的自然宇宙指引方向。

我痴痴地看着，讲解员在一旁耐心地等待。她带我攀上上层的第二十五窟，突然加速向前。窟内不知何时来了一群中年人，细听是来开文博会的各地文化部门官员。"快点，到前面去，听老师讲。"她仿佛班上的好学生，被安排来照顾后进生。两面墙上绘着《观无量寿佛经变》和《西方净土变》，临摹作品挂在人民大会堂的甘肃厅内，是中国佛教壁画的巅峰之作。正在讲解的资深老师信佛，评论佛陀的开眼时带着无比的情感。年轻的讲解员带着崇拜的眼神听讲，眼中放光。她在榆林窟不知道会工作多少年，但在二十出头的年岁能日夜与这些富有强大精神力的艺术作品相处，怎么看也是一种特权。她带着发自内心的喜悦和热情工作，就像大漠上的红柳一样，生长得自由而欢愉。瓜州对她来说，想必是个充满宝藏和惊喜的地方。

数小时后，在锁阳城荒芜的废墟里，我和导览员走到了寺庙。

标记上说它叫塔尔寺。四下望去，视线里没有榆林窟壁画上的清凉山水，只有沙土的颜色。我没戴帽子，更不用提防晒手套，被烈日暴晒到几近生无可恋。在空旷的天地间，塔尔寺的废墟仿佛人类精神宗教生活最后的痕迹，昭告着遗忘的胜利和人类挣扎的溃败。这里看上去经历了一场不可逆的变化，被一种极强大的力量碾压了。和锁阳城一比，榆林窟愈发像一处隐于河谷内的避难所，保存着文明仅剩的形象。

导览员见我记录完毕，带我回到电瓶车上。她转动钥匙，喃喃地问："荒凉吧？"马达声配着风声，嗡嗡声中一片寂静。她望着远方，不知道是在问我还是在问自己。我不知道该如何应答。这一刻脱离所有的讲解词，诚实得让人猝不及防。我看着她的背影，不知道她想没想过离开，又为什么留了下来。我仍然问不出口。随她的视线望去，红柳和锁阳是巨大的天地间能见到的仅有的生命。同一个瓜州，同一片荒漠，来的人去的人，各有欲念，各有考量，何为家，何为远方，如何会有一致的答案。

一块写着"玄奘之路"的石头有些违和地摆在不远处，从风化程度看是这几年才摆出来的。石头的第二行刻着"行动理想坚持"三个词，是不少拉力和徒步活动的起点。当年玄奘在此"愁愦，所乘之马又死，不知计出，沉默经月余日"，无奈深夜出发偷渡。如今他的名字成了一个对大众的行动有号召力的符号，这是他身后多少世纪里未曾有过的待遇。活动举办时这里一定很热闹，来挑战的人们从更舒适的地方专程到这里来，虽然不能说是一种刻奇行为，但确实是特定人群才会有的想法。对于本地人来说，残酷的自然环境仅仅是一种无法与生活分割的现实。

电瓶车在沙砾碎石上颠簸地向前开去，导览员复归沉默。我想起在遗址外等我的包车司机。一小时前，他教会了我一个词。

五　里人

"口里人。"

锁阳城售票大厅里空空荡荡。张师傅那时说的应该是口里人，也有可能是口内人。他口音有点重，看不出是满脸严肃还是面无表情。说到这里时导览员姑娘还没来，就我和他两个人坐在金属椅子上聊天。

"口里人啊，心眼多。"他翘着二郎腿陈述一个事实。我发声应和，觉得他应该不在说我，然后顿了一下，不知道为什么心里会有一丝负罪感。

口里指的是长城内。我肯定算口里人。口里人有许多想法，这里人没法理解；这里人有许多想法，我们也没法明白。一群口里的商学院学生打着玄奘的名义，千里迢迢跑来这里徒步，就是一件当事人觉得特别值得，而张师傅觉得莫名其妙的活动。

张师傅不是口里人，他是土生土长的瓜州人。他在新疆当过兵，退伍后回瓜州买了部车跑出租。女儿今年三十，在县城当护士，外孙有一岁半了。

我以前不认识张师傅，以后恐怕也不会见到张师傅，但这一天我们几乎一直在一起。早晨见到他时，我只是单纯地想找一个包车司机。那时天才蒙蒙亮，风还没起来——又或者是起了，被火车站拦在了身后。我下了火车，在站外的高台上看到一群出租司机在台阶下招徕生意。他们用力地挥舞手臂，却始终没有踏上台阶一步，仿佛一条隐形的栏杆挡住了他们。张师傅既不是站在最前面的，也不是喊得最凶的，长相也不特别。事实上我不知道为什么挑了他。我走到他跟前，说要包一天车。他乐呵呵地应了，告诉我自己姓张，并说东千佛洞在修，去不了，但榆林窟、锁阳城和破城子都没问题。至于明天凌晨包车去疏勒河火车站也能跑，可能他来，也可能他的朋友来。我俩很快就费用达成一致。

单人包车是一件特别有意思的事情，因为你就此与一个陌生人商定无间地共处很长时间，在荒野里有一种生死与共的意味。然而在你们组成一个团队的同时，你又要认真明白你和他仍是生意伙伴的关系，而且从某种程度上来说，你的风险不只是钱财，更有可能是你的安全。

还好张师傅是个好人。我开始怀疑，在随机选中他的几毫秒时间里，我潜意识里的好人辨别仪是在飞速工作着的。

又或许，这里的人大都是这样好的。

很快我就发现，我和张师傅的关系不仅仅是乘客和司机——起码不是我想象的那样。他开到县城，先给我买了素包子和油条做早饭，又不愿收钱。"不要买肉包子。"他系上安全带，"馅儿都是猪脖子上的杂碎肉做的，不好吃。我们买的都知道。"我捧着意料之外的早餐有些不知所措，拿出一个菜包咬开，一阵香气溢出，胡萝卜丝儿馅油得恰到好处。

其实泰式猪颈肉挺好吃的，我心里想。

他沿着新修的县道把我送到榆林窟，相约一小时后见。看特窟的间隙，我打了几次电话给他向后推时间。他不急，或许是习惯了等待，又或者只是客气。我有些不好意思，决定出窟后回请他一顿午饭。离开河谷时，当地中心医院的医务人员把我们拦下盘查鼠疫，趁这当会儿我对张师傅说，一会儿哪儿见到银行麻烦停一下，刚才买票的时候现金用完了。

"没事，大不了午饭的时候借你。"张师傅不以为意。这让我有些尴尬。锁阳镇上有一家农村信用合作社，可是取款机里钱取不出。张师傅帮我四处问了问，都说镇上只有这么一家。他还是说，大不了借我点钱。我有些急了。如果是银行卡的问题，那包车的钱怎么付呢。微信转账？我试探性地提了一下，张师傅只是面朝前地开车，不知道是不是没听见。

幸好镇上的餐厅有微信支付。我大方地加了两个小菜。张师傅看上去开心，呼呼地把面吞了。

锁阳城离锁阳城镇中心不远。到达时售票大厅里空空荡荡，没有游客的痕迹。我俩坐在大厅里等导览员和电瓶车，我，张师傅，和一排金属椅子。

"这里人真少。"我说，"昨天我在嘉峪关，游客很多。前天在西安更不用提了。"

"我去过口里的。"我记得张师傅说出这个名词时慢条斯理，"口里人啊，心眼多。这里人实诚。"

当我跟导览员姑娘从锁阳城里走出来时，张师傅已经回到车上睡着了。一早去车站找活，到了这个点不免有些乏。我也有些疲，不知道是因为赶了破晓前的火车，还是被遗址上的大风吹的。"风现在已经小喽。"张师傅坐起身来系上安全带，"防沙造林好多年了。我小时候，瓜州一个月只有七八天晴天。平时风大，能把人吹跑。以前这里只敢造平房，最近才开始建高点的楼。"我看着窗外的大漠，感觉黄沙遮天蔽日时无处可躲。这是瓜州人曾经每天需要面对的现实。在一处前后没车的地方我拜托他停车，拿出"小黑"在强劲的风势中放飞。天空灰蓝灰蓝的。离路近的地方有不少绿色的低矮植物趴在地上，再远一些能看到光秃秃的土地在太阳下反着光，地貌平整，斑斑驳驳，一块灰绿，一块土黄。张师傅目不转睛地看着无人机传送回手机的画面，一句话不说。我把遥控器朝他那里挪了挪："你接过客人玩这个的么？""没有。"他倚着后备箱，皱褶的脸克制住好奇。

张师傅打开了话匣。他给我介绍历任县领导的名声。在这片贫瘠的土地上，能让居民们生活好一些的都受欢迎。他带我继续沿着县道行驶，窗外始终是大片开阔的荒漠，砂石和红柳的风景直叫人觉得倦。途中经过几个乡，没见着一处能取钱的地方。张师傅说县城有一家农业银行，可以去柜台。我不再多想，决定回城再说，应该有法子让口里人把钱给上的。

张师傅对我的心理活动全无了解。他开进一个村子，在一处土城边停下。我四下张望，没见到哪里有信用社。"破城子。"他指了指土城，我才恍然想起一早和他提过要来此处拜访。遗址的形制很小，没有景区，也没有围栏，只有周围一圈严实的铁丝网。张师傅下车，在墙外的铁丝网间找到一处三十厘米宽的口，过人肯定不够。我绕着铁丝网寻找进入口——我在北方几十个县拜访过古建，用各种招数打开过看上去进不去的门，这里肯定也有方法——"哎！"张师傅见我走远，立时把我叫住。我回头，见他用力撕扯那个缺口，两下拉出一个人宽的身位。

城内空空如也，唯有一块全国重点文物保护单位的牌子。考古证据说这里从汉代就开始使用，在唐代可能是一座县城故址，但具体情况无法确定。出土文物送去了研究所和博物馆，光看围墙形制没什么特别的地方。

"回县城找银行吧。"我回头，见张师傅在城墙入口处等着我。他若无其事地挤出铁丝网上新开的口子。我抓紧跟了过去。

农业银行在县城大马路上。我在取款机前终于听到机器清点现金的声音。我俩都安心了。他心情大好，在一个小区门口的瓜摊停下，招呼我过去买瓜。当地的蜜瓜出名，《后汉书》在敦煌郡的条目后写"古瓜州，地生美瓜"，历朝历代是人们追捧的珍品。张师傅弓着背，在二十多米长的瓜堆里帮我挑拣："这个瓜只能在这里吃，不能上火车。运到口里卖会坏，吃不了。"

我抱着蜜瓜走进宾馆，道别前与他确认明晨会否接我去疏勒河站。他仍是说，可能他来，也可能他朋友来，但现在要赶着回家。他给了我一张名片，希望我能转给来这里的朋友。

我把瓜在宾馆放下，路过一个广场，在新造起的多层公寓附近找到一间餐厅。服务员小妹看我一个人来，给我拿来一盒开过的餐巾纸。"别人没用完的。"她咯咯地笑着说，"还有不少。开新的要收费，不值。"我含笑接过，担心习惯了这里人直白的好意，回到口里会不习惯。

第二天凌晨，我照约定带着行李在楼下等张师傅。我想和他聊聊当地的营生，再问问他会不会希望外孙长大后去口里读书工作。我和张师傅只相处了一天，却已像是一个一同经历了许多的朋友。

　　出租车在黑夜中如约而至。没想到一个陌生人从驾驶座探出了头。"去疏勒河车站是吧！"他问。唉——我苦笑。口里人啊，果真还是想太多。

　　我点了点头，把背囊丢进了后备箱。一会儿上车，还是接着睡吧。

六　入疆

　　清晨的火车哐当哐当向西行驶。车外天地辽阔，车内的卧铺转身困难。我在上铺坐不直，只好一路窝着。枕头上留着两根上一位游客的头发，也可能是再上一位的，看长度属于一位女士。列车从齐齐哈尔来，往乌鲁木齐去，横跨中国广袤的北方，不知道她是在何处上的车，又是何处下的车。

　　离开西安后的第三天，我沿着预定路线入疆。玄奘离开瓜州后走的也是这条路。那时窗外的荒漠叫莫贺延碛，《大慈恩寺三藏法师传》描述它"长八百余里，古曰沙河，上无飞鸟，下无走兽，复无水草"。玄奘在沙漠里迷路、晕眩、疑惑，九死一生才找到法子出来。现在可以坐翻新升级的火车入疆，实在没什么好抱怨的。

　　唐代丝绸之路自瓜州起分岔。丝路中道和丝路南道离开瓜州后朝西南方向前进，途经敦煌附近的阳关和玉门关，沿新疆南部的塔克拉玛干沙漠南北缘前进；丝路北道转向西北，经哈密穿越天山北麓的草场进入中亚。我选的是后者，现在正朝着哈密的方向去。

瓜州县城的火车站没有直达哈密的列车。凌晨四点我坐上张师傅朋友的车，六点抵达一百公里外的三道沟镇疏勒河站。上台阶时四周一片漆黑，我腿软摔了个趔趄，被前后两个大背包死死摁在地上，怎么也站起不来。远看我像只翻过身去的乌龟，奋力挣扎好一会儿后才重新起身。车站内开着两条黯淡的日光灯管，乍看以为没开门，走近才发现两个人躺在椅子上睡得正香。站内找不到厕所，管理员没有踪影，于是我摸到站外找了棵树。一片黑暗中，我隐约看到树干上挂着一块牌子，打开手机灯光一照，发现上面写着一行愤怒的别字：

不须减手，违者罚款
（不许解手，违者罚款）

看样子找对树了。

在站台上候车的人都已经裹上了冬装，只有匆匆出门的我还披着单衣，躲在站台下面的隧道里瑟瑟发抖。天蒙蒙亮时绿皮火车终于进了站。我和它一起长长地舒了一口气。卧铺车走廊暗着灯。我找到上铺铺位预备休息一阵，可惜下铺的爷孙俩醒了。他们你一句我一句，听得出是去乌鲁木齐找孩子爸爸。孩子问爷爷要这要那，在车厢里活蹦乱跳，开始消耗一天的能量。我蜷着身子，在手机上记下"比在飞机上遇见熊孩子更惨的，大概是在卧铺车上遇见熊孩子"，然后戴上耳机，试图用音乐抵消狭小隔间内的吵闹声。音乐是柯以敏的《空船》，歌词改编自清代诗人纳兰性德《长相思·山一程》：

山一程，水一程，身向天山行。
风一更，雪一更，夜深千帐灯。

琵琶和绰尔的伴奏声声传出，我在缓慢沉重的旋律中寻找到慰藉，好像有人在陪自己一起向天山前行。山不远了，起点就在前方的星星峡。脚边的门时开时闭，走廊上走过拉伸做操的人，还有刚起床的人拿着热水瓶匆匆穿过。我从包里拿出《中亚文明史》第六卷，继续学习19世纪中叶起中亚的政治变迁与国家建立。火车朝甘肃省界的方向疾驶，路边是连绵贫瘠的土地。

过去一两百年里，好几次著名的入疆征程走的都是这条路，比如，悲壮的红军西路军西征，再比如，左宗棠收复新疆。新疆的面积巨大，把华中和华东地区全放进去都填不满。它一般被划分为北疆、南疆：北疆位于天山之北，传统上是游牧民族的草场；南疆位于天山之南，由塔克拉玛干沙漠和周围星星点点的定居绿洲组成。此外，有时把吐鲁番市和哈密市称为东疆，是北疆、南疆以东与河西走廊接壤的区域。它古名伊吾、伊州，长期有定居人口，因为地理位置的缘故，经常被中原和草原政权反复争夺。《后汉书》描述它说："汉常与匈奴争车师、伊吾，以制西域焉。"《新唐书》有类似的记载，说它："商胡杂居，胜兵千，附铁勒。人骁悍，土良沃。隋末内属，置伊吾郡。天下乱，复臣突厥。贞观四年，城酋来朝。颉利灭，举七城降，列其地为西伊州。"数百年后，明朝军队与西北的东察合台汗国间发生了著名的哈密之争，以明军四得五失、最终关闭嘉峪关收缩防守告终。《明史纪事本末》用整整一卷《兴复哈密》记录了这段历史。

新疆的土地经历过数不清的民族迁徙、融合和变化。从考古挖掘出的高鼻子白皮肤的干尸，到信史记载的突厥、回鹘、吐蕃、契丹、蒙古部落与迁居至此的中原汉人，他们都曾把这里称之为家。在这片地理舞台上出现过的民族，族源与去处常有说不明的地方。有时他们会突然到来，过一阵又悄无声息地消失——又或者，他们只是换了个名字和身份，和别家融合了而已。民族的本质决定了它是不断变化的。入疆、出疆，来来去去，迁徙定居，仿佛再平常不过的运动。

"苞米！热的苞米！"乘务员推着一车蒸玉米走过，香气弥漫在卧铺车狭窄的走廊之上。爷爷出去买了两根做早饭，我也伸手下去买了一根。窗外荒凉的土色被大片棉花田取代，看样子列车刚在不知不觉中入疆了。棉花是新疆重要的农产品，产量占到全国八成。现在是收获的季节，田里一片一片都是白色的小点，在它们中间，一个个其他颜色的大点正在埋头劳作。

火车减速，不久驶进哈密站，停稳后又长吐一口气。我和爷孙俩告别，背上大包踏上新疆的土地。车站外搭着几张巨型广告牌，一张上说："像爱护自己的眼睛一样爱护民族团结。"另一张写道："民族团结是发展进步的基石，是各族人民的生命线。"不时有路人从标牌边经过，身上朴素的衣着和板上鲜艳的民族服饰形成了鲜明对比。酒店房间的书架上放着老派的旅游指南，说哈密有古城废墟，有烽燧，还有佛寺遗址，不过都离市区很远。新疆东部的大部分地区都属于哈密市，面积超过整个福建省。说一个古迹在哈密，可能开车要好几百公里。

过去口里人穿过莫贺延碛后总要在哈密休整一下：玄奘到附近的佛寺讲了几天经，左宗棠在这里备战了好几个月。而如今，我也需要好好在这儿喘口气。城市街边的高楼不多，大都披着无聊的外衣隐藏在城市的轮廓之中。这里更好看的是树——好几天没见到这么多树了。它们里三层外三层地长在路边，光看到就让人感到富足。树荫下有几位家长在校门外执勤。他们穿着反光外衣，拿着透明盾牌，其中一位女士还穿着高跟鞋，看样子是午饭时间从单位赶来的。沿街建筑朴素，一些口里城市过去一二十年里对大型地标建筑的喜爱之风完全没有刮到这里。不仅现代建筑不张扬，哈密几千年的历史同样没能在市区留下什么地标性的建筑。没有物理空间中的载体来做参照系，时间的维度难免显得抽象。古希腊史学家修昔底德在《伯罗奔尼撒战争史》里已经认识到了这一点，指出人们常会过分依赖遗址的模样，去想象它背后的文明。做法虽然过于简单，但也无可奈何。嘉峪关有城楼，瓜州有锁阳城，可哈密几乎什么都没有。它处于一个文化过渡带，没能多元浓烈，反倒朴实得小心。

环城路上有一座回王陵，是城里唯一一处全国重点文物保护单位。它隐藏在一片参天大树背后，外表低调，占地不大。园内没有任何其他访问者，连售票的工作人员都不见行踪。如果没有指示牌，人们不会猜到墓主们曾经统治当地数百年。回王陵显眼的主体建筑由石头搭建，顶部施以墨绿色琉璃瓦。在它身旁矮一些的是汉蒙风格的台吉大臣墓，楼阁呈帐篷状，梁柱刷成了褐红色。边上的展馆内空无一人，正中一面大屏幕在循环播放回王们的爱国事迹动画片，马蹄声在展馆中声声回荡。这批回王是 17 世纪到 20 世纪初的哈密统治者，在清军入主中原后选择由准噶尔汗国倒向清政府，被清廷册封为王，史书上记为哈密回王。陵园的总体面积不大，在喜爱宏大气势的中国王陵中显得特别低调。这不意外。古代东疆的统治者总被更强大的力量虎视眈眈，难以在大历史的进程中高调起来。这片地区似乎永远是草原政权与中原政权间的门户，是前线，是桥头堡，是大棋局里的眼，出不了什么霸王，也建不起什么丰碑。

手机震了。是朋友红叔。

"哈密就是个城市，没啥好玩的，三小时车程有个叫巴里坤的地方，有森林，草原，牧区，有全疆最好吃的蘑菇。"红叔这位土生土长的乌鲁木齐人，自打在印尼旅行时和我相识之后，常被我拉着回答关于新疆的问题。临行前我问他在哈密不能错过什么，他说得问问，现在才出现。

"那哈密瓜该去哪里吃？"入疆后我肚子里的馋虫一直在积极蹦跶，中午靠羊腿抓饭果了腹，晚饭又去了一家柳树沟丸子汤，现在嘴里还回荡着牛骨和药材汤底的香味。"哈密啊……"他对我的问题显然很困惑——可是哈密这么大，不同乡镇的产品间难免有些区别吧。路边一个汉族小伙儿在皮卡上卖哈密瓜，我过去让他称了一个最小的，一看还有五斤多。我抱着瓜走进宾馆（这场景似曾相识），回房切开去籽。哈密的事问红叔或许不大公平——乌鲁木齐离这里有近六百公里路，虽然都在疆内，但属于两个完全不同的地理区域。

"这是我发小。"红叔拉了一位朋友入群相帮。但发小对哈密也不了解。"说实话，巴里坤湖我一直没去过。"发小说，"如果要去伊犁，我可以帮你问一下独库公路封路了没有。你可以在奎屯下车，在当地包一辆车，直接从独库到那拉提，然后从那拉提去伊宁。9 月底就怕封路。"

窗外的火车站口不见了人群，看上去今天的车次已经跑完。我谢过红叔和发小，盘算着几天后怎么赶到伊宁和如清接头。丸子汤的味道还在口腔游荡。我又拿起一片瓜。"我准备明天早点去乌鲁木齐。"我向他们宣布，"一个人在这里吃不过瘾，不如直接去乌市，搞不好可以找到一起吃饭的人。"红叔表示支持，又提醒说："瓜吃完记得洗嘴，要不然皮肤容易出问题。糖分太大。"我收起瓜皮，起身往洗手间走去："明天去乌鲁木齐，还会有很多问题问你们。"

我想起了早上在火车上遇见的爷孙俩，他们应该早到乌鲁木齐了。现在这个点，孩子应该已经睡下了。不知道他的兴奋劲有没有持续到父子相会。

七

北庭客

我赶了早班车来到乌鲁木齐，现在不住地打着呵欠。团结路上车流拥挤，头顶的高架也没好到哪里去，沿路到处是正在开挖修地铁的工地，还有天山区争创全国文明城区的标牌。公交车上坐着形形色色的市民，有的提着蛇皮袋，有的戴着时髦的软毡帽，眼眶深深浅浅。司机头顶的电风扇晃晃悠悠地吹着风，背后用汉维双语写着请勿乱丢垃圾。团结路、金银路和东一环路交界处的岔路口人车混杂，没画横道线，过街地道也封着。我问附近的特警该怎么过。他被逗乐了，看着我说，就马路上过，看着点车。行吧——也就八根车道。

我计划去乌鲁木齐东面的唐代北庭都护府遗址，因为包车安排，先得在城里呆一天。红叔逮着机会给我补课，教我在疆内碰到问题该怎么解决。他平日戴着眼镜，一副斯文的样子，要发起狠来却不难。他给我讲过很多小时候在乌鲁木齐的故事，不少和放学操场约王八拳有关。但他做过更多犯傻的事儿。有一年大冬天乌鲁木齐下了雪，地上结出细冰，他百无聊赖，看到一辆大卡车正在启动，于是抓住车的尾杆向前滑。卡车越开越快，他越滑越刺激，没想到脚下的冰突然没了。他整个人飞了出去，抬着头像企鹅一样在水泥地上滑行，胸前的衣服一会儿蹭得稀烂，回到家就被一顿暴打。过了几年，他个子高了些，胆子更大了。有天他瞄见某个厂区内有根六十米高的烟囱，至少一半没装护栏，于是拍拍脑袋决定往顶上爬。来到顶上后才发现，烟囱壁上早已布满了某某到此一游的刻字。他霎时意兴阑珊，无聊地往底下吐了几口痰，下到地面就给厂区的值班大叔逮了。

红叔现在年届不惑，在北京工作，一年顶多回乌鲁木齐一周。有孩子之后他有一阵没回去了。另几位当地朋友这两天同样不在乌鲁木齐，我找人吃饭的愿望落空了。我走进街边一家餐厅叫上一个馕和几根羊肉串，服务员直接和我用维吾尔语打了招呼。我猜是因为我晒黑了，也可能是因为眉毛，又或者因为他不会说普通话。我好奇周围的人在聊什么，最近本地大家关心什么事，可是这家店桌与桌之间的距离太远，其他顾客说的语言我又听不明白。于是我又求助红叔："乌鲁木齐有没有咖啡馆推荐？"他回复："新疆，咖啡馆，认真的吗？""那茶室呢？乌鲁木齐不可能没有吧。大家上哪儿聊天？""我们聊天就喝啤酒。喝茶和喝咖啡那是……口里人的事。"此刻，他的眼神可能和那个特警一样，充满对口里人的怜悯和关爱，"喝酒可以去友好商场夜市。二道桥夜市也可以。"

中学时我随父母来过一次乌鲁木齐。那时我对它印象不深，或许是因为城市建筑和口里的城市过于相似。我的新疆记忆里有吐鲁番的葡萄、高昌的风沙、喀纳斯的清晨，甚至还有青河地震带的荨麻丛，可我对乌鲁木齐的印象一团模糊，唯一的记忆片段是中科院新疆地理研究所的大门。多年之后，我一个人来新疆，发现这里比我记忆中的审美风格要多元许多，路上走的人着装各异，建筑元素丰富。

"你只去北庭是吧。"第二天早上，电话里传来梅子的声音。窗外，宾馆背后的操场上发出了晨练的出操声。"是的。宾馆门口见。"

梅子身材健硕，戴着墨镜，和红叔一样是土生土长的乌鲁木齐人。他平时跑长途，今天答应带我去两百公里外的北庭都护府遗址。出发时是上午九点，但太阳不过是口里七点多的高度。小车在河滩路上随上班的车流缓慢挪动，出城后开始与天山相随。沿路的风景不再像河西走廊西段和哈密那样荒凉，草原牧场和农田取代了干燥的风尘，水草茂盛，牛羊遍野。丝路北道在这里没了漫天的土，多了满眼的绿，但是依旧无比开阔。

北庭都护府遗址所在地原叫庭州，大家时常以北庭简称之。现在北庭属于吉木萨尔县，是昌吉回族自治州的一部分。它交通便利，南北疆皆通，设立之后帮助唐朝丝路新北道迅速发展，晚唐时被吐蕃占据，后属不同突厥部族，更名为别失八里，意为"五城"。过去一千多年里，北疆一直有这么一座能够统领全域的枢纽城市。那个年代是北庭，这个时代是乌鲁木齐。

"现在的人像你这样的越来越多了。"梅子戴着墨镜，头发两边剃得短，头顶横过来梳，像 90 年代香港电影里的硬汉。"你们喜欢自己跑。以前我开大巴车拉，一车一车的。你这次没想去个高昌或者交河？"过了一会儿他又说："北庭出瓜出蒜，一会儿街边有的卖，想买可以带点。"

北庭这个名字叫人想起诗人岑参。在所有唐代边塞诗中，"忽如一夜春风来，千树万树梨花开"一定是其中绮丽的佼佼者——是怎样的妙想，会让诗人受着深秋的寒风想起春风，看着冰晶雪花想到梨花？《白雪歌送武判官归京》作于北庭，诗人让这片土地从此披上一层奇幻浪漫的外衣。现在和岑参作诗的时节一样，都是阴历八月，但天边看不出任何要飞雪的痕迹。梅子穿着一件黑色带花纹衬衫，看上去还是初秋的打扮。

写《白雪歌送武判官归京》时，岑参第二次出仕塞外。他志存高远，希望和他曾经身居高位的父辈祖辈看齐。第一次出塞时他写下了"丈夫三十未富贵，安能终日守笔砚"这样的诗句。可惜几年后安史之乱爆发，他未有机会重现先辈在政治上的辉煌。但他在文学造诣上为后人竖起一座丰碑。如果没有他，北庭在史书中只会是干巴巴的记录，无景，无情，可有了他之后，就算生活在江南雨巷里的人，都能想象出大漠瀚海铁血军歌的模样，看见大背景下的那些小人物。

可岑参的诗又只写出了军旅生活。广阔的西域除去战争之外，分明也有莺歌燕语、花前月下、黄发垂髫，同样有着"日出江花红胜火，春来江水绿如蓝"和"明月松间照，清泉石上流"的景色。只是他没有去这样记录，不屑或是没有心思去这样记录。西域对他来说是一片充满理想和机遇的地方，同样是一片不真实的地方。这和他的职业有关，更由他的心境决定，但他这些充满着感染力的诗句，多少影响了后世观察这片土地的视角。

岑参不是孤例。对于古时来此为中原帝国守边的汉人官员和士兵来说，西域永远只是边疆。越往西，越是如此。他们来北庭，或为擢升，或为寻口饭吃。到最后若有善终，他们大都念着要回帝国的都城，要回乡。他们在北庭是客，北庭在他们的生命中也只是一段经历，不会真正成为家。那个时代汉人生命的锚一直在口里的土地上，现在去世界上的偏远角落打拼的出海企业员工们对生活大约也有类似的感觉。有些事的本质或许永远变不了，只是外表上改了头换了面。

说到底，汉族文化深入骨髓地恋家：出仕要告老还乡，生意发达要为家乡修路捐学校，人物简介里总要标明祖籍，祖宗崇拜宗祠庙堂贯穿整部历史。相比之下，搬去美洲和非洲的欧洲人早已放下了对祖宗地的执念。他们只是粗略地知道祖上的血统。比起念着原本的故乡，他们更愿意全身心地投入到新生活中。非是说汉族人不愿离乡，只是对家的理解和执着不同罢了。墨墨的家，张师傅的家，锁阳城导览员姑娘的家，红叔的家，每一个都纠缠于个人记忆之间，被亲情和友情羁绊，又在不经意间被周围的文化塑造，但最后总逃不出"此心安处是吾乡"这句话。它很私人，同样很普适，而且还是无数个互不退让、似乎永远无法完结的争端的由头。

临近中午，我们离开高速下到吉木萨尔县城，绵延的天山依旧在旁远远跟随。县城原本的荒地上造了很多新房子，都是新村式的多层建筑，虽说宽敞开阔，但不知道吸引什么样的购房群体。看得出这里游客不多，指向北庭遗址的牌子东倒西歪。梅子把车开上一条小土路，不久在一片树荫中停了下来。原来遗址入口已经到了。大铁门紧闭。定睛一看，上面挂了块牌子，蓝底红字地写着八个醒目的大字：

遗址施工 暂停参观

我僵住了。

铁门内一个可以叫住的工作人员都没有。我和梅子前前后后看了半天，没找到瓜州破城子那种可以钻进去的铁丝网缺口。我抓拉着大门往里望，只有树和杂草挡住去路。为何出发前没有提前查一下开放情况呢？"走吧。"梅子知道留着也只是浪费时间，"我们去吃点拌面。"

我快快上车，懊恼不已。梅子原路倒出，带我进到离北庭不远的阜康。拥挤的街道边餐厅口味天南海北。他给我买了一只烤包子，带我走进一家拌面店，同旁人一样熟练地拿茶水涮了碗，再往桌底的垃圾桶里一倒，让人想起广东喝早茶的习惯。

"运气不好。没办法。"梅子把墨镜摘下，"要不要明天去交河？""算了。"从网上的照片看北庭和瓜州锁阳城差不太多，遗址上主要剩下土城墙、地基与箭壕，只有西大寺的土台和石窟与众不同。虽然它陷入沉寂，不再拒敌门外，却仍能让访客悻悻而归。"要不要去自治区博物馆？值得看。有干尸。"我点点头，只好退而求其次。

博物馆底楼的展厅里摆放着北庭都护府遗址出土的文物，每个展厅里都挂着不同风格的丝绸之路路线图。梅子提到的干尸文物在二楼。几队中学生走进展厅，不少趴在玻璃柜上看得入迷。一位年轻的母亲带着孩子路过这里。小孩不大想看，妈妈也不强求。她带孩子往出口走，说："他们以前也在这里生活的。"

我低头端详这些被时光封印的人。他们中有汉人，有印欧人，有军人，有贵族，横跨数千年：唐初麹氏高昌国的张雄将军看上去胸腔巨大，腹部凹陷；三千五百年前的"小河公主"保存良好，头发看上去还有点泛红。他们是新疆历史长河中微小的沙粒，因为机缘巧合成了时间拍下的照片。和他们相比，我只是一个闯入当地生活的过客。

我不敢惊扰，轻轻走出展厅。天色不早了。回宾馆的路上没见到茶室和咖啡屋，倒见到好几家全国连锁的火锅店、烤鱼店、快餐店。这与当年北庭和内地的区别不可同日而语。我不知道这里几个月后会不会有"瀚海阑干百丈冰，愁云惨淡万里凝"的景象，但它已经不是岑参《北庭作》里写到的"孤城"。这个时代人们依旧来来去去，但有更多人扎根于此，城市的样貌不会再如同另一个世界那样陌生。

"一起长大的朋友都还在新疆吗？"我问红叔。"大多数都在。做什么职业的都有。有兴趣的话我给你介绍。"我在窗边坐下，决定先找找他之前提及的夜市位置。操场上傍晚雄壮的出操声有节奏地传进房间，叫人想象起北庭军士当年的声音。我的眼皮慢慢沉重。我听见夜市鼎沸的人声，听见酒瓶被踢翻的声音。又不久，就什么都听不见了。

八

新旅伴

如果不出岔子，我即将迎来旅途上的第一位旅伴。

上次见到如清还是两个月前。那时我俩都在纽约出差。和她初识时，她刚从海外一家法学院毕业，才在北京安顿下生活。我从没见过一个像她这样又迷糊又透彻的人。丢三落四不说，动不动错过火车不说，她脸上总带着不设防的笑容，让人担心走在路上会被欺负。可她总能在不经意间做出最精辟的点评，仿佛早就看透一切。平日里她古灵精怪的活泼模样，让人忘了她是一位出色的律师，工作起来时会气场大变，参与处理的商业案子时常会上新闻头版。我和她去过很多地方，但从没做过长途旅行。现在我们要在新疆见面，一起穿越三千公里的陆路，不知道会遇见什么性质的意外或麻烦。

我俩约在伊犁见面。临行前几天她热心地帮我挑选了乌鲁木齐的宾馆，看照片可以用豪华来形容：房间里的地毯和靠垫有浓郁的维吾尔族艺术风格，颜色艳丽；大堂墙上的挂钟除了显示北京和纽约时间外，还标记了莫斯科、阿拉木图和塔什干时区，一副气吞中亚的样子。她啧啧地评论说"浮华"，然后帮我按下了预订键。 我在这儿住了两天，发现房间电话是坏的，窗户关不紧，过道里的服务员听不懂普通话，但楼下的自助晚餐一定会提供蒸扇贝。 我向她反馈："确实浮华。"

出发前如清把包早早理好，看上去一切就绪。 可是她恐飞。 这对一名要时常出差的律师来说，是个相当糟糕的设定。她等飞机起飞时会手心出汗，颠簸大了还会吓哭，有的时候只好吃点短效助眠药，但据说褪黑素已经无效。"到伊宁之后都是陆路。"我安慰她，"你最后忍一忍就好。 还有……""什么？""最重要的是印有吉尔吉斯斯坦签证的那张纸一定别忘带！"我一连重复三遍。 上个月她为旅队搞定了这张集体签证，但忘带的话一切白搭。"知道了……加上娜娜你们说四遍了。"

我在晨光中离开乌鲁木齐。 几千里独行后能有一个旅伴的感觉令人期待。 绿皮火车沿天山向西呼啸前进，窗外的景色在棉花田和大烟囱间交替，我靠在紫色的窗帘边读读写写。有一阵路旁出现好多辣子的晒场，原来是路过了号称中国辣椒之乡的安集海。 火车开到石河子和奎屯时手机意外跳出了 4G

的信号，离开后又变回了 3G 的样子。卧铺车晃晃悠悠，像摇篮一样叫人睡去，一觉醒来发现火车已经钻进了天山的肚子。再出来时外面都是发黄的草，宏大而萧瑟。

火车驶进伊犁州。这片大地农牧相间，草原山川遍布，大气壮美。首府伊宁市，前身是清朝建起的伊犁九城之一宁远城。它位处乾隆至同治年间清政府统治新疆的权力中心，过去两三百年间一直是北疆数一数二的重要城市。在草原上有一座城对于习惯定居生活的百姓来说很必要。商贩可以在这里找到交易的场所，人们也能相约在这里见面。如果没有城市，我很难和如清在伊犁接上头。我大概得说，"河上有座长得像老人的山，北面有棵胡杨树，在那下面见"，然后祈祷她不要迷路。

火车缓缓进入伊宁站，从嘉峪关开始的两千多公里绿皮火车旅途宣告结束。我收拾行李下车，发现如清的飞机晚点，才到克拉玛依。这么看来晚饭得犒劳一下我俩，烤全羊太过的话火锅也行。现在有两个人，任何分量大点的都好。但首先我得回到城里。伊宁的火车站比机场离市中心还远，车站的建筑形制对称，石制立柱高耸，气魄很大。屋顶下一个个造型简单的拱券相连，既有苏联式古典主义的规范，也有伊斯兰建筑的风格，凸显出当地的历史特色。出租司机在出站口到处揽客。没走两步我就被一位大叔盯上了。

"去哪儿？""伊犁宾馆。"他示意我跟着，带我来到出租车候车区一个旅客边。"在这儿等。"他言简意赅。我四面望了望，发现好几组互不认识的乘客都在等自己的司机凑人。不一会儿，我们的司机带着另一个落单的客人回来，领大家到出租车边，把副驾驶位分给了我。我转头，发现两位萍水相逢的旅伴没有互相寒暄的意思。师傅入城，放下第一位乘客，向她收取全额路费，全程没有语言交流。

"您是哈萨克族人么？"我问司机。"不是。我是维吾尔族人。哈萨克族的都在城外放牧，不在城里。"他说着开进伊宁另一个住宅小区，收了第二位乘客全程的钱。跑一趟可以赚三单。我作为最后一个下车的，获赠伊宁住宅小区半日游。

伊宁地处边陲，曾经受苏联的影响较大，发生过居民逃边现象，严重扰乱了中国边境地区的安全。现在伊宁市景从容，街道树荫成片，人群熙熙攘攘。城里还有不少以斯大林命名的街巷，这在全国都很少见。

如清订的宾馆正是苏联 1962 年关闭的领事馆原址。宾馆庭院幽深，绿树成荫，是个休息的好地方。我放下行李，拿出笔记本和书，看到如清来信说她登机了。估计她在路上没吃什么，我也正好出门转转，给她买点零食。宾馆外是红旗路，路旁家家户户挂着国旗，红得鲜艳。一家烘焙店的柜台后，一个小妹正在弯腰收箱子。"你好——"我清了清嗓子。她直起身，穿着白色的工作服，看上去不是汉族人。"想买些饼干。""什么口味的？"我指了指，沟通无碍。

我拿过饼干走到斯大林东路上，看到一家叫"馕王"的馕店。店内显眼的展柜上整整齐齐地立着五个油馕，分别印上迎接党代会的字样，里面的另一些馕上则写着庆祝国庆，这样密集的献礼在前几座城市都没见到过。买馕的客人很多，一买一摞，有原味的、玫瑰味的，还有花生味的。馕店边有一家正在搞活动的新华书店，还有一家大型百货公司。百货公司斜对角是城里的人民广场，现在大门紧闭。广场北面有一座宏伟的建筑，走近发现是市公安局。

"我到了。车子刚开。"如清通知。"我想吃鸡，"我宣布了对晚餐的设想，"大盘鸡"。"好的……吃……"如清一向懒得多想细节。"帮忙问问司机哪家好呗？""她说了：'大盘鸡？哪都有啊'。司机大姐一脸'大盘鸡还有啥区别'的表情。"

我只好打开手机边转悠边搜索，身边时常走过一些中年妇女，戴着头巾，上面绘着漂亮的花纹。胜利南路上有座汉地砖木结构的陕西大寺，远远能看到一个六角攒尖顶，飞檐上翘明显。再往西走一些，能见到拜图拉清真寺，主殿白色石制，两根粗壮的宣礼塔是中东风格的。两座清真寺相隔不过数百米，显出当地多民族混居的传统，现在都不对访客开放。

我终于见到了如清。她还是一副口里上班族的打扮，穿着一件好看的衬衫，牛仔裤上有个破洞。"你黑啦，"她接过饼干，边吃边说，"像当地人。"我做了个怪脸儿，等她缓过劲。傍晚我们穿过热闹的主街，在网上推荐的一家民族餐厅坐下。七点多的光景，饭店里还没什么客人。店内装修考究，墙上是几何图案交织的木雕和砖雕，看排场是招待旅行团的。

"后天下午我们会在阿拉木图见到耐森和白玥、大卫和简。"我给如清汇总，"白玥是耐森的太太。简和大卫最近才订婚。剩下的人里，朱总、娜娜你认识，小葛、亦舒你在微信群里见过了，仁韬要在比什凯克到。你确定要提前离开么？可以在布哈拉多住一晚的，之后就进红沙漠了。你不是想去沙漠么？"

"想去啊……但没办法，要回去上班。律师的工作嘛。已经请了好多天假啦。"她有些无奈。服务员把大盘鸡端了上来，盘子够大，鸡肉的味道和别的地方没什么区别，只是宽面是后加的，白花花地铺在鸡肉和土豆上面，酱汁全没沾上，和刚从口里飞出来的人一样没融入环境。

"你衣服带够没？"我问，"上草原可不能穿这样。""我昨天箱子一直装不满……可能是带少了。不行这边买！"她拌了拌大盆鸡里的面。"之后在草原和山里的时间多，事儿说不准。如果有需要咱们抓紧在大城市找机会买上。"

天黑之后餐厅里的人多了起来。我把服务员叫来打包，如清在旁怀疑地看着："明天真的会吃吗？"我拉了拉装大盘鸡的口袋，确认扎紧："我习惯为路上提前准备些食物。你刚从口里出来，得适应适应。""你口音怎么了？怎么一股孜然味。""这是当地口音。""真是受不了！"

入夜后街上气温下降明显，需要多披一层衣服。听本地人说，伊宁的街市很热闹，但半夜基本都要关门，没有什么夜生活。"明天出城上草原要早起。要是起不来，我只能来踹门了。"我说。如清不为所动："不怕！吉尔吉斯斯坦签证在我那里。要是不等我，你们都去不了。"

我带着大盘鸡回到房间，捡起《中亚文明史》。一个人坐火车的时候，我把第六卷看完了大半，之后再能集中精力阅读的时间或许不会太多。美国作家保罗·索鲁在他的《旅行之道》中如此描述他对单独旅行的看法："我向来一个人旅行。除了大规模的考察探险需要工作人员和团队之外，各种旅行都会因为身旁有其他人而失色。那样的旅行体验是同行者共有的——彼此提供帮助、一起买票、做爱、倾吐心事、协力搭建帐篷、开车。许多旅行者虽然一般嘴上不说，但实际是有旅伴的。这个旅伴起到安慰作用，但也不可避免地分散了旅行者的注意力。"我大体同意他的说法。我喜欢一个人坐着绿皮火车在中国的大西北上上下下，深入观察当地的一切。但是我同样喜欢和有趣的人一起旅行。这是一种截然不同的旅行体验。我会分散注意力，但视角会变得多元：同伴会观察环境，当地人会观察同伴，我和同伴也会重新建立对彼此的认知。这些关系的建立与重构于我有着自然的美感。有趣的人能为这个过程增加广度，同行的群体能够建立独属的共享记忆，这些都是单独旅行的人难有的体验。

我想起如清的作息，突然有些不放心。前一阵她怕睡过头，专门拜托我从香港打电话叫醒过她。万一她明天早上起不来，真得好好想个办法把她闹醒才行。

九

伸向边境的河谷

从地图上看，伊犁河谷好像一把伸向边境的扇子，扇柄在新疆，扇面向哈萨克斯坦打开。伊犁河从东面的山里下来后，在山谷内向西流淌，最终归于遥远的巴尔喀什湖。

听疆内的朋友们说，春夏时节，河谷内的大小草原鲜花成海，在草上躺着，悠闲地看云卷云舒，蝶鸟来去，时间都会消散不见。疆内的朋友又说，这是新疆最宜居的地方，南北的山脉挡住了西伯利亚寒流和塔克拉玛干沙漠的热风，种瓜得瓜，种豆得豆，还有大片优良的牧场，是一片世外桃源。像是怕人不信，伊犁宾馆在大堂里挂出了一张河谷草原的巨幅照片。照片里满目绿色，一片生机。我路过大堂时忍不住多看了几眼，心中充满艳羡。

此刻的伊犁河谷已是茫茫一片萧瑟。九月将尽，牛羊大都转完了场，空旷的草场像被剃了头。牧民们把割下来的草做成草垛，一捆一捆放在路边，准备之后作冬天的饲料用。梅子曾说草原每到这两周就要变样，再有照片里的风景得等来年开春。忙着准备过冬的草原散发着与春夏时不一样的能量，那是人类在与自然赛跑。草原上的冬天可不比城市，一点小问题就可能付出人畜生命的代价。

我和如清离开城市的保护，沿河谷往伊犁河上游走。清晨出门，寒气远比我想的要凛冽，坐在包车上一会儿就觉得冷，昨天买到的防晒霜没有任何用武之地。窗外一路都是乡野，可如清的装扮仍是一副城里人的模样。"你怎么还穿带洞的牛仔裤？"我问。"我衣服穿够了呀，"如清逞强说，"还贴了暖宝宝。"

我叹了口气，把自己裹紧，请求司机把暖气开到最大。昨晚吃剩的大盘鸡被我扔在后座，塑料袋里的油已经结冻。如清看到，反过来数落起我："这真的还能吃吗？叫你不要打包，又没餐具，带来有什么意义？"我试图辩解，怎么听都有些愚蠢。

伊犁河谷是草原文明的重要属地，古代中原政权很少能对这里实行直接统治。汉唐对西域的管辖相对有力，但中央政府对在草原上游牧的民族依然主要采用羁縻与和亲制度。中原政权与草原政权像一对阴阳，互生互克，相爱相杀，无法独一而存。秦汉有匈奴，隋唐有突厥，宋有辽金蒙，明有瓦剌。两者的关系，无论有多少契约，都像草原的天气一样多变。伊犁一带最有名的和亲公主来自西汉。《汉书》记载，细君公主与乌孙昆莫和亲，昆莫"年老，言语不通"，细君公主悲愁，作诗："吾家嫁我兮天一方，远托异国兮乌孙王。穹庐为室兮旃为墙，以肉为食兮酪为浆。居常土思兮心内伤，愿为黄鹄兮归故乡。"不久后细君辞世，汉廷又以解忧公主前来和亲。她在伊犁天山一带居住近半个世纪，在一次次险境中巩固汉朝与乌孙之间的关系。论英雄，她与同时代的苏武张骞相比毫不逊色。

我们这两个农耕民族的后代此刻正在游牧民族的腹地游荡，目的地是河谷东部的那拉提草原。包车公司安排了导游，名字叫晶晶，是伊宁土生土长的汉族人。她梳着长长的马尾辫，年纪不大，带了一袋自家种的葡萄上车，冻得透凉，没人敢吃。她见我们冷得狼狈，安慰说自己的名字里有好多个太阳，一会儿雨就会停。这是个善良的冷笑话，在伊犁河谷里一定常能用到。

"我觉得你有点像维吾尔族小伙。"晶晶评论起我的长相。如清在旁兴奋地应和："终于有人说你像维吾尔族人了！""是因为我这两天晒黑了么？"我有点讶异。晶晶煞有介事地一路解释："是说你浓眉大眼呢。咱们这儿也不稀罕白白嫩嫩的男的。我们读书的时候，放学常去棉花田里帮工。

学校也会组织我们去学习劳作，都晒得黑黑的。"

伊犁河谷里的主干道修得很好。沿途有大片农田，玉米水稻大豆小麦都能见到，四周一排排胡杨像天然的栅栏，远一些的山划出了河谷的边界。一辆运羊的大卡车出车祸倒在了路中央，看情况是对突然上路的拖拉机躲闪不及。我们小心绕过，见几十头羊奄奄一息地躺在路上。

"现在是孕期啊。"晶晶心疼地盯着一地惨状，"每只死掉的母羊肚子里都有只小羊。这笔损失实在大了。""太可怜了。听说现在在城外放牧的主要还是哈萨克族人？"我问。"对。他们一家承包一个山头，夏天在山上放牧，冬天就把牛羊圈养在山下。""小孩儿读书呢？""读啊。"晶晶转头过来说，"这里的小孩从小就有私有财产观念，谁的羊是谁的，分得清清楚楚。家里的儿子到了适婚年龄，父亲会带他去隔壁山头找合适的姑娘家说亲。年轻人成家之后丈夫一般不干事儿，女方要承包大多数家务。男的在朋友家喝醉了女的去找的情况很多呢。"

云层后太阳应该已经升得很高，但河谷内的气温依然没有起色。我们来到那拉提镇上，找到一间餐厅取暖。店主马大姐是东乡族人，勤快地里外张罗。她给我们安排位子，又逐一介绍厨房里的汉族、回族和维吾尔族厨师。拌面出奇地好吃。马大姐见我们喜欢，得意地拉出椅子坐下："这个面在那拉提远近闻名。那可是比你们口里的面好！我们之前开车去甘肃玩，没啥意思，吃的也不行。有一两次我和店里说，钱我照给，但你得让我进后厨做。"我没敢作声——就我的评判，一路来在甘肃吃的面食已经很好了。"你们是口里的，会不会有办法帮我们把这里的奶企做起来？"马大姐话锋一转。"我们这儿资源那么好，就是做不出一个好奶企。"

我和如清埋头吃面，感觉被告知了某些口里人应该承担的职责。马大姐和晶晶你一句我一句感叹半晌，认为新疆的农牧资源如此丰富，理应做出几个全国知名甚至世界知名的食品企业。"我们这儿做钢厂也好啊。你看黑山头有铁，咱们还有炭。"我不吭声地坐着，感觉自己在听一首春晚上的家乡赞歌。

晶晶的名字没能帮上忙，那拉提没出太阳。我们的夹克越来越显得单薄。如清在餐厅里一直捧着热气腾腾的干果茶，没有任何要松开的意思。午后我们换车进到草原，来到大雾和阴云统治的世界。天空刚刚骤降一场暴雨，可能下一场也快了。我想起伊犁宾馆大厅里的照片。温暖晴朗的草原能随时唤起悠扬的牧歌；可寒冷阴郁时，它可以集齐天地间的所有怒气，全数撒泼在没有防御的活物身上。这种暴戾让人觉得无辜无助。水汽笼罩着黄绿交织的草甸，形态瞬息万变，像神灵一样莫测。一些杨树和柏树拔地而起，伸进雾里，仿佛王国最忠诚的护卫，不允许任何不敬。

如清披着刚买的一次性雨衣，不停地原地小蹦，打着哆嗦。我拿出"小黑"，让它替我们到远处去瞭望。"小黑"掠过针叶林密密的树尖，逮到一群尚未转场的牛羊，越过山坡上孤零零的房屋，又看见宽宽窄窄的河流。云雾在镜头前缭绕，森林草原像童话中的梦境。不知不觉中，我身后站了好几个人一起看着操纵器的屏幕。我转头，发现是其他车的维吾尔族司机小哥。我把玩具给他们看："无人机。"他们一脸好奇，看得入神。

雨愈发大了，我只能叫"小黑"收工，原本就稀疏的游客现在更见不到几个。草原泥泞，我们哪里都去不了。蓝天、白云、鲜花、嫩草，这里一样没有。暴雨来袭时，眼前景致开阔到几乎无处可逃。

"找个地方避雨吧。"我对如清说。她插着双手连连答应。我转头向晶晶求助。晶晶淡定地打起伞："上接驳车。"如清喊着"冷冷冷冷冷……"钻了过去。车子路过两顶孤零零的大帐篷，听说是为文艺表演搭出来的乌孙国大帐。我们找回马大姐的店泡茶，没见着她人。附近的牧民这个季节已经基本离开，游客也在慢慢减少，马大姐下星期就要关门走人。像这样依着游牧民族迁徙安排过日子的人，自己大约都成了半个游牧民。她先生收集的奇石都放在餐厅门口的博古架上，不知道关店时会不会带走。当代人有了车，想必回旋余地会大上不少。

"你们如果觉得干果茶好，可以在城里买点干果带路上。"晶晶的语气带着推销土特产的使命感。返程路上，她尽心尽责地在路边指出中午和马大姐提到过的黑山头，上头寸草不生。她生硬地搬出导游词，说这里别名"塞外江南"，"黑山头塞外，农田江南"。国道上的小皮卡运着草垛从一个村到了另一个村，还有不少牛羊在被送往过冬的地方。途中我们被要求从乡道绕行，不知道国道上又出了什么事故。

"给你。"我把耳机递给如清，摁下《空船》的播放键，歌词慢慢走到"山一程，水一程，身向天山行"。车在路上不停颠簸，雨点一阵阵打在车上，如清的目光投向了远方的大山。天色变暗，乡道边出现了几个搭在简易板房里的水果摊。我想起晶晶带来的葡萄，现在应该可以吃了。我从塑料袋拿出几个尝了尝，冰甜冰甜。

城市的灯火越来越近。晶晶给我们推荐了几家餐厅，分享了一些建议。我倚着窗凝望雨中的伊宁，听着晶晶对伊犁太阳一般的爱。回到城市真好。或许在以前游牧民的心中，这种生活方式是一把大大的枷锁，限制了自由移动的可能性，代表定居民族对自己令人费解的禁锢，但在磅礴的大雨之中，我看到它像一只锚一样固定住大海般的草原，让人不再无序漂浮：力量蛮横，但让人心安。我无法想象一年中需要多次搬迁的生活。尽管我一直在外奔波，但总有一两座可以随时回去的固定城镇可以称作家。在那里，每天能看到熟悉的建筑，闻到熟悉的气味，看着一两棵树从枯枝到生芽，从开花到成荫，再看它们慢慢变黄，直到变回枯枝，周而复始。它们像最亲切的朋友，构成了我身份的一部分，连通心底最柔软的根。或许游牧民族的家乡更抽象。它是夏天的一座山，冬天的一条河，是一片更大的天地。他们也会有自己熟悉的景致，也会有一棵长在心里的树，只不过每年见面的季节不由自己选。

世界上真正的游牧民族已经不多了。不到三四百年前，东起大兴安岭西至乌克兰的欧亚大草原上还能见到他们纵情驰骋的身影。可工业革命之后，越来越多游牧民族转为了定居。这样的改变漫长而剧烈，不能不说是人类发展史上重要的事件。但这一对矛盾体的转化，在当下得到的关注远没有其他同时期的矛盾来得多。这可能是因为比起现在仍在被争论不休的其他矛盾，定居生活方式的胜利是如此彻底，以至于是定居还是游牧已经失去了广泛讨论的必要。或许等到哪一天，人类定居的生活方式再次受到威胁的时候，它们会被重新拿出来讨论。那时的地理背景可能已不是草原，而是星际间的漫漫空间。

或许我们这些定居民早已变成了新时代的游牧民。那数亿个常年在异地生活的中国人，不也在春运里做着一场人类无前迹可寻的巨大迁徙么？游牧与定居的定义，在新的科技和社会结构下理应被重新借鉴与审视，中国的城市化与世界的全球化造就了一波又一波流动性极强的人。他们来到别人的家乡生活，带来新鲜的血液与能量，又不可避免地造成冲突。交通、科技的发展与社会、文化等观念发生变化之后产生的碰撞，听上去正像那古老草原和田野间的深沉回声。

我们依着晶晶的建议，在城里的察布查尔县农产品直销点买了干果寄回家。几大篮干果，巴旦木、红枣、葡萄干、枸杞塞得满满的，晶晶看到一定会自豪。县里的锡伯族人原来在东北游牧，乾隆年间一部被征调到西北戍边，后来大多在伊犁河谷住下农耕。一个清史所的朋友告诉我察布查尔县的锡伯族人保留着许多原始的满语表达方式，现在满语学者常要去那里学习；对于大众来说，察布查尔县现在最有名的是演员佟丽娅。

我和如清互相提醒着添置衣物，却没料到伊宁商店的关门时间比餐厅早。我俩发现这点时已经太迟了——这成了我和如清之后两天最后悔的事。城市给人一种虚幻的安全感，叫人迅速忘却自然的残酷和无常。可在城市的喧嚣外，草原仍会凭着性子欢喜生气。伊犁河谷的阴云和大雾给深秋披上神秘的纱，让赶路的人踯躅，让酣醉的人清醒。明天的气温令人担心，但该走的路还是得继续走。我在伊宁的夜色里，哼起英国作家托尔金在《指环王》里写下的行路歌：

> 家园已在身后，
> 世界尽在眼前，
> 路径纷纷任挑选。

> 走出阴影暮色，
> 直到黑夜尽头，
> 群星照临光灿灿。

> 迷雾和微光，
> 积云和阴影，
> 终消散。终消散。

在雨雾变幻的出境前夜，我们需要一点主人公的好运。

十　霍尔果斯① 出关记

（一）

霍尔果斯是中国和哈萨克斯坦间最大的口岸，也是「一带一路」的重要节点。

　　四周的野草黄蜡蜡。 它们不归中国管，也不归哈萨克斯坦管，但要有人敢乱跑，两边都会示警。

　　现在是北京时间下午四点。 我和如清已经在伊宁西北一百二十公里处的霍尔果斯边境无人区卡了三个小时，又冷又饿，毫无解决办法。 一同过关的人坐满一辆小巴，车内一片缄默。 小巴在过去半小时内一直停在哈萨克斯坦的边检站前，像顶牛一样对着紧闭的大铁门。 我无从得知接下来会发生什么，只能牢牢盯着门口两个哨兵的一举一动。 到目前为止，他们更像两件偶尔眨眼的装饰品。

　　理论上这是在霍尔果斯过关的最后一步，但我们离踏上哈萨克斯坦的土地似乎仍然遥遥无期。 之前碰到这么多节外生枝的事情，谁知道后面会有什么变数。

　　同车的哈萨克乘客很从容。 我在午后的寒风中瑟瑟发抖时，他们拿出自带的保温杯，一边加奶，一边加茶，居然喝出几分情调。 他们不抱怨，也没人焦躁不安，看上去早已习惯这种过关速度。前天我询问哈萨克斯坦的包车公司能不能早点来接我们，对方只说可以当地时间九点半来，早了关不开。他们口中的九点半等同于北京时间十二点半。这里的口岸原来这么晚才开么？

如清穿着她最厚的衣服，怀里揣着从伊宁带来的油馕。它们是昨晚贪嘴在"馕王"买的，原本预备当作零食吃，没想到现在成了我们仅有的食物。鉴于接下来不确定性大，我们只有到实在饿的时候才敢掰一点下来。下午去阿拉木图买保暖衣物的计划算是打水漂了。太阳在云层背后移过头顶，开始慢慢下坠。每当这时，令人焦虑的事情都会变得更加令人焦虑。

铁门仍然没有要开的意思。我们继续在车上等着。

除了我和如清之外，一起出关的还有朱总。他原本可以直接去阿拉木图和我们会合，但他想在霍尔果斯出关打卡，于是专门转了机过来。这是他在伊犁州的唯一诉求，对周边的风景没有兴趣。今天上午，他仍是非常投入地打着工作电话。

我和朱总认识一年多了，没少听他引用过量子力学。我确定他真名不叫朱总，但打从认识他的第一天起，就很少听到别人叫他其他名字。朱总热爱工作，昨晚见面后的几个小时里一直在电话上做着批示。光看他的样子你或许很难想象他能有那么重要，但他确实在一家那时炒得火热的共享单车公司做着似乎很要紧的事情，电话几乎没有停过。除去打电话，他还有用上海口音的普通话说大家听不懂的冷笑话的习惯，每说一个都会在听众茫然的沉默中自鸣得意很久。昨晚吃完火锅回宾馆的路上，他曾指着一块呼吁民族团结的标牌上的"石榴籽（zǐ）"说，我们要像"石榴仔（zǎi）"一样团结在一起，然后展现他招牌式的迷之微笑。

我们要去的霍尔果斯口岸名字的官方意思是驼队经过的地方，但私下里当地人有别的说法。"是骆驼的粪便，你知道吧。"前一天一个司机说。然后他嘿嘿地坏笑了两声。"骆驼的粪便。"他又重复了一遍。

从霍尔果斯口岸出关是我们今天要做的唯一的事。我们有护照，有签证，还有在哈萨克斯坦一侧约好的司机。除了人要位移之外，一切看上去都已安排妥当。霍尔果斯是中国通向中亚的一个货物通商口岸，前几年出台税收政策，吸引了好多外地公司来这里注册，带动房地产业迅猛发展。一时间"霍尔果斯"在口里曝光率剧增，到访的人都知道它是个口岸城市，但与口岸的接触大多止于和国门拍照留念。我们从这里出关，感觉是把它请回了本职工作。

载我们去霍尔果斯的滴滴司机刚从部队退役，对自己的江淮车能同时放下我们三件行李很自豪。他听说我们要出关，热心地给我们介绍以前中亚联合军演时在当地的生活经验。"黑面包、羊肉。"他说，"不大好吃。但是土库曼有汗血马，和大熊猫一样珍贵。"车外山明水秀，他讲的一切让人期待。如清把馕拿出来，一人尝了一口。玫瑰味的出奇好吃，甜而不腻。花生味的也很不错。朱总打着电话，间隙不停讲着谐音梗，听得如清背过身去不想理他。

半小时后，车子坏了。

这车坏得不是地方，也不是时间。大清早在县城外看不到什么开门的修车铺，只有鸟儿在雨中轻声鸣叫。朱总凭专业知识认为是轴承出了问题，但自己肯定修不了。我们一冲一震地开了好一会儿找到家门店，发现修车师傅同意朱总的观点。看情形，这车决计没法继续开去霍尔果斯了。

雨下个不停，而且非常阴冷。

路上找不到其他车带我们走。事实上这个点这里几乎看不到任何车，田边只有些白杨立在雨中。我们一起合计，决定让轴承再努力一下，把我们送到附近的清水河镇。在那里应该可以找到下一步解决方案。

修车师傅丁零当啷地把大卸八块的车子又给装了回去：
"你们要出关？口岸已经关了。马上要国庆了，这两天不开。"
这可不是什么好消息。卡在霍尔果斯意味着我们得回乌鲁木
齐坐飞机去阿拉木图。这中间如果出什么差池，下一步去吉
尔吉斯斯坦的集体签证就会失效。

能在霍尔果斯出成关，此刻突然变得异常重要。

江淮车的司机把我们送到镇上放下，祝我们好运。我们
目送他离开，看到镇上有统一管理的出租车在招徕生意。出
租车小，确实装不下行李，只能敞开了后备箱放。出租司机
拍胸脯说不用担心行李会掉，还宽慰说没听见口岸要关。他
发现我们是江浙一带的人，兴奋地赞美起我们家乡的城市景
观："啊呀，我上个月才从那里旅游回来呀。上海、南京、常
州、无锡。上海那些高楼大厦，真的是，啧啧啧，好看啊。"
我们同样发自肺腑地表示这里的大山、大水才好看。"这
里？"他尴尬地笑了。"这里有啥看的？"

我们终于驶进霍尔果斯。沿路的街道像模像样，还有一
些正在兴建的小高楼。口岸很大气，配得上中亚国门的称号。
广场上正在举行确保国庆安全的誓师大会，警察和武警站得
满满当当，看样子口岸应该是开放的。路边没有指明行人入
口的路牌，我们只好在车行通道外面下车。这里是地理风口，
大风不停猛刮，旅行箱的轮子滚过不平的地面，在沿途卡车引
擎的轰鸣声中制造出一种工业环境的节奏感。前方是我计划
在 21 世纪丝路北道上过的第一道国境，中亚已近在咫尺。

耐森发来消息。他和白玥刚刚抵达阿拉木图："霍尔果斯情况如何？过关了么？""还没。路上车报废了，刚到边境，可能晚一个小时吧。"我艰难地顶着大风回复。在我前面三十多米的地方，朱总头也不回地朝着车行通道尽头的小门疾走。如清在我身边，一手拖着箱子，另一只手抱在胸前保暖。重卡车队一辆辆排在门外，尽头站着一个工作人员："车票呢？""什么车票？""过关要买长途汽车票。回头回头。"他不耐烦地把我们往外扇。"我们走过去不行吗？""三十公里路怎么走？去长途汽车站！"大家软磨硬泡一阵无果，无奈地在风雨裹挟中往回走。

"昨天早知道应该买棉毛裤的。"如清的头发在空中凌乱，好在今天她的裤子上没有洞。"好冷……好冷哪。""去阿拉木图找吧。"我把外套的帽子戴上，尽可能把自己包紧。

所幸长途汽车站不远，我们坐上去雅尔肯特① 的小巴再次回到口岸。这次查票的人没拦我们。两辆过关大巴的乘客排在我们前头，大都是在哈萨克斯坦边境地区和伊犁间经商或探亲的人。他们带着大包小包，穿着毛皮大衣把自己裹得严严实实，让我们秋天的装束显得过于天真。边防工作人员接过我的护照，翻到第一页就停下了手。他面露担忧叫来班长："这是香港颁发的中国护照，我从来没见过。""护照就是护照，你管它哪里发的？"班长有些不好意思地看了我一眼。边防战士翻过护照上的每一页纸，把上面的签证前前后后研究了一遍才盖下出

① 雅尔肯特，哈萨克斯坦东南部城市，距边界很近。

境章。他对如清的护照同样很感兴趣，决定叫住她多问几句。

"他问我，为什么我护照上的章没你俩多。"如清一脸不服气地出了境，"那我才换护照呀！"

我们穿过了边检站的后厅，发现载我们过关的小巴车已经在院子里等着。从这里可以看见哈萨克斯坦那一侧的建筑。那座小镇也叫霍尔果斯。两座霍尔果斯间有一片很大的空地，上面是杂草和工地。两地间的距离断没有三十公里那么远，但过去确实得坐车。同车的人一个个过关回到车上，只剩司机仍在外面转悠。他不时回到车上坐一会儿，每一次都让我以为要开动了。

"为什么不走啊？"我忍不住问司机。司机听不懂。我们在车上干坐。司机在院子里站站走走。我开始担心。简和大卫昨晚抵达阿拉木图，现在在大群里分享宾馆淋浴间的经验教训："手持的淋浴头会变得很烫，你们用的时候要小心。"他们嫌弃热物件的态度让人无法共情。我翻找起哈萨克斯坦包车公司的电话，看了眼充电宝上的电量，估计顶多撑到晚饭。

过了好一阵，两位乘客从入境大厅走出。他们在小巴车的后备箱取下行李走回大厅，看上去像被边防拦下了。司机回到车上发动引擎。我舒了心。"别忘开手机国际漫游包！"我们互相提醒。朱总早早把这件事做了。他下午安排了两个电话会。

司机驶出中国的边检区域，在无人区里绕了一个大圈，在哈萨克斯坦这一侧叫大家再下车上车走个程序。小巴最终来到边检站外停下，从此进入静止的状态。车上一片安静，只有当地人保温杯中袅袅升起的奶茶蒸汽在运动。这是一个神奇的时空。我不知道大家在等谁，对于要发生什么、何时发生没有任何概念。我从兴奋到困惑，从困惑到烦躁，直到最后慢慢麻木。

铁门突然开了。我们仨喜出望外，抓紧揣好馕下车，麻木的心里重新燃起了兴奋的火苗。可是入关之后如清不见了。我望不见入关大厅里的情况，只好发消息问她。她没有回。五分钟之后她一脸惊懵地走出来，说一位巡查的哈萨克斯坦边检人员刚才在言语上欺负了她，还用双手从背后抓住了她的上臂。我心中兴奋的火苗变成了怒火，但在国境重地敢怒不敢言。我给了她一个用力的拥抱，担心地望着她。回头看，小巴司机不见踪影，同车的人依然在棚下喝着奶茶，没人在赶时间。朱总挂上耳机开始打工作电话，时不时地冷到哆嗦两下，似乎没有听见我们的对话。

小巴司机终于决定出发。他把我们放在哈萨克斯坦境内的第一个停车场。停车场里空空荡荡，一位头发花白的司机迎了上来。他生怕错过我的要求，当地时间早上八点半就来这里等我们，此时已是下午两点五十。我不停向他表示不好意思。一旁朱总把行李放进后备箱，安心地挂上耳机。如清上车在窗边坐了下来，看上去不快已经翻篇。这时我才敢确认，五个多小时的关终于过完了。

耐森发来询问情况的短信。"搞定了！在路上。"我回道，"你们呢？""我们现在去蒸桑拿。你们到了告诉我们。"原本以为进入中亚的那一刻会带着对下一段旅程的无限期待，可看到这条短信后我却开始不断憧憬宾馆狭小的桑拿房。

如果还能要什么，那一定是一杯热腾腾的奶茶。

十一　草原驿站

进入哈萨克斯坦之后，乡野一直很空很大，仿佛一幅忘画前景的风景画。这里天高地远，一片史前土地的模样，没有人也没有牲畜。金黄色的草原一直延伸到地平线远方的雪峰脚下，广阔到失去边界。国境另一边的伊犁州农牧相间，这一侧却无尽空旷。我见过人为分界线分隔出两种截然不同的文化，没想到也能隔出如此相似却陌生的自然。

小车在草原上穿行着，彻底失去了时间的概念。孤独的路没有终点。年长的司机和夫人在前排坐着，一路无言地陪伴，恩爱得安静。朱总不再眉飞色舞地打工作电话，只是默默看着窗外，如清甜甜地睡着，怀里还紧紧抱着那两个冻成块的油馕。明亮的光线打进车厢，微小的灰尘在空中跳舞。这个世界只剩下引擎在嗡嗡作响。我的呼吸变得舒畅，大脑却变得恍惚。这像哪场童年的梦。在梦里的世界，地球上的人全都凭空蒸发，只剩下身边的人。我们在无边无际的空间里失重飘浮，不知去向何方。

晚霞红紫时我们驶近雪山，视线里开始出现城市的踪迹。

前方是阿拉木图，是哈萨克斯坦的前首都，也是哈萨克斯坦最大的城市。小车开上城市方正的街道，转进一条巷子，停在一家六层楼的宾馆前。我结束飘浮，双脚着地，帮如清和朱总把行囊从车上搬下，听见轮子与地面碰撞的声音。

耐森和白玥在前台迎接我们。分别不过一周，上次见面已像在另一个世界。白玥裹得严实，耐森却只穿着一件短袖。大卫和简也下到大堂，站在一边礼貌地看着我们。这是我第一次见到大卫。他留着光头，眉毛微蹙，心里好像藏着很多意见。他在谷歌做工程师，主要负责地图上的智能推荐。这或许解释了为什么他和简走路时都带着一种试探性的犹豫，仿佛每动一步就要为周遭环境重新建模。

"听耐森说你们过关折腾了很久。"他的握手很坚决。"是的，太久。都不知道该怎么说。你们呢？""昨天从法兰克福转机过来。时间久了点，但休息得不错。"他微蹙的眉头下闪出了兴奋的神情。"我们仨入关之后一直在草原上行车。找到地方落脚的感觉真好。""是么？我们从机场过来还没见到草原。"这怎么可能？它……到处都是。"我一时语塞。

草原上的风被挡在了城外，雪山也隐到夜幕背后，但我知道它们就在那里。前台推荐了两个街区外的一家餐厅，名字叫"天堂"。我们走进灯光昏暗的过街地道，看到墙上凌乱地贴满附近女子大学的学生做的 A4 纸广告。耐森两只手插在牛仔裤口袋里，高过地道里所有人一个头："宾馆里的桑拿很奇怪，一间房太热，一间房太冷。68℃的房间根本没感觉，115℃的又完全坐不下来。""给我任何一间我都不介意。"我怂怂地说。

周六夜里到天堂餐厅来吃饭的人表情松弛，空气中弥漫着纯粹的愉悦。食客们黑头发黄皮肤，眼窝不凹，粗看仍是东亚、北亚人的模样，反倒是我们这群操着外国语言、肤色各异的人显得颇不合群。

我和耐森试着用中文、英文点菜，发现在这里都不管用，只好把菜单上认识的俄语字母念出来试运气，比如"Д а п а н д ж и"。

"d-a-p-a-n-d-ch-i……难道是大盘鸡？你们这里卖中国菜吗？"我们环顾四周，看不出邻桌吃的是什么。服务员一脸茫然："这是哈萨克菜。""不管，就它吧。还有这个，这个叫'馒屉'（Manti）是不是？看上去口味很多，就选第一个好了。"十分钟后，服务员端上一道没放辣椒的大盘鸡和一盘包子，味道像中学食堂做的。

"我们需要买棉毛裤。"我向新旅伴解释说,"就是保暖裤。我们仨今天被吹傻了。阿拉木图晚上会降到0℃。明后天进山可能会更冷。你们够么?""我感觉还行,"耐森慢条斯理地点着头,"不够的话,还有夹克衫"。

"那……你不用了。趁在城市,其他人得找机会去补上。"如清不住附议,大卫光头下的眉头蹙得更紧了。朱总低头发着工作微信,不知道心思埋在哪个项目堆里。

寒冷的夜晚过去后,我发现阿拉木图属于白昼。雪白的天山在它上方展开,勾勒出无比开阔的轮廓。前几天刚下了入秋后的第一场雪,光线通透纯彻,空气中充满明净的感觉,有一种极少见的鲜亮与澄澈。城市的建筑以灰白色调为主,地基宽广,和林荫道相得益彰,无处不予人以大气的观感。这种开阔契合哈萨克斯坦整个国家地广、人稀的气质:它是个庞然大物,土地面积将近中国三分之一,但大部分由草原和荒漠覆盖,人口只有一千七百万,及不上中国一座大城市。古时丝绸之路在这里穿行的距离不长,我们走的这一段位于哈萨克斯坦东南,是一般意义上丝路最北的那条。城市在这个草原国度是稀缺品,附近的几处定居点是古时商旅休整过夜为数不多的选择。阿拉木图本身兴建于19世纪,但它的名字更早的时候就出现在历史典籍的记载之中,城里如今到处能见到庆祝阿拉木图建城一千零一周年的标记。

"牵强附会。"二十一岁的埃缪对此嗤之以鼻。他皮肤黝黑,个子不高,是我们请的哈萨克小导游,今天带我们参观城市，再打点一下大家添置装备的需求。他偶尔露出稚嫩和无措的神情，让我有时怀疑是他在带着我们还是我们在带着他。"阿拉木图哪有一千零一年，不过就是一百年出头而已。"

我信他，但还是冲着建城纪念标记拍了几张照。标记色彩明艳，外面是手绘式的多角星，正中是一只立体主义风格的苹果，底部写着"#Almaty 1001"。

埃缪问我："你们从伊宁过来，那里是不是都住着维吾尔族人？""是有很多维吾尔族人，但那里是哈萨克自治州，哈萨克族人都在草原上游牧，最近转场了。"我感觉自己在用刚学到的知识套近乎。"还有游牧的哈萨克人？"他颇为意外，身体向前一倾。"不然呢？这里难道没有？""俄罗斯人来了之后，我们全被强迫定居下来了，没听说还有什么游牧的人。"

我很意外。这条国境线原来不止隔出了气质不同的自然，还隔出一个民族的两种生活方式。昨天草原近乎寂寞的空旷有了解释，也成了埃缪的佐证。我想起曾经读到过的哈萨克族诗人的一首诗。他说：

> 世上路走得最多的是哈萨克人，
> 世上搬家最勤的是哈萨克人，
> 哈萨克人的历史就是在转场中谱写，
> 哈萨克人的繁荣就是在迁居中诞生。

我以为游牧之于哈萨克人就像农耕之于汉族人，是刻在骨子里的东西。虽然民族改变生活方式并不少见，但国境两边的哈萨克族人能有如此巨大的差别，我仍不免感到不可思议。

"以后我得去一次中国。我一定要看看游牧的哈萨克人是什么样的。"埃缪像发现了新大陆，我也一样。他带我们搭车，按半日游旅行社的要求，给我们指出阿拉木图每一幢排得上号的建筑："对面是婚姻登记所。结婚蛋糕形状，看到没有？这是体育场。那是科学院。"城市充满苏式的粗犷审美，最新、最漂亮的地方也是日常生活最不方便的地方，但半日游旅行社爱给访客看这些。大型建筑之间距离很远，附近便利店不多，出来买瓶水要走上十分钟。城中的老区更有生活气息，路人们的穿着让人想起苏联计划经济时的老照片：老年男士头戴鸭舌帽，中年妇女身着大衣、短裙戴绒帽，他们提着布袋子穿过树荫道步履匆匆。

阿拉木图的前身是沙俄在中亚扩张时造的一个前哨站，叫维尔尼堡，苏联建国后改名为阿拉木图。它一直是当地的政治中心，不过人口和中国一个普通地级市无异。最初城里住的主要是俄罗斯人，后来哈萨克人才慢慢从草原上搬进来。苏联解体后不久，哈萨克斯坦把首都迁到了北部的阿斯塔纳，一方面因为阿斯塔纳的地理位置更方便辐射全国，另一方面也为了有一个新的开始。听说阿斯塔纳的新建筑很有未来感，但在阿拉木图，韵味停留在了 20 世纪。

埃缪让司机在一家名为 Rakhat 的老牌糖果店外停下。他说我们应该会对买点糖带在路上感兴趣，而我怀疑他只是嘴馋。店内摆着一货柜一货柜的糖，巧克力、橡皮糖、饼干，什么种类的都有。付款柜台前排着长长的队，销售员穿着制服，用电子秤给顾客递上来的糖果称重，看上去像 90 年代上海南京路上的食品商店。埃缪挑完，排进队伍，看到其余人都在门口站着，不免有些不好意思："你们不买吗？草原上的路很长的。"耐森瞄了一眼，不为所动。他依旧只穿着一件短袖，和店内穿冬装的中老年主顾像生活在两个世界。

我想起昨天路上救命的油馕。进城之后我们把它放哪儿了？霍尔果斯的记忆有了梦的质感，草原上的大风仿佛还在往脸上刮。"埃缪，你知道哪里有卖保暖裤么？那种长的、棉花做的、保暖的……"埃缪一脸茫然。"我们冷。要买衣服。"他收好糖，这次似乎明白了："没事，绿色巴扎在隔壁。那里一定有。"巴扎确实就在马路对面，面积很大，规规整整，但全然没有其他叫巴扎的中亚市集应有的纷乱多彩。秩序感使它无趣：每个摊贩都穿着整齐划一的制服，站在同样大小的摊位边，卖着区别不大的东西。市集里面没有棉毛裤，幸好有手套和绒帽。朱总非常认真地挑了一副，冲着吹气检查漏风。

"这里有什么纪念品可以买吗？"我问埃缪。"这个？那个？"他心不在焉地指着，看上去没有推介的兴趣。我们路过熟食区，看到一溜泡菜摊。"泡菜也是你们本地饮食？""对啊。这里有不少朝鲜人。苏联迁过来的。"埃缪随口解释。卖泡菜的阿姨穿着统一的制服，看不出与他人的区别，正热情地与隔壁摊位的哈萨克大妈家长里短地聊着天。

埃缪觉得自己任务完成，招呼大家上车去共和国广场。广场正对市长办公大楼，正中竖着一根高高的柱子，上面立着一个头戴尖顶高帽、脚踩飞虎的持弓武士立像，柱底还有其他一些风格不同的铜像。在广场的圆周上有十幅浮雕，描绘了哈萨克斯坦所在土地的历史。最左边几幅浮雕介绍说，这片土地最初是塞种人游牧的地方，后来迁来了乌孙人，继而是突厥人。蒙古骑兵在公元 13 世纪横扫中亚后，一个新的哈萨克人群体在这一带成型，他们成立了哈萨克汗国，在草原上往来游牧。中间的几幅浮雕接着讲述了几百年后准噶尔汗国由新疆西进、打得哈萨克汗国几近灭国的故事。18 世纪中叶，乾隆将准噶尔部打败灭族，俄罗斯殖民者几乎在同一时刻来到了哈萨克草原。他们强迫哈萨克人定居，将牧民转为农民，把土地收归国有，镇压民众起义。这片土地在 20 世纪初并入苏联，成了俄罗斯之外面积最大的加盟共和国，一直持续到 90 年代。之后哈萨克斯坦独立，纳扎尔巴耶夫担任首任总统直到现在。最右的浮雕赞扬了他在掌权的近三十年间带领哈萨克斯坦一步步走向富强。

这是我在阿拉木图见到的关于哈萨克斯坦历史最具国家叙事感的东西。哈萨克人在过去两三百年中的大部分时间内一直生活在他人的阴影下。但这样的宏观叙事在城市里见不到什么痕迹。我习惯了其他国家营造自己历史形象的努力。他们为英雄立像，为苦难树碑。可是我没在阿拉木图看到这些。这让人不适应。或许因为这里地广人稀，一切都是淡淡的，就像没有人和牲畜的草原一样，是一幅还没添上前景的风景画。

"纳扎尔巴耶夫是一个伟大的人。"埃缪用这句话结束他的简明历史课，继续描绘他心中的哈萨克斯坦："我们哈萨克斯坦是个大国，要有大国的样子。"辽阔的天山在他身后俯瞰着整座城市，路边到处是建城一千零一年的庆祝图标。我问："哈萨克斯坦人喜欢什么样的工作呢？""油气。"他回答得理所当然。哈萨克斯坦与俄中接壤，是世界上面积第九大国和前十大石油出口国，一条条公路一根根管道穿国而过。不过阿拉木图附近没有油田。它被成片的树荫包裹，散发出一种欧洲首都的从容。一年一度的环阿拉木图自行车赛今天举行，终点设在城南山间的麦迪奥溜冰场。溜冰场的海拔有一千六百多米，半黄半绿松柏上的积雪在阳光下泛着光，清新的空气大气明媚。大喇叭播放着震耳欲聋的美国流行音乐，人群跟着节奏喝酒起舞为选手加油。哈萨克族、俄罗斯族、鞑靼族和朝鲜族的哈萨克斯坦人在阳光下享受着周日的欢乐。溜冰场外有一溜速滑形象的绿色雕塑，正撒开腿向前冲。

埃缪说："你知道我们申办了冬奥会。可惜没赢。"打败他们的是北京。"以后还有机会吧。"我翻出他们的申奥视频，看到一个个男男女女向前奔跑。

"我们要寄明信片，还想找个地方吃午饭。"我对埃缪说。这是南入天山之前最后一座大城市，大家得为之后几天做足准备。埃缪没什么要带我们看的了，于是依要求带大家穿过宽广的大道，试了两家邮局，然后到一家叫"大臣"的餐厅坐下。菜单上同样有"馒屉"，这次的形状是蒸饺。餐厅边上是阿拉木图建成时间最久的公园，里面有一座出名的宗教建筑——一座全木制的东正教教堂，而非大多数哈萨克斯坦人信奉的伊斯兰教礼拜场所。到目前为止，那些刻板的中亚符号在阿拉木图并不十分适用。我们的行囊里没有中亚出名的烈酒，却装了好几袋老字号糖果店的水果糖。

"还有什么需要我的么？"埃缪努力保持专业素养，但明显有些呆不住了。这个晴朗的日子适合出去玩，说不准有朋友在麦迪奥溜冰场等着他，也可能有对象约在了大道边的新派咖啡屋里。"没了吧。"我谢过他，目送他离去。他没和任何其他人打招呼，像一个刚把作业赶完的小朋友，急不可耐地赶去院子里和同伴玩耍。

大家收拾妥当，搭车离开阿拉木图。丝路的旅程对旅队的大多数人来说真正开始了。车子投入乡野，清澈的空气在夕阳下慢慢变成红色，不久又变成紫色。雪山和草地将阿拉木图护在怀中，在晚霞中美得让人窒息。大卫见到草原，脸像磁石一样吸在车窗上。置身于这幅风景画中的旅人，仿佛也都可以分沾到些草原的灵魂。我和如清、朱总再度被无比空旷的天地包围，人类的纪年失去了意义。草原上偶尔能见到一些马，还有一些坟头略显凌乱地散在路边。"我们从霍尔果斯来的时候就是这样的。四个小时，一路都是这样。"我依然词穷，但搭飞机来的旅伴们不再需要我的描述。

阿拉木图在后视镜中逐渐消失。只要草原不灭，水源不散，它永远会是丝路上一座重要的驿站。我们没有朝西北去往更辽阔的哈萨克草原。我知道在那里人烟会更加稀少，风景会更加原始，但丝路已经转向，我们只能跟着南下。日头渐低，寒风渐起，草原区被抛在身后。大家看天山时的头越仰越高，吉尔吉斯斯坦的边界已近在眼前。

十二　乡村面包车

　　吉尔吉斯斯坦是个建在天山之上的国度，面积和中国的陕西省差不多大，人口不到七百万。我们从哈萨克斯坦南下后，于吉尔吉斯斯坦的北部山间入境，过边检后上了一辆约好的十七座面包车。司机启动引擎，车内的灯光倏地熄灭，取而代之的是头顶一溜暗红色的氖光灯。众人一惊，发现这些灯管从前到后贯穿了整辆车的内装，好像一家试图装酷的乡村酒吧。

　　副驾驶座上坐着向导伊利亚。他是俄罗斯族的吉尔吉斯斯坦人，下午专门跨境来哈萨克斯坦接我们过关。他的年纪比我们小儿岁，但英俊温暖的模样反倒像个邻家哥哥。他说阿拉木图的名字和苹果有关，世界上苹果的祖宗大半在这块区域，又说在哈萨克斯坦"所有人都是出租车司机"，路人可以随意拦车提价钱，司机同意就能走。这些事埃缪完全没提。他可能上午光顾着给自己买糖了。

　　"你是俄罗斯人啊？"大家见到伊利亚有些好奇。"我是俄罗斯族的吉尔吉斯斯坦人。"他耐心解释。

平日里伊利亚在学校教英语。这很符合他的气质。下午他给每人发了一张写有吉尔吉斯语常用词汇的书签教着念，几分钟后就开始考我们。这会儿车内黑，估计一时他搞不了什么突然袭击。

"请问，吉尔吉斯斯坦的面包车时兴这样的风格么？夜店风装潢？"我问他。他回过头看了看车顶，有些意外："不会。这些灯饰大概是车主专门弄的吧，明天就换车了。"

面包车离开边检站。我的前排坐着耐森和白玥，还有大卫和简。白玥戴着圆圆的眼镜坐在全车唯一一个反过来的位子。她在美国长大，虽然是华人，但对中国历史的了解反而不及耐森。现在她在深圳一家公司做创始合伙人，主管运营。在朱总进入共享单车公司工作之前，她是我朋友里最见不着的人，不是在工作就是在补觉。平日里白玥一直酷酷的，只有在早上起不来这件事上会露怯。

"没事，大不了不吃早饭。"白玥若无其事地说。耐森在旁看了她一眼，似乎已经知道第二天会发生什么。"宾馆有早饭，应该可以带着走。"我提醒他俩。车里的红光微弱，只能将将看到白玥的脸。"上周我住青旅都得提前准备吃的。说真的，现在出行住不了青旅多人间了，容易睡不好。最理想的情况是找一家普通宾馆，接地气一点，安全，有早饭吃。五星级酒店的问题是容易和当地环境脱节，没法观察人们的生活。""我可不介意全程住五星级酒店。"大卫嘿嘿了两声，又把绒帽戴上。以前他和简都在发达国家旅行，来中亚这样的地方是第一次。我不由得有些担心。

娜娜的公司和谷歌一样，也做智能算法推荐，但她和工程师大卫不一样，负责的是用户增长。昨晚她很晚才从北京到阿拉木图，今天话不多，此刻正在手机上翻看着阿拉木图的照片。"看你今天没怎么和新朋友说话啊？"我问。她有些为难："是的呢。我有点担心自己英语不够好，而且对于白人文化和视角的了解也不大足。""这怕啥，多聊聊就熟了。"

朱总、如清坐在我们身后，边上还有亦舒。她也是昨晚到的，带足了各种药。她平时很少背包，和在香港湾仔咖啡馆里泰然自若的样子不同，上路后多少有些紧张。朱总给女孩子们讲着冷笑话。如清不时给他翻个白眼，朱总理解为抛媚眼。

"你知道朱总的公司么？"我问白玥。"知道。现在不是很火么？不过我看，中国企业的总体创新能力不行。大家宁可等别人搞出东西之后迅速拷贝。我们在深圳遇到过的恶性竞争对手太多了。"

"深圳大疆做的无人机就很厉害啊。"我说。两小时前我们见到草原雪山边的落日，要求在路边停车放无人机。在五分钟的时间里我以为自己捕捉到了无与伦比的美，直到无人机降落才发现忘了按录影键。伊利亚对我们那时的兴奋劲感到不解："这儿有什么看头？到吉尔吉斯斯坦之后你们会知道真正好看的天山是什么样的。"他见我们没有信他的意思，只好自嘲说："我猜哈萨克斯坦大概也需要几座山吧。"

"大疆确实不错。但那就是一家。""有一家就会有第二家的吧。""还是得在教育和体制上鼓励。"白玥谈论正事儿的语气冷冷酷酷。耐森看她的眼神像只宠溺的大熊。

"朱总为什么到这里还要一直打工作电话？"大卫问。他仿佛受到冒犯，指出一件神圣的事实："他在休假！""我前几年也是这样的。"白玥轻描淡写地说。中国近几代人没有尊重假期的传统，既不尊重别人的假期，也不尊重自己的，工作和生活间的界限从不像欧美的同龄人那样明白。几位同行的中国同伴带了办公用的电脑，没带的也说要借着用。这样的工作文化在世界上其他地方容易遭遇不解。朱总供职的共享单车公司是近几年中国企业尝试对外商业模式输出的典范。行业几家巨头在国内斗得不够，还要斗到国外去，从欧洲到美洲，每场战役朱总似乎都有份参与，偶有水土不服的情况。可惜共享单车在中亚没有用武之地。上午他看了一眼阿拉木图的市貌说，城里人口密度这么小，骑车不实际。

车内暗红色的灯管幽幽地发着光。面包车外没有路灯，也没有其他车辆，一片漆黑，伸手不见五指。车上逐渐划出一道清晰的界限，前面说英语，后面说中文。还好伊利亚英语好，不然这辆小车上的语言种类要满天飞。或许这就是丝路旅队的样子。我坐在中间那一排试图前后搭话。这种安排看上去没法长久。

车在一家小旅馆前缓缓刹停。我等了两秒，发现车内的红色灯管没有变化，可见灯的触发机理连接的应该是车上的引擎。伊利亚和我一起下车，到旅馆门口接上小葛。他没拿到哈萨克斯坦的签证，只好来吉尔吉斯斯坦与我们碰头。上车后他和大家打了个招呼，在微弱的灯光里看了看，毫不犹豫地坐去了后面。上午他从北京飞来，刚到比什凯克时还兴奋过一阵，可没多久就无聊地在约定会合的地方等着了。"这一天逛的，真的啥都没有。"他很不解，"城里有种昨天刚宣布解体的感觉。"

"是因为星期天么？不过这里人本来就少。你不是看到雪山了么？"我问。"雪山是很好看。滑雪应该不错。"他长得有点"着急"，看不出是我们中最小的。几个月前他刚加入一家公司做投资研究，工作起来很拼，滑雪也很拼。

面包车再度启动，山间的冷气慢慢渗了进来。白玥不再说话，玩起自己羊驼帽子上的两个绒球。大卫听着后座传来嘻嘻哈哈的中文，双眼盯着窗外。路上有了街灯。朱总还在不停歇地说话："超级玛丽啊。原版的我通关速度超快。"大卫听见了关键词，转过戴着绒帽的头问："朱总，这么厉害吗？打一局看看？"朱总来了兴致："好的，我电脑里就有。"

面包车在一家餐厅门口停了下来，暗红色的灯光灭了，车内正常的灯光又倏地亮起。夜店散场，大家急急地往室内钻去。我拉过如清："一会儿吃饭的时候跟大家混着坐呗。"她明白了我的意思，像接受了什么重要任务一样应允了。

我没有再回头多看一眼那辆夜店风的面包车。它最好就留在夜里。餐厅的名字叫阿尔祖。这是一个人名，意思是希望和爱。天山脚下的夜有点冷。一会儿菜单来了，要找一杯喝的祛祛寒。

十三　天山楚河间

天山里的太阳有气无力地挂在碎叶城遗址上空。遗址外没有洗手间。不光这，遗址外没有任何人造建筑。我看到一块牌子，证明遗址的名字叫 Ak-Beshim，然后就什么都没有了。牌子背后是一圈几公里长的矮土墙，中间有横横竖竖的沟壑，显出人们曾经剧烈翻动过这里的泥土。毗邻的地方是农田，画面用了秋天的调色板。

我从遗址走出，寻思着只能和耐森和大卫到边上的林子里解决问题。林子里是瘦高的柏树，头顶不时传来寒风穿林打叶的声音。听说托克马克镇离这儿不到几公里，一会儿应该可以搞点吃的。这一路没什么像样的城镇，路边的民居屋顶上盖的不知道是铁皮还是锡皮，感觉不一定能挡住夜里的风。

这里的荒芜让我意外。碎叶城曾是楚河河谷里的一座名城，位列唐安西四镇，做过王都，相传是李白的出生地，可现在看不出半分旧时的样貌。遗址的地基和夯土平庸得没有任何脾气。我们在起伏的地面上行走，每一脚都踩进茂密的野草。这里没有可以凭吊的石柱屋梁，只有一片漠然的枯黄。

碎叶的记录在唐朝势力撤出后大量减少，城市为何会被废弃只能靠猜测。

我们仨解决完问题，沿着林子边缘找旅队其他人会合。树后传来车辆驶过泥塘的声音——我们的面包车就停在泥塘边。几秒钟后引擎声熄，几个男子背着长枪晃进我们的视野。我心里一惊："没理由在这里打劫吧？"耐森走在最前面，过几棵树应该能看到我们车的情况。那几个男人没注意到我们，散步一样往遗址入口方向走去。我们假装没事，迅速向外移动。

我没听说这一带有安全问题，但人在荒郊野外不免多一份警觉。前一晚夜店风的面包车来接我们的边检站也曾一度让人有些紧张。这个叫 Korday[①] 的口岸横跨于楚河之上，两岸由一条细细的桥连通。桥上灯光稀疏，桥下流水湍急，周围

———————————

① Korday，哈萨克斯坦南部通向吉尔吉斯斯坦的口岸。

都是哨卡和铁丝网，乍看以为是个谍战片片场。两边的边检站看上去破旧，甚至颓丧——哈萨克斯坦这一边用了惨白的日光灯管，吉尔吉斯斯坦这一侧暗得像在用油灯。出关时边检员给我们每个人发了张细细的纸条，要求出境时找到桥上一个信箱投入。我们走上桥，看到一个生锈的破信箱，像间谍接头时用的刻意不起眼的装置。大家投递完成，走到桥的另一头，发现吉尔吉斯斯坦的边检站是一间前后敞开的大木屋，里面排队的是本地的乡亲。当值人员要过护照，看了一眼如清带了一路的集体签证纸，和伊利亚犹豫地交谈几句后走进领导办公室。办公室的百叶窗紧闭，只留下两条缝。我凑到窗边往里望，缝里什么事都有可能发生。

所幸值班领导批准我们入关。我们上了那辆夜店风的乡村面包车。一路上没有灯，没有车，没有人。我们找到一家餐厅吃些晚饭。餐厅里空空荡荡，大家把自己裹紧御寒，有人要了热水，有人叫了茶。娜娜最后下单，她为这个寒冷的夜晚点了一杯纯伏特加。

楚河与天山这一山一河之间本来是古代商旅常选的路，现在却冷清得很。我从哈密开始紧贴天山西行，在这里才第一次感受到它冰冷的呼吸。山脚下的楚河泛着绿松石的颜色，像一条寒玉饰带缠绕在大山周围，散发出青灰色的光。这里大部分时候都见不到人。旅队主要与风作伴。在投宿的旅店，如清唱起了出塞的歌。

今天上午，旅队沿楚河河谷进山。耐森想先去新城

（ Navekat ）。 那是河谷里一座古城，做过西突厥汗国的夏都。 几年前耐森收集到一枚圆形方孔的西辽钱币，上书"续兴元宝"，正是出土于此。 城市里有佛寺，也有摩尼教[①]寺庙，住过许多善于经商的粟特人。 不过那是一千多年前的情况。 现在那里是座考古公园。

多番迷路后，司机把车停在红河（ Krasnaya Rechka ）村外一片巨大的开阔地上，附近不见什么文明的痕迹。 开阔地中央远远能见到一个小小的人造结构，上面盖了一块简陋的防雨板，除此之外视野里都是枯黄的野草。 我们下车，向唯一可能的目标步行。

"这是内城的原址。"伊利亚指向防雨板下的土垛，边上的牌子上说内城出土了一座佛像，被苏联运到了圣彼得堡的冬宫博物馆。 风呼呼吹过这片巨大的空地。 我和耐森并排站着。 不远处，如清被一棵蕨类植物吸引了注意。

"你的钱币是从这里挖出来的么？ "我明知故问。"是的。"耐森点头时不出意外地带上了脖子。 白顶的天山像一幅辽阔的画卷在他背后展开。 这里荒芜极了。 我看不出他算不算得偿所愿。 可能我俩都需要一些想象力。

---

① 摩尼教，公元 3 世纪创立于波斯的宗教，吸收了基督教、犹太教、佛教与祆教的影响，传入中国后又称明教。

楚河河谷有粗略三万多平方公里的面积，人口主要集中在几个城镇，沿途人口大约几万人。当代的中心城镇叫托克马克，是沙俄人建起来的，最有名的是一座玻璃厂。但一千年前这里是另一副光景。几大草原汗国的首都先后选在这里，霸占商路要道。他们决定了谁能继续向前，谁得打道回府。

"西辽是契丹人从中国北部被赶出来之后建的。"耐森复述着历史，"他们在这一带存续了九十年，后来同样被蒙古人灭国。"

契丹人建的辽国中国人很熟悉，看过《天龙八部》的都会知道。但辽国被金国打败之后中国的历史书上就再少看到契丹人的身影。他们没有消失，一部向西迁徙来到中亚，在这里建立了喀喇契丹国，又称西辽。西辽在当地留下了深远影响，现在中国在中亚各国的名字"Kitay"正是契丹的音译。蒙古兴起之后西辽没能做多少抵抗，很快消失在了铁蹄下。

在这一带最出名的古 Kitay 人要数李白。学界不能认定李白生于碎叶城，但这不妨碍国人把思念寄托在这座异邦城市身上，既能满足人们对西域的幻想，又能显出唐帝国疆域之广大。如果说宰相、将军是中国人心中世俗功名之巅峰，那李白代表的必然是个人神仙生活之极致。他超脱于世俗，又受世俗追捧，既不用听命于人，又能过得潇洒超脱，这样的好事怎会不叫一代又一代的中国人羡慕。

伊利亚知道李白，但他背不出李白的诗。他带我们来到碎叶城遗址，在起伏的土堆上试图帮我们比对城市原本的样貌。《大慈恩寺三藏法师传》里记载，玄奘过帕米尔高原后"至素叶城，逢突厥叶护可汗"，可汗的大帐"以金华装之，烂眩人目。诸达官于前列长筵两行侍坐，皆锦服赫然，馀仗卫立于后"。这样的气势现在没有任何可以追寻的痕迹，倒是《大唐西域记》中描写的碎叶"林树稀疏，气序风寒人衣毡褐"的情况一点没变。

娜娜第一次到这样的遗址，站在杂草丛中左顾右盼："城市在哪里？左边？所以连遗迹都已经没有了是么？"伊利亚指了指地面："这里是内城。地下这些构造是地基。"如清问："那原来的城市有多大呢？""外墙就在这一圈。要我看大概二十……二十五亩的样子？"伊利亚环视估算。我跟着他的视线，却不自觉望向远方的天山。它无处不在，像如来佛之于孙悟空。它不仅看着我们，还看着我们脚下的废墟，似乎在告诉我们它掌控着一切兴盛毁灭。根据吉尔吉斯斯坦上报给联合国教科文组织的文件，遗址边原本应该有一座博物馆，可是因为经费问题被搁置了。这让我想起读书时在土耳其境内考察的数处古典时期遗址。它们也如此曝于荒野，没有人打理的痕迹。

当我们从树林出来，路过那几个背着枪的男人时，荒原上的风正在一刻不停地吹着。杂草和树木发出低沉的共鸣。我们加速往自己的车走去，发现陌生人没有搭理我们的意思。伙伴们已经回到面包车上，边上新出现了两辆轿车。车牌的颜色特殊，还有东亚面孔正在下车。

伊利亚探着头在车门口张望："应该是你们大使馆的人。"
我转头，见几位同胞走上遗址里的小山坡，同样带着期待，做
足想象。我舒了口气。有中国人在，碎叶总不会太寂寞。

旅队朝南行驶，在碎叶附近十几公里的地方见到西辽的故
都八剌沙衮（Balasagun）。契丹人叫它"虎思斡耳朵"，意
思是大宫帐，名字和内蒙古鄂尔多斯同源。遗址大部被野草
覆盖，正中有几座巨大的青冢，好像大地的肿块。草里四散
着石人，仿佛泥土中长出的小怪物。它们是一种突厥民族爱
用的墓碑，在突厥人曾活动的广大疆域很常见，当地人称之为
bal-bal。墓碑上雕有武士造型，脸圆圆大大，一手持酒杯，
一手持宝剑，像漫画一样原始而有喜感。在青冢附近有一座
大概九层楼高的砖塔，是当地的地标，叫布拉纳塔。布拉纳
的意思本身是"塔"，也是这块地区的统称。它建于西辽之前
的喀喇汗国，原本是宣礼塔或是哨塔，以前应该更高一些。

我们爬到塔顶，看到天山如影随形。脚下的遗址公园做
了规划，有展板和一座小店。再远一些，地面上又只剩下枯
黄的耕地和一丛丛小树林。天山与楚河间的这片区域以前相
当热闹，商旅不断，马匹嘶鸣，英雄辈出，动静牵动着长安
汴梁和巴格达。可惜蒙古帝国兴起后民族与政权发生大洗牌，
海上贸易的开通又大幅削弱了这条通路存在的意义。如今河
谷人口稀少，唯有雪峰旁观一切。几座古城镇的名字像从没
存在过一样。它们打造的文明痕迹太脆太弱，被凛冽的山间
风一吹，建筑、雕塑、语言乃至记忆，就全都散得无影无踪。
天山的官方英语名和中文一样，叫"Tianshan"，如果这里的

民族和城镇强大得久一些，那它的英文名恐怕得是另一种语言的音译了。

　　汉族不是习惯遗忘的民族。它的历史上写满了纪念，记忆中饱含着过往，动辄千年，如数家珍。后辈们在心中建上祠堂，供奉前辈的经验教训。年轻气盛的拼杀之后，免不了怀古。东坡忆着公瑾，稼轩念着仲谋，莫不如是。一座座祠庙遍布山川，一个个遗址公园拔地而起，包袱甚至过于沉重。相比之下，天山楚河间的土地湮没在野草和遗忘之中。前人走，后人来，没有纽带，没有传承，没有半分情感，好像两家没有关系的房客。吉尔吉斯人在这里放牧时，粟特人和契丹人已经并入其他民族，向历史上缴了独立的资格。纵是名噪一时，这几座名城的故址也像弃尸荒野一样，再没人去理睬。除了考古学家和外族旅人之外，没有谁会来拜祭这些城市和它们的故事。历史上如汉族这样传承数千年的民族少之又少，不是常态，而是例外。

　　朱总挂着耳机爬到塔顶。塔顶的面积不大，十平米见方。他没有驻足，也没有抬头，面无表情地看着地面踱步。"朱总，又在电话吗？"我们起哄。朱总摆着一副认真的表情，完全没搭理我们，一会儿索性在塔顶的墙边坐下。在布拉纳塔上忙共享单车业务，前无古人后无来者。他打上塔，打下塔，一直打到托克马克镇上。他在电话里谈论着效率，谈论着策略，谈论着一些宏大的目标，看上去是世界上顶顶重要的事。天山在他背后一声不吭，风呼呼地吹，野草发出共鸣，感觉马上要召唤出一些在这里安排过大事的人，可旋即又悄然停息。或许这些人从来就不存在。

其他人扛不住饿，去镇上的超市买吃的。超市对面摆着几张当年庆祝"伟大的卫国战争胜利"的巨型宣传画。耐森找到一个书报亭大小的烤鸡铺，花三十元人民币买了一只烤鸡，问老板要了一摞塑料袋，又在超市买了一卷卷筒纸，像大家长一样给众人分了。朱总走过抓了一块，走回远处继续开会。

旅队向更深的山里驶去。小车疾驰，大多数人昏昏沉沉地睡去。耐森在车上一向睡不着。他乐此不疲地用手机记录每个人的睡相。不知道在他恶作剧的时候，飞转的车轮又不经意地碾过了多少足迹和故事。来过这里的大人物大帝国尘归尘土归土，都已消散在了风中。遗忘本是宇宙的常态，记忆才是奇迹般的存在。但拥有长情的记忆正是人类与其他动物间最不同的地方之一。在湮灭一切碾压万物的遗忘面前，与过往建立联系的努力好像无边黑暗中的荧光：微弱，但顽强，仿佛一件最有人性的挣扎。我越来越觉得，"原来你还记得"是这样一句动听的情话。我拿出笔记本，记下眼前的情景，留下那些扑闪的微光。

十四　马踏深山

大伙儿来到山里的牧民家投宿一晚避风，抬头才发现，原来离天山雪峰已经这么近了。

我见过很多雪山，可是少有吉尔吉斯斯坦的天山看上去那么舒服的。乞力马扎罗山耸立于东非草原，块头太大以至于过分抢镜；青藏高原的雪山雄浑而灵性，可在巍巍高原之上，人们难免陷于生死沉重；至于安第斯山脉的峰峦，它们看上去永远云雾缭绕，有一种奇幻的不真实感。相比之下，吉尔吉斯斯坦北部的天山雪峰要随和得多。它们在草甸前一字排开，温和坦诚，无处不在，像睿智和蔼的长辈，什么困惑都可以说。

牧民家负责张罗接待的是家里的大儿子，叫贝卡，圆圆的脸上有高原红，笑起来总像刚捉弄完人。父亲杰申是家里的主人，起初也相帮，但过一阵就不见了影子。母亲诺拉在厨房里忙活，似乎总在准备下一餐。房子只有一层，面积不小，北面的客房有四间，正好住下旅队十个人。室内将将保暖，大家都穿着毛衣外套。房间床上铺着厚厚的毯子，叫人看到就想往里钻。

太阳不见了。我来到门口的小路航拍。明月升在山巅，照耀着整个山谷，一切清冷而苍茫。偌大的天地间只有无人机起飞的声音。邻居家的两个少年骑马路过，俯过身来看我的手机画面。山谷在小屏幕上好像一片大湖，起伏的地表是不声的作浪。远处的雪峰一座高过一座，无论视角高低都岿然不动。画面透着沉静磅礴的气象，少年们看得痴迷，我也一样。他们的马不吭声，只是在凉凉的空气里站着。

下午我们到达这座村子时太阳还高。伊利亚说这是河谷，我却完全没有看到河，四周只有满目枯黄的草和准备过冬的树。河谷叫 Chon-Kemin，名字的意思是"大锅"。它被雪山环抱，自成一个世界。中文里关于这块地域资料很少，我只好自作主张把它译成大克明。杰申家所在的村子在谷地正中的砂石路边，边上还有几户人家。除去房子和树外，村里最显眼的是电线桩。它们是村子里的宝贝，当年拉来时引起过不小的骚动。

我们把车停在杰申家外，从车上取下行囊。诺拉邀请我们进厨房吃些东西。伊利亚和杰申诺拉相识多年，时常会来村里帮衬。他管杰申叫白可（baike），诺拉叫阿遮（eje），意思分别是大哥和大姐。诺拉掌管的厨房是院子里一幢独立的小屋，屋内摆着张不大不小的餐桌，桌上垒着好几盘糕点，好像圣诞橱窗。热食不是馕或烤肉，而是苏式的酱料和浓汤，配上番茄胡萝卜菜椒，看上去满目的红色。

"大克明里有一个自然保护区。"伊利亚最后一个走进厨房，转身关门，"有金鹰、马鹿、雪豹……"他接过诺拉递上的汤面，依次传到大家面前。面条软塌塌的，用叉子不大好捞，汤里是炖烂的牛肉土豆和西红柿；诺拉怕大家吃不饱，又额外做了一份牛肉炖土豆。伊利亚在灶台边站着，看还有什么可以帮上的："冬天山里的狼会下来找食，不过现在还没到冬天。我们一会儿骑马进山看看。吉尔吉斯斯坦的山是最棒的。"他已经迫不及待。

亦舒对下午进山有些不放心："我也可以不去的。我从来没有骑过马，真的有点怕摔。这么大的动物万一不听指挥怎么办？""来都来了。要不，让伊利亚或者贝卡看着你？"大家轮流鼓励。她将信将疑，用叉子捞起面往嘴里送，喝了些浓汤，让自己暖和着。

我们一人挑了一匹马入山，亦舒终究跟着来了。云层渐厚，寒风四起，地上的枯草杆全然无神地斜倚在碎石旁。出发一段时间后，杰申和诺拉的村落就不见了。马队在山谷内拉出一条长线，偶尔能听见一些模糊的笑语飘来，被风打得七零八落，就像水里的人声。四下望去，没有什么自己行动的活物，一切听山和风的安排。

我和小葛落在队尾，领头的是朱总和娜娜。我确信耐森挑了杰申家最大的马，可在他胯下怎么看都像匹小马驹。白玥的马在边上调皮地撒开腿，跑去惹同伴，很快就被贝卡逮住罚拴在了伊利亚的马后。这些马对人都不怎么尊重，经常开小差在地上找草嚼。不一会儿我听到了亦舒狼狈的叫喊声。她的马脱队小跑了两步，毫不在意背上的人。野外长大的孩子碰到城里来的生人，总有一种因自由而生的优越感。

马队向南行走，山间愈发寂寥。一个上坡过后，视线瞬间开阔，不远处的大山霸道地侵占了整张视网膜，除去雪顶，满身黛色，赤诚而不遮掩，好像一幅巨幕宽幅画卷。突然壮阔的场景让敬畏之情在马队间一下弥漫开来。我抑制不住内心的赞美，甚至带着刹那间的虔诚。人的孤独感在山里特别容易被激发，纵是伙伴再多也会花很多时间与自己的内心独处。这或许就是大山的气场。当你抬头看着山，山也在低头望着你。这份凝视沉重而安静，叫人不得不将被琐事扯到支离破碎的灵魂重新拧在一起才敢应付。你看大山无视时间流逝的样子，它似乎心中知晓世间一切，然而又断断不会以此相逼，只是叫任何伪装都无所遁形，让人只能直面自己裸露的内心。

你看看你。诚实地看看你。

风里依稀可以听见不知何处发出的喃喃赞叹。天地的巨大和个体的渺小无比直观。我被一种强大的孤独感包围。四下壮阔，却无路可逃。

伊利亚打破了沉默。

"吉尔吉斯斯坦的山……"他额头微仰，红色的冲锋衣上是一张英俊的俄罗斯族面孔，在马背上的动作却与吉尔吉斯族牧民无二。"吉尔吉斯斯坦的山是最棒的。我前两天说过，哈萨克斯坦的山和我们的山不好比。"

我无法解释这里的山为何散发着这样的魅力。它俯瞰草原和山谷，界限干净明晰，雪顶高贵随和，呼吸冰冷，却夹带温存。如果有山神，我希望它就长成这样。

大卫悠悠骑来，眉头微蹙。他在我的面前停下，故作正经地对伊利亚说："英之说要和你赛马。"我一愣，转头看见伊利亚好斗的眼神："比啊，咱们走。"我翻了大卫一个白眼，急忙认怂。世界秩序恢复，伊利亚又回归了友善的模样。"贝卡带了一面吉尔吉斯斯坦的国旗。咱们到前面一起拍张合照。"

红黄蓝绿的马队在大山的注视下从一个坡走到另一个坡，穿过枯草，踏过溪水，沿谷地边缘骑行。暮色悄悄爬上了天，所有人都把外衣拉链拉到了顶。远远地，大家终于看到一排露天马厩。贝卡招呼我们拴上马，从包里拿出折好的国旗叫大家拉开。红底旗子正中有一个金色油毡顶的造型，外面包裹着金圈，象征着太阳。

"哎，不行，再来一次！拿反了！"伊利亚意识到油毡顶头朝了下，不允许这样的错误出现。

贝卡慌忙把旗转过来，然后像什么事都没一样做了个调皮的手势。这是我们这一路第一次也是最后一次拿着所在国的国旗拍合照。旗上的太阳发出四十道光芒，象征吉尔吉斯史诗《玛纳斯》里的四十个部落。吉尔吉斯人的族源复杂，中国古籍记载他们在唐代昌盛一时，创立了黠戛斯汗国。《旧唐书》说："黠戛斯自称李陵[①]之后，与国同姓。"一部号称同汉人有点血缘关系。唐末其他部族强盛之后，他们被迫西迁，一路吸收沿途的部落。中亚那些大汗国的统治者大多与他们没什么关系。民族的际遇让他们知道，相比于僵硬的国界，真正重要的是部落和家族间的纽带。

天色暗得很快，我们决定回村。马儿发现回程，打起了十二分精神，一路小跑。朱总坐骑的性格和朱总越来越像，对队友不管不顾，甩开队伍就往前跑。娜娜的马跟了上去，亦舒颠着颠着又狼狈地叫出声来，只有耐森的大马还在任劳任怨地慢慢走着。一地枯草秆目送马队在斜阳下朝村落走去，直至大山又回归到最初的距离。

———————————

① 李陵，西汉将领，李广之孙，征匈奴战败后居漠北。

贝卡和家里几个男丁把马牵回马厩。我想多和他聊两句，发现他的英语词汇量仅限于几个单词。他把伊利亚拉了过来，躲到自己的白可身后。邻居家另一对少年兄弟骑马经过，见我在村口准备放无人机，忍不住停下旁观。手机屏幕上映出他们再熟悉不过的谷地景致，但从新角度看有了磅礴感。月光下的大山透着金属的光泽，高贵，也更加孤独。我想起以前行走在天山里的商旅。他们一连好几周走在前不见城后不见镇的路上，能依靠的只有身旁的同伴和马匹。除去热闹的集市驿站，丝路一直是条寂寞的路。不知道年轻的商号伙计第一次在这条线路上扎营时，会有怎样的感受？当他独自一人在帐篷外就着篝火暖手，趁着放哨间隙仰望满天星斗的时候，内心惦念的又是什么？

明月出天山，苍茫云海间。

又或者，海上生明月，天涯共此时。

真奇怪，天山是山，但总让人想到海。

伙伴们不见了。我来到诺拉的厨房，发现他们都聚集于此。墙上挂着一些褪了色的风景照，画着夏天绿油油的景致。我关上门，坐在中午同一个位子，发现诺拉做了抓饭，伊利亚和贝卡站着相帮。朱总迫不及待要开动了。自从来到河谷之后，他还没有打过工作电话。饭后他向大家提议玩24点来度过山里的寒夜，于是大家移师卧室外的小客厅，问贝卡要了伏特加，拿出牌，听耐森熟练地给大卫讲解这个"中国人都会玩"的游戏。伊利亚婉拒了我们的邀请，到房子的另一边陪他的白可和阿遮聊天。每个人的胸前都挂着他送的山形护身符，像是徽章，也是通行证，仿佛终于获准成了中亚山国的子民。

我走到如清身边："听什么呢？"她摘下耳机："《空船》！这两天老听。""是吧。'风一更，雪一更'、'夜深千帐灯'，写得太好了。说'更'，那就是晚上。单单几个字夜里风雪的感觉就出来了。""真的，就'山一程水一程'还是普普通通的句子。我是特别喜欢'夜深千帐灯'，画面感好强啊，脑海里就是河谷里帐灯点点。""王国维也这么说过。"

我搜起王国维的原话：

> "明月照积雪""大江流日夜""中天悬明月""黄河落日圆"，此种境界，可谓千古壮观。求之于词，唯纳兰容若塞上之作，如《长相思》之"夜深千帐灯"、《如梦令》之"万帐穹庐人醉，星影摇摇欲坠"差近之。

如清不由地感叹："王国维也真的是厉害。这几句都是很静的场景，没有奔腾的气势，但确实是壮阔非常。不过你看歌里，'起看寥落晨星'没有什么出处，我也觉得很好。如果今天不是黄昏骑马，而是很早起来，在寥落的晨星之下骑着马向天山而行……"

　　我走进边上的卧室，扯开窗帘，感到一股凉气。村子里灯火不多，看不见什么。我把窗帘重新拉上。客厅里众人聊得正欢，仿佛村里唯一有光热的地方。我像只趋光的虫回到他们中间，像挨过冻的人一样更加渴望温暖。我希望自己能永远记住这个画面。我听见伊利亚回到自己的房间，看着朋友们互道晚安。屋子一间间灭了灯，没入谷内的黑暗。

　　我钻进分配给我的小床，在黑夜中伸出手，偷偷从底角掀开床边的窗帘：月亮高到快要看不见了，大山依旧闪现着魔法般的光泽。我放心地放下窗帘，把温暖的毛毯拉好，让自己的意识消失在黑夜中。我预备和大山融为一体。这或许首先是一个与自己和解的过程。

　　一如千年前一样，这一夜，好些个过路的灵魂化在了大山深处。

十五　伏龙芝与玛纳斯

　　虚弱的太阳升上地平线，河谷间弥漫着清冷的寒气。登山靴落到地面，发出清晰而沙哑的声响，听不见鸟叫，也没有虫鸣。背后的屋子里偶尔传出一些窸窸窣窣，是同伴们收拾行李时发出的动静。

　　大家三三两两来到杰申家的院子，看到面包车已经敞门等着。伊利亚叫所有人围成一圈，静待某种仪式来到。诺拉走近，手里拿着搪瓷盆，盆子上放着一枝刺柏。她卷起袖管，长袖薄衫外只套着一件毛马甲，似乎完全不忌惮清晨的气温。她把头巾扎成了一顶帽子，颜色碧青得像楚河泛出的波。伊利亚凑过去用打火机给刺柏点火，诺拉配合着转动柏枝，让尽可能多的地方燃着。灰烟开始冒头，不一会儿变成一股放肆的香气。

　　"诺拉想为你们这一路祈福。"伊利亚说。

　　诺拉口中念念有词，把手中的搪瓷盆伸到每个人面前。众人的脸被香气熏过，纷纷闭眼，然后目送搪瓷盆转到下一个人面前。这个仪式的形式是本土化的。亚伯拉罕诸教没有这种传统。

我们谢过诺拉，和杰申道别，看到伊利亚给贝卡送上一个大大的拥抱。车子驶出院子向西转去，开始在灰冷的村道上颠簸。我瞥了一眼反向往东的路。那里是伊塞克湖，是吉尔吉斯斯坦人的度假胜地，当年玄奘路过时叫它"大清池"，又叫"热海"。我们不会去那里，因为接下来要一路西去了。

比什凯克在大克明西面。它是吉尔吉斯斯坦的首都，离哈萨克斯坦边境不远，看上去像座林间城镇。市中心有几座大广场和苏式建筑，除此之外房屋大多矮小破旧，板房很多，屋顶单薄，似乎不大保暖。作为一座首都，它看上去非常普通，像是县城。话虽这么说，抬头就能看到天山雪顶总会一阵欢喜。城市的前身是近代浩罕汗国的一座堡垒，在沙俄时扩建，到苏联时期改以红军军事将领伏龙芝的名字命名。城市的名字在吉尔吉斯斯坦独立后改回比什凯克，但是机场的代码依然是伏龙芝里的前三个字 FRU。只要够细心，在比什凯克还能找到很多这样的俄罗斯印记。

　　要聊过去两百年的中亚，注定跳不开俄罗斯。"沙俄""中亚""苏联""斯坦国"……这些名词之间的纠葛是从 19 世纪开始的——从那时起，中亚成了沙俄事实上的殖民地。沙俄崛起晚于欧洲其他列强，当它终有力量放眼世界时，其他殖民主义国家已把非洲、美洲、大洋洲和东南亚瓜分殆尽，找来找去，就剩中亚还没大国去动，地理上也不存在其他殖民力量的阻碍。几十年间，俄罗斯使尽招数向东向南扩张，将中亚幅员广阔的哈萨克汗国①、希瓦汗国②、布哈拉酋长国③、浩罕汗国④一个个吞并，继而迫使清王朝和波斯帝国割让出大片领土。沙俄在中亚的势力最南达到土库曼斯坦和阿富汗的边境。在这里，他们和从印度一路北上的英国商议划了一条边界，隔线对峙。这就是历史上有名的英俄"大博弈"（the Great Game）。

　　沙俄和后来的苏联在这些国家推行俄语教育，给移民来的俄罗斯人很多特权，还在这里倾销俄罗斯本地生产的产品，并让每个中亚地区专注于特定的经济活动。为了方便管制，他们软硬兼施让游牧民族改变了几千年来的生活习惯，转为定

①　哈萨克汗国（1456-1847）的统治区域大约在今哈萨克斯坦。
②　希瓦汗国（1512-1920）为乌兹别克人在中亚西部花剌子模绿洲建立的汗国。
③　布哈拉酋长国（1785-1920）为乌兹别克人承接布哈拉汗国在中亚河中地区建立的政体。
④　浩罕汗国（1709-1876）为乌兹别克人在费尔干纳盆地建立的汗国。

居，并常常用苏联人的名字称呼这些定居点。时至今日，好几个中亚国家的官方文字仍用西里尔字母书写，共通的语言是俄语，它们总统的名字也有浓浓的俄文韵味。

可在接受俄罗斯人统治的同时，吉尔吉斯人心底那条民族记忆的大河一直在有力地流淌着。当伏龙芝市的机场以 FRU 的编码出现在航空联合会的花名册上的时候，它的大名却是以吉尔吉斯史诗英雄命名的玛纳斯国际机场。吉尔吉斯斯坦独立后，比什凯克的大广场用玛纳斯像取代了列宁像，国有航空公司也取名为玛纳斯航空。二三十年间，吉尔吉斯人的民族记忆像喷涌而出的泉水一样回到了地表之上。

这种二元的身份认同或许就是正确认识所有现代中亚国家应有的出发点。它们的性格中既有俄罗斯文化刻下的印记，又有千百年来传承的本族信仰和世界观。这种分布在国家内部并不均匀。城市中的精英阶层受俄罗斯文化的影响很大，而乡间的吉尔吉斯人与俄罗斯文化的接触更少，保留了相当多本民族的传统生活方式。近两个世纪来俄罗斯人强迫吉尔吉斯人放弃了很多，但同样为吉尔吉斯人以现代国家的形式参与进当代国际社会埋下了种子。他们将当代吉尔吉斯斯坦的地理区域从原本的浩罕汗国中剥离出来，改变了文化、教育和社会结构，促成了今天中亚这一带的地理格局。20 世纪末，吉尔吉斯斯坦同其他中亚独联体国家一起成为以单一民族为主体的现代多民族国家。玛纳斯与伏龙芝，一道进入了当代吉尔吉斯斯坦的国家记忆。

面包车转上比什凯克一条小街，车里柏香的味道已经闻不大见。我们接上最后一位来旅队报到的朋友。他叫仁韬，是耐森的大学室友，穿着黑色的城市风衣，就像如清第一天到伊宁时那样，身上没有一点乡野气。他上车后在车中间唯一空出的位子坐下。车继续往前开，进一条林荫大道。伊利亚请司机在路边停车，旋即消失了十分钟，回来时手里多出一个袋子，里面装着一摞不同花纹的白色帽："吉尔吉斯斯坦是建在山上的国家，所以我们的民族帽饰也是山形的，不过叫你们直接戴回自己国家的大城市会有些奇怪。这些是改良款的，你们平时就能戴，是送你们的礼物。"

"太暖了！"车后座传来女孩子们对伊利亚此起彼伏的赞叹，但伊利亚的惊喜不止于此。"还有一样东西，给你们一个提示。厨房里有什么？""灶台。""水池！""冰箱？""冰箱是正确答案。为了让你们每天都能想起吉尔吉斯斯坦，我给大家做了冰箱贴。"他在过道上低头分发。"昨天晚上我把咱们和贝卡的合照发给朋友，让他们抓紧给我们印到冰箱贴上。"

冰箱贴上夕阳的颜色刚刚好。更重要的是，吉尔吉斯斯坦国旗是正的。从车后座发出的声音看，如清已经爱上了伊利亚。亦舒和娜娜也没差很远。

"希望你们能记住吉尔吉斯斯坦。和你们在一起的这几天我很开心。"伊利亚站在门口，似乎在开始一场道别。"我们一会儿不是还要一起去奥什吗？"众人问。伊利亚不好意思地摇了摇头："接下来两天我要留在比什凯克。去奥什得找别的向导带你们过关了。"前一秒还在暖色泡泡里的女生们立刻失望地叫出声来。伊利亚和我们在一起的时间只剩最后一个下午了。"我想带你们再去看看山。"

这或许是伊利亚心中最美好的事。我们向南穿过城市，市中心的公园里放着马克思和恩格斯亲切对谈的坐像，不远处列宁像指引着自然历史博物馆的大门。路上司机的友好叫人印象深刻，不在横道线处也会等行人过马路。树荫里的街道能贴广告的地方几乎都贴满了总统竞选海报，社会民主党的热恩别科夫和独立参选人巴巴诺夫争得火热。"还有 4G 网络。"伊利亚说，"我们有中亚国家里最好的 4G 网络。"再给他点时间，他一定还能想出其他可以夸赞自己祖国的地方。

阿拉阿尔查国家公园在城南二十多公里的地方，是一座天山森林公园。我们下车时大雾弥漫，只有一个形单影只的工作人员裹着羽绒服坐在门房。这里以前只有达官贵人才能进，现在看上去依然空无一人。我们带着干粮，把自己裹得严严实实，沿着唯一可行的道路走向不知何方。

天山是吉尔吉斯斯坦的灵魂，每一个住在这里的人心中都有一片山。但山地交通不便，同样导致国家发展不易。在中亚五国里，它的经济境遇仅好于同是山地国家的塔吉克斯坦。伊利亚回忆说："刚从苏联独立出来的时候我们生活困难。那个时候我还小，不大明白。后来我听说是中国开放了口岸，把物资运了过来。所以，谢谢中国。"他咧嘴笑了。

"有俄罗斯族的身份也过不好么？""哪有区分。都一样。我们和乌兹别克斯坦关系紧张。他们不开放口岸，我们的贸易就没法畅通。二十多年都是这样，去年他们的总统过世之后我们的关系才好转一些。我们的资源很丰富。你们看这地形，水电可以搞，地里还有铀矿，更不用说我们的畜牧业。如果我们贸易能做大，大家的生活都会好些。"

山路上满是他忧国忧民的背影。我们跟着他走，不一会儿来到了一条湍急的河流前，再往前，又有一条略宽的溪流拦住去路。他看了下情况，拖了根树干过来做独木桥。大家搀扶着走过小溪，来到一片碎石地，透过迷雾隐约感到空旷，知道自己要向前，可又不知道路在哪里。我想起托尔金笔下《指环王》里的迷雾山脉，和那些远征的矮人们吟诵的歌：

> 越过冰冷而又雾蒙蒙的大山，
> 在那深深地下洞穴已有千年，
> 我们一定要赶在天亮前出发，
> 寻找那迷人的黄金颜色浅浅。

在迷雾中探寻前进的路让人忐忑，同样让人充满期待。我们向前，向前，感到一阵风若有若无地吹来。突然，笼罩一切的雾气一刹那间散尽了，大家面前赫然出现两座巍峨的雪山。它们像天宫的门神，守卫着南去的路，又像安都因河上的亚苟那斯像，指明了刚铎的入口。旅队所有人即刻打住闲聊，纷纷"啊"出声来。

时间在这一刻凝固，风在青松翠柏间放慢了脚步，唯有青灰色的雪水顺着大山缝隙向更深处流去。

原来大雪山一直在我们身边，大家在仙境这么久却全然不自知。我看着它们愣愣地傻笑起来。人生之乐，怕少有能出其右者。此时、此刻、此情、此景，或许到了年老体衰腿脚不便时，还会满心欢愉地想起。大家相帮踩过独木桥，从一处过到另一处，在天山的俯瞰下大笑大叫，肆无忌惮地拥抱这块只属于我们的天地。雾起雾散，我已分不清人影和树影。流水声和风声交织在一起，好像最纯粹的天地之声。大家的头发被雾气打湿，像一群快乐的傻子。我想起唐僧总会在迷雾中被妖怪抓走，于是在手机上放起西游记的片头曲。80年代的电子乐填满空旷的山间，好像下一秒就会有只猴子从哪里蹦出。如清往兜里揣了一块石头，不知道能带它走到何方。大雾突然重新填满上下左右的空间，我和娜娜站在碎石摊上只能看见对方，却看不见其他人。"娜娜！英之！你们在哪里？！"不远处传来队友们的叫声。"这里！这里！不急！"雾倏地散了，我看见小葛拿着手机相机对着我们。没两秒雾又突然回来，再一次遮住大家。"这是变戏法吗！"所有人哈哈大笑起来。我和娜娜小心走过独木桥，朝他们最后站立的方向走去。一阵风起，我看见仁韬正蹲着自拍，浅浅的溪水在身后画出一池青釉。

"该走了！不然会赶不上去奥什。"伊利亚叫醒我们。大家沿来时的路往外走，路过一只跳跃的松鼠和一对拍婚纱照的新人。"伊利亚，我们会想你的。""我也会。你们是一群有意思的人。""那你接下来几天干嘛呢？""要去约女朋友，好几天没见了。""你女朋友一定很幸福！""哈哈，谢谢你们。"

我们的车在停车场上依然孤零零的。伊利亚不着急开门，招呼司机打开后备箱，抱出两个偷偷藏进来的纸箱。里面是一打玻璃杯。

"这是？……""香槟。给你们的。"他和司机配合着，就着潮冷的空气给我们满上酒。众人毫无防备，再次被他的心意击中。"祝你们好运！干杯！"

"谢谢！"我们举起冰凉的酒，里面浓缩着天山北麓的冰与火。我感谢伊利亚，祝福吉尔吉斯斯坦，希望这个历史曲折的高山之国能在迷雾中找到属于他们的光明之路。

一、二、三，干杯。大家毫不犹豫地一饮而尽。

十六　相遇之地

作别伊利亚和天山北麓之后，旅队向西南的费尔干纳盆地进发。这一路要翻过几座险峻的山峦，还能见到许多牛羊牧人。我们抵达时烟雨朦胧，云雾一色，没有中国江南的素雅，反倒有些颓丧。

盆地内横七竖八地躺着好几条边境线，南面的山里还散着一圈圈飞地，不知道是哪个两岁小孩画出来的。有些飞地里只有几片农地，居民去赶集都要进出国门好几次。

我们站在一条边境线边，冲着铁丝网内的士兵招手。确切地说，是耐森一个人在摆手。他身高两米，目标明显，动作夸张，嘴里不住喊着"游客！游客！"。维持秩序的吉尔吉斯斯坦士兵不一会儿注意到我们，带我们插队走进了边检站。同伴们喜出望外，旅行箱加速滚过一个又一个水塘，溅起一阵阵小泥花。我没敢看边上的当地人。他们都在小雨里安静地排着队。

"论坛上分享的经验挺靠谱。"耐森说，"这里确实会对外国人特别照顾。"

这边是吉尔吉斯斯坦的领土，对面是乌兹别克斯坦。这一带不是旅游胜地，过去几十年里发生过好几次严重的种族暴力事件，导致现在许多国家使领馆和外交部的网站上还写着谨慎到访。我们被告知注意安全，不要节外生枝。

边检站很狭小，像山中小屋。橡木色的柜台后紧挨着坐了两位吉尔吉斯斯坦边境官员。年轻的那位是新手。他取过如清携带的集体签证，瞥了眼护照。

"中国人？""对。中国人。"我忐忑地看了他一眼。如果吉尔吉斯斯坦北部的经验有效，那中国人在当地还算受欢迎。

一队中国人两千年前也来过这里。那时费尔干纳盆地隶属一个叫大宛的国家。《史记》记载："其俗土著，耕田，田稻麦。有蒲陶酒。多善马，马汗血，其先天马子也。"就是最后这条令西汉贰师将军李广利来到此处。汉武帝早些时候派人去大宛采购汗血宝马，使者因为傲慢无礼被处死，于是一怒之下改派李广利带数万兵马征讨。李广利远征到此，人困马乏，初战惨败，只好退回玉门关。第二次征讨几乎耗尽全国之力，终破大宛国都，虽然扶持了一个新王，却只获良马数千匹，回程途中又耗损大半。自此之后，汗血马虽少有正史记载，但在口口相传的传奇中流传了下来。

以前读故事的时候没在意过距离，如今亲身走一遍才意识到汉征大宛的空间跨度。从西安到费尔干纳盆地的直线距离有三千多公里，中间还有完全无人的大漠高山，这对后勤线的压力不言而喻。为一个马种命令军队跨越已知的大半世界，这说明汗血马在武帝心中地位之高，也可能是因为武帝朝是个不把距离当距离且充满进取心的时代。"犯强汉者，虽远必诛"这样的口号，想想也只有他能喊的出来。

"他和你们一起的？"边检官向耐森的方向努了努嘴。他第一个过关，正在小屋另一边等我们。美国公民进出吉尔吉斯斯坦不用签证。"对。我们十一个都是一起的。"他低头翻护照，又瞥了一眼我们。东亚人、白人、高矮胖瘦各不相同。

说汉朝时汉人走得远，欧洲人也很能走。汗血马故事里的另一个主角大宛同样充满传奇色彩——它的名字（Ta-Yuan）可能源于希腊世界的爱奥尼亚（Ionia）①，国民应该是希

① 爱奥尼亚是古希腊时代对今天土耳其安纳托利亚西南海岸地区的称呼。

腊人的后裔。亚历山大大帝东征中亚前后的几百年间，不少希腊人曾迁徙到此处。华夏文明和希腊文明都是定居文明，可是两者间的第一次大规模军事接触，却发生在离两国核心区域这么远的费尔干纳盆地，这怎么听都有些奇幻。

前一晚我们坐飞机来到奥什，降落时地面灯光稀稀落落，叫人不确定来没来对地方。奥什是吉尔吉斯斯坦第二大城市，但从天上看顶多算个县城。盆地内乌兹别克斯坦那一侧的城市多一些，灯火同样微弱。我原本计划从比什凯克包车过来，可是耐森极力反对。用四十分钟的飞机换十三小时的山路可以空出整整一天的时间，方便多考察一个城市。我同意了，只是可惜了这一路的山景。

我们从机场进城，在列宁大道上的烤肉店拼了张长桌。店很大，木头的柱梁和灯光有一种日式居酒屋的氛围，喧闹声充斥着下班后的放肆，看上去像是当地年轻人爱来的去处。小城窝在欧亚大陆正中，离海相当远，可烤肉拼盘里依然出现了三文鱼。

"一个美国人来奥什干什么？（What's an American doing in Osh?）"我们停下手向声源看去。一个身材高大的白人不知何时出现在我们身后，笑着看向耐森。或许我们这桌的声音大了一些，又或许是因为耐森的身材摆在那里总会被人注意，无论如何他都注意到了我们。"我们来这儿旅行。"耐森十分客气地微笑作答。"啊，觉得很少能在奥什听到乡音，所以来说声好。""你在奥什干嘛？"耐森很有礼貌地问。"工作。"他顿了一下。"你们好好玩，我就来打声招呼。"

他在奥什干嘛？如果细细辨别，他的美音里能听出一些别扭的口音。他真的是美国人吗？我犹豫了一下，决定不再多问。

第二天一早，我听见了清真寺宣礼的声音。它没有土耳其或伊朗一些宣礼员的表演感，听上去只是在完成任务。半夜落起的雨下到早上，城里一片烟雾缭绕，看不见远方。这不影响城市的景观，毕竟它本来就没什么美感。吉尔吉斯斯坦的建筑从北到南都乏善可陈，大多数楼房搭起来能住人就行，偶尔见到一些宏伟的苏式大楼都是功能性很强的建筑。奥什的样子让人想起中国北方的乡镇，说是山脚下的县城对不起它吉尔吉斯斯坦"南部首都"的名号，但事实差不了太多。城里吉尔吉斯人和乌兹别克人数量相当，看长相差别比较明显，前者更像东亚人，后者更像印欧人。他们彼此不大待见，在2010年因为前总统巴基耶夫下台引发的骚乱中，两族人互殴导致数百人死亡。而在此之前的二十年，两族人又因为合作农场的归属权问题发生械斗致使近一千人丧生。

很多中文资料言之凿凿地认为奥什就是当年汉使出使的贰师城，但这些资料除了名字读音之外没能举出什么有力的证据——事实上，"贰"字汉代的发音和"奥"字可能不很类似。联合国编撰的《中亚文明史》猜测，贰师城的现址可能是费尔干纳盆地中的另几座古城。此间众说纷纭，没人能确定。玄奘路过时，唯有寥寥数语描述这座盆地："山周四境，土地膏腴稼穑滋盛，多花果宜羊马。"现在这座城市里找不到什么汉军曾经来过的证据，也没有任何汗血马驰骋，更不能说富庶。到访的人惟在杂乱的低矮民房间看见一座孤耸的山在城中莫名突起，引人注目。

"苏莱曼山。"维基百科如此介绍这座突兀的山峦，"伊斯兰教的圣山。""标出了丝路的半程点。"维基百科又说，也不知是谁的观点。

伊斯兰教诞生于汗血马之战七百年后。那时汉朝和大宛不复存在，费尔干纳盆地的汉名变成了拔汗那，《新唐书》说它"事唐最谨"。唐军与大食穆斯林军队在怛罗斯开战，一部分原因就是为了照顾拔汗那。不同的文明常在这里相遇，后来伊斯兰教会在这个遥远的东方盆地里有座圣山或许并不奇怪。它得名苏莱曼山是为了纪念伊斯兰教的先知苏莱曼——他在其他亚伯兰罕系宗教传统里有一个中国人更熟悉的名字——所罗门，据说陵墓就在山内，是众多穆斯林朝圣之地。苏联时期山上营造了一座历史博物馆，外面看像是一顶竖起的空顶遮阳帽，又像是一面天线接收器，像是70年代科幻片的布景。

我和一位朋友约好在这里碰面。他叫苏迪，在上海做过记者，也做过书籍翻译，常带着一种知识分子的骄傲和陌生人较真。现在他经营着一家几个人的软件公司，时间自由，方便四处背包。几周前他说想一起在中亚转悠一阵，但一直磨磨蹭蹭下不定决心，后来不知怎么申到了吉尔吉斯斯坦的个人电子签，于是这几天到了比什凯克。他和我一合计，发现可以在奥什相遇，于是从比什凯克包了我没能包的车过来，坐足整整十三个小时，抵达时精疲力竭，又赶上雨天，刚才走进博物馆展厅时一副不自知的狼狈模样。我们那时正站在浩罕汗国的展板前。边上是几杆 19 世纪的枪，还有几件两百年前的衣服。

"都顺利？""什么鬼天气。""想好接下来怎么走了么？""明天再过关，去安集延 ①，可以在塔什干 ② 追上你们。""那你在奥什干嘛？"这真是个外国人在此无法避开的问题，我都忍不住要问。"我估计应该再休息一天。"

博物馆很大，布展出人意料地漂亮，灯光渲染很有质感。馆内既有布满动物标本的自然历史展厅，也有大量费尔干纳盆地人文历史相关的出土文物和展板。汉征大宛之战被放在了很重要的地方，引用的全是中国的史料。苏迪听说解说员管大宛念"大碗"，纠正说应该念"大渊"。我们瞟到一些塞种人的金币，在几张部族谱系图前站了许久。费尔干纳盆地的历史源远流长，到蒙古人西征之后才成了几个蒙古 - 突厥民族的放牧地，最后逐渐为成形的吉尔吉斯族和乌兹别克族所主宰。

博物馆里关于当代盆地内的民族冲突着墨不多。这些矛

---

① 安集延，乌兹别克斯坦城市，位于费尔干那盆地东南部。
② 塔什干，乌兹别克斯坦首都。

盾很大程度上来源于沙俄和苏联统治时施行的刻意而鲁莽的民族政策。他们无视游牧民族的传统，强迫各族人在限定的区域居住，让一些民族失去了夏季牧场，让另一些民族失去了冬季牧场，同时把一些民族的集中聚居地划给了另一个民族的自治共和国，人为增加民族间发生争端的理由以方便管制。

"吉尔吉斯斯坦和乌兹别克斯坦之间没什么直飞的飞机。关系不好，故意的。"苏迪极有条理地和我分享他做的功课，"奥什不飞乌兹别克斯坦。如果从比什凯克飞得等下周，不然就要从哈萨克斯坦绕。"

我以陆路为主，没研究过中亚各国间的航线，但伊利亚提过苏联解体后的首任乌兹别克斯坦总统卡里莫夫和吉尔吉斯斯坦的关系一直不好。他当政二十六七年，去年才由米尔济约耶夫继任。现在两国关系稍微好些，将就着过。费尔干纳盆地内的民族问题是两国关系中的一个争议焦点。这里农业条件很好，水源充裕，无霜期极长，说是天府之国毫不为过。可惜它没法好好享受自然的赠予，迎送东西来往的商贾过客，反倒见证了民族间的利益纷争：官员占比、商业权利、水资源配额，等等。古时费尔干纳盆地几乎一直由统一的政权管治，现在却被多国分治，多处都有哨卡。从相遇之地变成了相隔之地，这不能不叫人惋惜。

雨依然在下，看不见任何要停的意思。我们决定上山。一片灰蒙中唯一的亮色是朝圣者的民族服饰。他们三三两两向山顶走去，看衣着乌兹别克人更多一些。沿路好几处不显眼的地方似乎都是重要的朝圣地，朝圣者们纷纷用手碰触、抹脸，再匆忙赶往下一处。山顶云雾缭绕，看不出所以然，往下望倒能鸟瞰半座奥什城。颓丧的市景中唯一抢眼的，是前几年落成的苏莱曼山清真寺。它在矮小的建筑间拔地而起，庞大的身形鹤立鸡群，长方体的建筑主体上有四根宣礼塔，听说是中东国家协助建造的。

　　离清真寺不远的地方是奥什的中心市场，在山上不认真找完全分辨不出。这是中亚最大型的露天市场之一，从一头到另一头可以走上六公里。我们下到市场内，发现店面大都是合成板和锈铁板做的，有一股浓浓的塑料感，叫人想起移动公厕的外墙。小商品的密度极高，鞋、袜、手表、墨镜、手机壳、作业本，什么都有，一摆就是一摞，基本都是中国制造，据说大多都会转卖去中亚其他地方。几把大伞上写着"百岁山"和"黄河源"的名字，还有一些宁夏过来的化肥包装袋挂在墙上。有几家店在出售吉尔吉斯族的民族乐器火不思琴[1]和吉尔吉斯山形帽，店家大都是乌兹别克族人。

　　费尔干纳盆地内还有另几处古城，各自被圈在不同国家的国境线内：大宛国首都贵山城的原址可能位于盆地西侧现属塔吉克斯坦的苦盏，而苏迪计划去的安集延在乌兹别克斯坦境内。我们计划去的是原浩罕汗国的首都浩罕。要继续走，必须要过关。

---

[1] 火不思琴，一种弦乐器，似琵琶，较细长，有四弦。

负责带我们去边境的当地人叫斯陶贝克，是位乃蛮族人。他和伊利亚一样对吉尔吉斯斯坦带着发自内心的自豪："我们是中亚最自由的国家。我们可以和世界上的任何国家和人民接触。"我不否认他们网速确实快，可国际航班的数量还是少了些。

"过乌兹别克斯坦的入境检查要小心。他们看到有伤风化或者诋毁政府的东西可能会没收。"他煞有介事地提醒我们，像是在变相论证自己的观点。我们对此略有耳闻。早上众人已经各自审查了一遍自己手机里的照片，又把无人机大卸八块，分了一些部件到耐森和亦舒的行李里。我不知道《中亚文明史》受不受当地人待见。为保险起见，我托斯陶贝克在边境外给我找了一个邮局寄书。工作人员在装书的包裹上贴上了几十张邮票。邮票的票面价值不一，毫无规律可循，有5.7索姆[①]的、6.72索姆的、15.68索姆的，还有28索姆的，盖满了半个包裹。

"乌兹别克斯坦见了。"苏迪和我们道别。"你不过去吗？"斯陶贝克对苏迪产生了好奇。"我再呆一天。""在奥什干嘛？"我很难厘清问出这个问题的当地人对自己的城市是自豪还是自卑。上一秒在吹捧自己的国家，下一秒又对外国人在此停留充满不解。这座城市确实不美，但要说出点什么，倒也有不少有趣的地方。

---

① 索姆，吉尔吉斯斯坦货币，2017年秋与人民币的汇率大约为10兑1。

"拿回去吧。"年轻的边境检察官把敲完章的护照拍在柜台上。我们收回护照，离开吉尔吉斯斯坦。乌兹别克斯坦的边检站敞亮一些。前面的伙伴过关顺利，我的照相包也没人查，更没人要求大家打开手机。看上去那些注意事项只是噱头。我们收拾妥当准备离开，没想到工作人员拦下了最后过关的亦舒，没有多话，要求她打开旅行箱。

"这是什么？"边检的手掠过分装无人机电池的包。我心里一紧。只见他往亦舒箱子深处伸去，面无表情地掏出几瓶肠胃药。

乌兹别克斯坦的向导高力卜在边检站外等着我们。他举手投足有军人的气场，皮肤黝黑，身后停着一个雪佛兰车队，阵仗浩浩荡荡，吓了我们一跳。

"为什么要分四辆车？"我们不解地问。"法律不准在盆地里开大车。"他没多解释。我想到很多可能性，但是没有多问。

我们换了一个国家，继续在费尔干纳盆地内前行。往窗外望，送电系统全是木桩的，夹杂在出疆后许久未见的白杨树之间，一根高压电线塔都没见着。棉花田处处都是。它是乌兹别克斯坦最重要的经济作物，也是过去一百多年间改变乌兹别克斯坦和整个中亚自然面貌的推手。边境两边的地理形态和建筑风格看不出什么区别。破落的仍然破落，灰蒙蒙的依然灰蒙蒙。我们路过安集延，不知道明天苏迪什么时候会到。

2005年在它的中心广场上发生过一起严重的安全事件，起码有几百人遇难。车队没有停留，继续向另一座古城浩罕前行。

我对高力卜说："过关前我们担心边检麻烦，看上去也还好嘛。"高力卜头也不回："乌兹别克斯坦才没那么麻烦。我们是个安全的国家，什么宗教信仰都有，基督教、犹太教，连巴哈伊教 ① 都有。"

看上去吉尔吉斯斯坦城市奥什的雨是要一路下到乌兹别克斯坦城市浩罕了。它们身处同一块盆地，在同一圈山内，本质上没有多大区别，连民族自豪感都有异曲同工之妙。费尔干纳盆地一度招待过众多文明，现在依然是好几个民族共享的土地，但看上去却不再理解为什么会有外国人想到这里来。如果有一天他们找到和解的方法，或许会发现彼此的共同点远比矛盾来的多。

苏迪第二天没能过成关。他的签证种类太新，奥什边境的检察官不认，拒绝让他离境。两天之后他穷尽了各种办法，在比什凯克沮丧地登上了回国的飞机。当他再次尝试并成功入境乌兹别克斯坦之时，地球已经又绕着太阳转了一圈。最终，小小的奥什成了我俩在中亚唯一见上面的地方。

---

① 巴哈伊教创立于1863年，中国旧译大同教，主张宗教同源、人类一体。

十七　浩罕中秋

　　乌兹别克斯坦共和国浩罕市是费尔干纳盆地里的一座小城，人口大概二十万。据我所知，城里只有两间靠谱的宾馆。

　　伊斯蒂克洛尔宾馆在城中心，外墙刚刚刷过，红中带着粉，侧面用白字写着大名，鲜艳的模样在邻居中显得出挑。宾馆有三层，二十来间房，入口要从大街往里面去一点。房间的木制床架上盖着厚实的被褥和毛毯，空气有些厚重，感觉有一阵没接待过人。

　　如清在宾馆的房间里收拾行李。她从箱子的各个角落里翻出月饼，像在驿站清点货品的丝路商人。月饼从北京来到伊犁，又从伊犁来到浩罕，一切都是为了中秋。

　　这一晚就是中秋。浩罕市里没有任何庆祝的迹象。事实上这一带没有任何定在满月的节日。阴历八月十五对费尔干纳盆地内的小城来说是个再普通不过的日子，小商店的店员按时下班，学生们回家之后不再出门。黄昏时分，这座小城由内而外散发着安逸。它像欧美的市郊小镇，市容整洁，见不到格格不入的外城访客。这不奇怪，因为现在我知道，这座城市里只有两间靠谱的宾馆，并且其中一间看上去有一阵没接待过人。

"我半个箱子都是月饼！"如清从箱子里拿起一个袋子，底下又凌乱跌落几只月饼。"这么多吗？"我诧异道。她没带摄影器材，衣服也不够抵御霍尔果斯的大风，我一直好奇她二十九寸的箱子里装了什么。"再怎么也得四分之一箱。"她叉着腰没好气地退了一步。"今晚估计吃不完吧。后几天当早饭了。"再过两个月，火鸡肉在美国也会迎来这样的待遇。

几周前我和耐森拜托塔什干"乌兹别克"旅行社的经理艾丽娅帮我们预订浩罕的房间。她知道我们主意已定，依然试探性地询问要不要换地方："不考虑住费尔干纳市①吗？周围

---

① 费尔干纳，乌兹别克斯坦费尔干纳区首府，建于 1876 年。

还有一些地方可以去，比如马尔吉兰^①，比如里什顿^②。"

我和耐森坚持自己的看法。他认为普通的乌兹别克城镇有属于自己的趣味，可以拿来和之后几座历史文化名城做对比。我对浩罕兴趣的出发点不一样——同治年间有个打到乌鲁木齐的军阀叫阿古柏，中学历史教材叫他"中亚屠夫"，他就是浩罕汗国来的。小时候听谢顶的历史老师要求在课本上划线，直白地觉得这个汗国应该疆域宏大，后来发现它只在中文谐音里有这个效果。

比起天山北部的城市，浩罕天际线里的山矮墩墩的，看上去不大聪明的样子。浩罕当年名噪一时，可现在连费尔干纳区首府都不是。除去老王宫之外，城里有一些还算漂亮的两三层建筑，但商业不发达，餐饮业似乎也没什么前途。

"这里只有一家还行的饭馆——Kapriz。"向导高力卜说。"沿着外面那条路朝左直走，不可能错过。那边应该可以收信用卡。"他不会去 Kapriz 吃饭。我好奇他在哪里吃。同样，他不住伊斯蒂克洛尔宾馆。我好奇他住哪里。

我们兜里装着不到八千乌兹别克索姆，约等于几元人民币，除去信用卡只能寄希望于美元现金。大家离开宾馆，包

① 马尔吉兰，乌兹别克斯坦城市，位于费尔干纳盆地内，经济以丝绸业为主。
② 里什顿，乌兹别克斯坦城市，位于费尔干纳盆地内，经济以陶瓷业为主。

里装的、手里拿的都是月饼——其他几位中国旅伴都各自带了些。在一个陌生的文化环境里，寻找身份定位的最好方式是突出本体文化的符号。这解释了为什么唐人街庆祝传统节日的氛围往往比在国内更热烈，也解释了为什么旅队里的中国人想到在路上带月饼过中秋后纷纷照做。大家期待这一晚好好庆祝一下。中秋的意味很适合这样一座安逸的小城。

"没，没吃过月饼。"大卫说。他回复时带着对新事物惯有的犹豫，但看上去不抗拒。"那就今晚吧。"大家撺掇道。

浩罕在白天尚有些老汗国首都的雍容，可太阳落山后立马一片荒凉，一个人都见不到。我没有预想到这种聊斋故事般的反差。原本整洁清爽的小店不知为何开着暗暗的冷光灯，叫人以为已经打烊，可路过店门时柜台后又会突然蹦出个人影，吓得人一激灵。装扮街道的行道树原本只是慵懒，在黑暗中反倒多了几分阴森。整条大街上唯一开放的餐厅是一家冒充肯德基的小食肆。我们嘲笑着冲它拍照，十五分钟后又灰溜溜回到这里——Kapriz 被生日聚会包了场，没让我们进门。我们没见到任何人进出，只看到门上一张告示牌。或许它每天都挂在那里。

眼前的假肯德基不是我幻想的中秋场景，不温馨，不忧愁，也不美好。总而言之，什么都不是。灯光亮堂地打在三夹板的桌面上，带着一种存在主义的漠然，让任何浪漫情绪都显得荒谬。管事的阿姨见到我们笑开了花儿。她递上一张塑封菜单，上面画着各种油炸食品，并且为消除大家可能的疑虑，几乎每样菜名前都加上了"KFC"的字样。我们比划着问她收不收信用卡，她在懵懂无助和笑着点头间切换着回答。

我们猜测意思是收，于是硬着头皮分两桌坐下。

　　浩罕没有雨，可黑黑的云层下也看不见月亮。我怀念起两天前大克明河谷里的明月。山寨 KFC 的炸鸡和别处的炸鸡味道没什么不同，在当地或许算特别的美味。大家总觉得少了点什么，同意不能就这么草草收场，决定把月饼带回宾馆继续庆祝。中国人对仪式感的追求到国外果然更加强烈，近乎教条。我们拿出信用卡结账。阿姨这时却不应了。我们又拿出美元，她依然不松口。这让人怀疑她刚才点头是无论如何要我们在店里坐下的伎俩。下一个可行选项是去镇上找取款机。大家想起街道上空空如也，一下不知该从何处找起。

　　饭店里还有两位男客，自我们进店起就好奇地观察我们。这时一人突然发声，用一口流利的英语问道："你们要多少索姆？我们和你们换吧。""几十美元可以么？"我们找出些散钱，邻桌的男人拿出一沓纸钞。

　　仁韬有些不安，小声在旁提醒："估计是当地的黑社会，不然谁会带这么多现金来换美金。一会儿给完钱咱们抓紧回宾馆。""你们住哪儿？"新朋友没有听到，继续友好地问，"这边的这家宾馆还是那边的那家宾馆？"前一秒还在紧张的仁韬此时条件反射般地报出了伊斯蒂克洛尔宾馆的方向。

　　不过，鉴于浩罕只有两间靠谱的宾馆，他们如果有心加害，找到我们只是时间问题。

伊斯蒂克洛尔宾馆红中带粉的外墙已经没入黑夜。在这三层楼二十来间的房间里，前台给我们安排了双人间、三人间，甚至家庭套房，每间都长得不一样。耐森的客厅可以坐下所有人，唯一的问题是灯光：它是蓝紫色的，像一盏灭蚊灯，或者是哪部蹩脚吸血鬼电影里用的照明。大家打开刺眼的手机灯光辅助，它们被冷紫的光映衬得温暖。

"这些是故宫的月饼。这是荣华的。这是知乎送的。"旅伴把二十多个月饼撒在桌面上。我看着紫光打在它们表面，期待下一秒照出防伪码。

"不如一人背一首诗来助兴吧！"有人提议。白玥磕磕绊绊地背了《静夜思》。耐森在众人的惊喜中接了一首《自遣》。随后是《月下独酌》《春江花月夜》。大卫听不懂，将信将疑地拿起月饼尝味。小葛决定教他微信表情包，说是当代中国文化的一部分。仁韬还在挂念着那两个带着一沓沓现钞的男人。或许在某一个时空里，中秋就应该是紫色的。紫色的月饼、紫色的唐诗、紫色的脸。月亮依然躲在云层之后。我想了想，它也可以是紫色的。

太阳升起后，浩罕人从隐藏的地方冒了出来。那两个男人整夜没来找我们。我们那一沓现金好好地在身边，证明昨晚那些事确实发生过。

"KFC？哈哈哈哈。"向导高力卜的严肃脸一下没绷住——我怀疑他之前一直在故作深沉。"你们应该早点找我，我们可以拉你们去其他地方。"他把故事讲给几位司机。我听到好几次"KFC"，以及不同音高的中年男性大笑。

"不只是 KFC。我们房间里的淋浴基本都是坏的，要不只有冷水，要不就是水上不到淋浴头。"

"浩罕确实。平时很少会有访客来这里。你们算是特殊的。""昨天还和人换了点钱。你们这儿的人都习惯拿着一摞一摞现金在外面跑么？""没办法。信用卡不发达，钱又不值钱，还能怎么办。"

高力卜带我们在一个广场下车，手里提了一个不知道装了什么的公文包。"有人怀疑和我们换钱的人是黑社会。""黑社会，哈哈哈哈哈。"高力卜光顾着大笑，也没否认。车队的司机下车关门后就走开了，门也不锁。"乌兹别克斯坦可安全了。"高力卜对我的疑虑嗤之以鼻，拿出手机调出一个网站，"让我们看看，世界上最安全的国家排名。第二名，乌兹别克斯坦！""这是乌兹别克斯坦自己评的吧？！"

广场边是城市最重要的古迹古德亚汗王宫，兴建于浩罕汗国末期，观感朴素。王宫的占地面积不小，没有任何超过两层高的建筑，最高点是入口处的大门。各幢建筑内侧的藻井上有金漆绘制的图案，木雕很细巧，墙面现在刷成白色，看不出之前装饰的痕迹。王宫内有好多高中生模样的女孩子在参观，不知道是不是正好赶上秋游。比起王宫，她们更愿意盯着我们看。男孩子们在不远处的聚礼清真寺参观。他们一个个穿着薄毛衣或是短夹克，欢乐地朝我们招手。清真寺的柱子使用了当地非常珍贵的杉木，底部的火盆造型清晰地指向当地曾经深受袄教①的影响。

"城里人不少啊，晚上都在哪里活动呢？昨晚这里像个死城。""艾莉娅和你们沟通过吧，这里生活确实比较平淡。"高力卜的脸上写着无聊和无奈。

天气阴沉沉的。城里见不到天山北麓苏式城市的宏伟建筑，也看不出当年属于浩罕汗国的野心。《清史稿》里用"安集延"指代浩罕人，说"浩罕风俗与天山南路诸回部略同，而鸷勇过之，有'百回兵不如一安集延'之语"。灭国一百多年，书上的霸气已无处寻觅，泯然于盆地之内。它和奥什同是费尔干纳盆地内的城市，相比起奥什的凌乱和暗流涌动的交汇感，浩罕要规矩太多。城市的街巷里一样混迹着不少板房，但市容整洁，气质与其说是个旧王都，不如说是一座无欲无求的县城，"中亚屠夫"阿古柏的踪迹更是无处可寻。

和耐森一样，我对这种安逸并不介意。我困惑的是当地人对灯光的选择。浩罕在夜晚变身的大半原因来自对冷紫色灯光的奇怪偏好，它们让这座小城变成一个连接不同视觉时空的闸门。我猜朱总对此有过很深的体会。后半夜他或许梦

---

① 袄教，音译琐罗亚斯德教，俗称拜火教，曾为中东和西亚最具影响力的宗教、古波斯帝国国教。

见自己穿过云层见到了中秋的月亮，也可能与游荡于宾馆里的神灵四处转悠了一圈。当今晨的阳光穿透云层照进空气厚重的房间里时，我发现他的床上没有枕头，头支在下巴上，周身散发着一种平衡的美感，在没有外力干预的情况下稳稳地俯卧，似乎可以直到时间尽头。

此刻朱总看不出任何不同。他和所有人一起跟着高力卜来到城中一处安静的角落，没有打电话，只是默默跟着。高力卜手里依旧提着那个鼓鼓的公文包。我们身边是一面长长的夯土墙，内有一座翠蓝色的洋葱顶。墙边的树一副慵懒的腔调。

我问："这是什么地方？"高力卜说："浩罕一座有点名气的公墓。可以转转，有些看的。""随便看看就好。我更关心一会儿中午吃什么。""肯德基怎么样？""不吃肯德基怎么样？""行啊，我找几个地方你们自己挑。"高力卜在前面走着。他说外国人进公墓要买票，得去处理一下。不远处，两个卖票模样的长者坐在树荫下百无聊赖。

我想到那些压回如清箱子里的小包装袋，跟着高力卜走到树下。"高力卜，你听说过月饼吗？要不要试一试？"他没理我，专心打开了他的公文包。

我看了一眼包内。里面装得满满当当，原来一沓沓的，都是不值钱的现钞。

十八　去河中

"下车。"高力卜说,"带好护照。"

我张开眼睛,发现自己在车后座睡着了。娜娜在边上醒来,在包里摸起证件。高力卜见我俩有了反应,下车朝路边检查站走去。我们周围还是山,和一小时前一样。前方是一排收费站。我们不是在离开费尔干纳盆地出山么?怎么到国境了?为什么要查护照?

车队的其他车同样停到了路边,同伴们零零落落地下车,看上去睡眼惺忪。

"这是卡姆齐克隘口。"高力卜说。

隘口的风不小,但体感不冷,估计是中午吃的抓饭还在胃里发热。浩罕按重量卖抓饭,"一公斤"的意思是叫店家用足一公斤米、一公斤胡萝卜和一公斤羊肉的配料。

"有什么问题吗?"我拿着护照走到检查站边,看到高力卜一脸严肃。"政府担心罪犯从塔吉克斯坦偷运毒品过来，在这里设了一个例行检查站。我们国家路边检查站不多。还有一个在和阿富汗接壤的地方——哎！你们干嘛呢？"两个当地人过来插队，被高力卜迎面喝止。他永远给人一切尽在掌握的感觉——如果说伊利亚是邻家哥哥，那高力卜就是家里最帅的叔叔。他身上有塔吉克、乌兹别克和阿拉伯血统，会塔、乌、阿、俄、英五门语言，在中亚的江湖里想必比较方便行事。今天高力卜心情不错，在浩罕上车前问我"漂亮"中文怎么说，然后得意地告诉我乌兹别克语里喝茶的杯子也叫"漂亮"（piy ā la）。我猜他等不及要离开费尔干纳了。

"护照收好。"穿戎装的检查站小哥把大家的护照递了回来。当地人这时才敢把自己的身份证件递进去。

"为什么盆地内不让开面包车？""山里开车出过交通意外，所以现在统一只让小客车载人。""和治安无关？""无关。乌兹别克斯坦很安全。"高力卜一遍遍重复着这条真理。

大家回到各自车上，继续在棕褐色的山间绕行，偶尔能见到远处一些雪顶。乌兹别克斯坦的国土在这里变得狭窄，南面山上塔吉克斯坦的飞地无声宣告着独联体领土划分之混乱。从费尔干纳盆地去塔什干一般都得走卡姆齐克隘口出山，全程要三个多小时。本来向西出盆地还可以通过苦盏[1]，但现在这么走需要离开一次国境。牧羊人赶着羊群和我们一起在盘山公路上走着，很客气地没占多少路。

我们的目的地是河中地区的腹地，它是乌兹别克斯坦的灵魂。如果说乌兹别克斯坦的水能资源大都来自东南的山间，油气靠着西面的里海，那河中地区就驱使着它的精神世界。河中的特产是干果，还有诗人。除去诗人，还有通才大师和披着碧蓝色外墙的高大建筑。它由两条大河灌溉，土地肥腴，适宜定居，几千年来都是欧亚大陆中心的一块沃土。

人类的文明摇篮喜欢河，更喜欢"两河"。底格里斯河和幼发拉底河间诞生了美索不达米亚文明，印度次大陆上有恒河和印度河，华夏文明有长江与黄河两条母亲河。河中地区也有两条河，一条叫阿姆，一条叫锡尔。这是它们在当代的名字。古典时期的希腊管它们叫 Oxus 和 Jaxartes，汉唐中国管它们叫乌浒和药杀，发音类似。公元前 329 年亚历山大大帝东征，在药杀水畔与游牧塞人激战，在河边确立帝国的东北疆界。两百年后张骞西行寻找大月氏，《史记》记载"在大宛

---

[1] 苦盏，塔吉克斯坦北部城市，位于费尔干那盆地西南出口。

西可二三千里，居妫水北"，妫水就是乌浒水更早的音译。印度《往事书》[①]和波斯《阿维斯塔》[②]中对它们也有发音类似的称呼。现在中文里之所以管这片区域叫河中，是因为七百年后唐朝在此羁縻设立康居都护府，别名河中府。

丝绸之路到这里进入一片人类长期稳定定居的区域，各大文明的叙事中都能见到河中城邦塔什干、撒马尔罕和布哈拉的身影。无论希腊、罗马、波斯、阿拉伯、印度还是中国都和河中有过千丝万缕的联系。波斯史诗《列王纪》说，天下之主法里东三分天下，本土伊朗交由小儿子伊拉治统治，阿姆河以东交由二儿子图尔管理，称为图兰，腹地河中。后来兄弟反目，图尔杀害了善良的伊拉治，伊朗与图兰成为世仇，上古从此充满两地斗争史。图兰的名字在中世纪流入伊斯兰与西方词汇中，在现代常泛指伊朗以东的中亚。歌剧《图兰朵》的标题意思即是图兰之女，泛指中亚的公主。

在中国，不少姓史、康、安、石、米的人向上溯源都能找到河中。他们是唐朝时迁到东方来的河中人，当时被称昭武九姓，又叫九姓胡。这些人当时大多信奉祆教，崇拜火。横行一时的安禄山、史思明不出意外有河中地区的血统。我有一位姓史的朋友前一阵做了基因测试，发现自己有中亚基因，做了计划到河中来寻祖。另一位姓石的朋友老家在陕北榆林

---

① 《往事书》，古印度文献，涵盖范围极广，从宇宙诞生到帝王世系皆有囊括。
② 《阿维斯塔》又称《波斯古经》，祆教经典。

的石家圢村，村里到现在还保留着过年燃火盆的习惯。他们四周的村落叫康家梁、曹家崖、米丰塌，从地名上看得出全是九姓胡后人定居的村子。现在河中地区的宗教信仰以伊斯兰教为主，但在不少地方还能看到佛教和袄教深埋的痕迹。

蒙古人的势力逐渐瓦解后，河中地区归于帖木儿帝国，后来被新兴起的汗国瓜分。1865 年，沙俄切尔尼亚耶夫将军率领不到两千人，几乎兵不血刃地拿下了浩罕汗国有近三万人驻守的大城市塔什干。三年后沙俄吞并整个浩罕汗国，并征服了布哈拉埃米尔国的大部分领土，完成对河中地区的基本控制。苏联解体之后，乌兹别克斯坦获得了河中地区最富饶的地区，另一些归于哈萨克斯坦、吉尔吉斯斯坦和塔吉克斯坦。现在这里依然体现着复杂丰富的文化特质，民族混居，有极高的诗歌、音乐、绘画和手工艺造诣。

车队在两山夹缝间找到一条通路，山势平缓了很多。娜娜没有继续睡，但眼里仍有倦意。我猜我看上去也是这样。几天来大山的寒风和盆地的细雨一直默默侵袭着人的精神。娜娜和外国旅伴这两天多了些交流，看上去放松了点。她拿出一本书，看了两页又放下，问："你老提《我的名字叫红》。真的很好看吗？"

"这是整场丝路旅行追根溯源最重要的一本书。它讲了一个特别有趣的故事。"娜娜不依不饶："有趣的故事有很多啊，但感觉你真的很喜欢这本，这几天一直说它。""因为我们要到河中了嘛。""这本书不是有关土耳其细密画的故事么？""土耳其的绘画传统有很多是河中传过去的，书里面经常会提到这儿，所以我才老想起它。小说背后本身涉及的艺术哲学和世界观很精彩。不同文明碰撞时的坚守、创新、虚荣和困惑写得非常好。""会不会要很多背景知识啊？我怕会看不懂。""试试看呗。去过河中的几座城市之后再看这本书，感觉会不大一样。"她想了想，重新拿起了手里的书。

车队沿锡尔河的支流安格连河向西行驶。天山到这里看上去土土秃秃，失去了灵性。我与它在哈密星星峡初遇，一同走过水草丰茂的大片土地，见过它落落大方，见过它冷峻深邃。现在它缓缓降落，到了和我相伴的最后一程，似乎已经穷尽样貌变化回归平庸。不久山来到尽头，不再向西。我们转向，沿着山的西缘朝北。周围的土地变得平坦。前方是昭武九姓里地处最东北的石国现址，乌兹别克斯坦首都塔什干，现名的意思同样是"石头城"。它是乌兹别克斯坦河中地区唯一一座位于锡尔河以北的主要古城。车队速度慢了下来，队形开始难以维系，挡路的从羊群变成了红绿灯。几天来街边第一次出现了换外汇的小店，我连忙叫停，呼唤另几辆车上的同伴们换些钱。大家用美元换到一叠叠厚厚的乌兹别克索姆，在上衣和裤子口袋里找地方塞。

"高力卜，今天听你的。"我说，"给我们推荐一个吃晚饭的地方吧。"我知道那些纸币不值钱，但依然觉得自己富有了。

他严肃的脸上露出笑容，指了一家叫 Mangal Barbecue

House 的烧烤店。 塔什干确实是一座大城市，街边来往的人流车辆叫人觉得陌生而熟悉。 大家在烧烤店内拼起几张桌子，随意坐下。 小葛和如清和亦舒复习起车上学的一首喊麦歌曲，仁韬听到觉得好奇，询问是哪来的艺术形式。"现在在直播平台上很火。"小葛解释道。 这几天他上车就研究新兴的修图和短视频软件，收获颇丰。 说罢他拿出一个实时换脸的拍照软件，给仁韬试验了起来。

烧烤店的烤架在店外。 耐森路过，发现厨师们不用蒲扇，用的是电吹风。 他被逗乐了，叫我一起去看。 电吹风摇晃着朝烤架吐气，炭上飞出一串串火星，又瞬间消散。 我想到大克明河谷里的星星。 在人烟稀少的地方呆了多日后我开始怀念人群的样子，可回到人群中之后，我又会想起那些方圆数十里见不到一个人的午后。 那是些沉静的大山大河，一些只属于我们一行人的记忆。

"今晚要好好休息。 接下来几天会很精彩。"我和耐森走回座位。 白玥露出笑容，猜测明天可以多睡一点。 她不知道的是，其他人在来河中的路上偷偷组了一个新的微信群。 为防白玥早上迟到，我们会在那里商量什么时候集合，再在大群里宣布提前十五分钟的碰头时间。 我们自然没有告诉耐森。 但作为最负责的那个，他本来就会早到。 不过白玥也不用担心：在塔什干，就算迟到也可以搭各种交通工具和旅队会合。 这是大城市的好处。 以前的丝路商旅穿过草原大山运货到河中的集市之后，想必都可以稍稍喘口气了。

十九　烟火塔什干

"让一让。让一让！"服务员小哥举着餐盘从两张桌子中间挤过。坐着吃午饭的食客没有空间，只能象征性地欠欠身。这间餐厅的布局让人想起北京鼓楼的炒肝卤煮店，能摆桌凳的地方都摆上了桌凳，桌与桌之间很近，服务员总在找路走。

"来 Milliy Taomlar 的人一直这么多吗？"我问。许久没见到这样的烟火气了。旅队拼了三张方桌才总算显得宽敞些。

"是的，多少年来都这么受欢迎。"高力卜说。服务员给我们端上了一盘烤包子，仁韬一下肉眼可见地兴奋。早上他第一次吃到这种在当地被称作 Samsa 的食物之后不能自拔，三小时来连着试了三家店的手艺。烤包子外皮酥脆，肉馅喷香，刚出炉的热气让他把拿不住。我知道他对吃食异常挑剔，没想到能在这里找到真爱。旁的同伴去食品站打了蔬菜，发现种类不多，主要是黄瓜和番茄。

餐厅外有一个巴士站，似乎永远有大量的人处于运动之中。人真多。先前一直在人迹罕至的地方游荡，仿佛在一间不透光的黑屋子里呆着。现在回到人声鼎沸的环境，像有人猛地拉开窗帘放进光，眼睛一下睁不大开。

"仁韬，这是你第几只烤包子了？"耐森忍不住问。桌上还摆着馕、土豆蔬菜汤、蒸饺（Manti）、抓饭（Plov）和用细碎的马肉与细碎的面混在一起的马肉面（Naryn），没见仁韬展现出过类似的热情。

"这玩意儿是真的好吃。"他双手捏着烤包子三角形的两个尖，端详着洋葱肉馅儿，像在琢磨一个复杂的物理问题。他穿着名牌风衣，感觉更应该出现在纽约的街角，而不是塔什干的小吃店。但他脸上的快乐完美契合进了周遭的氛围。大卫和简没来。他们一路小心地摄入食物，可还是在来到中亚一周后倒在了宾馆——或许这正是平常过分小心害的。餐厅负责切马肉的、煮面糊糊的、切蔬菜的从门口一路排进大厅，食客一个个进门都得从灶台前路过。大卫他们来了应该会看不惯店里的卫生状况。

塔什干的人口位居中亚五国城市之首，远超第二，能量充盈。城市历史悠久，是中亚独联体国家里唯一的古城首都，起码和西安同岁，在现代历史中也未曾缺席——在苏联的斡旋下，第二次印巴战争的停火协议就是在这里签署的。最特别的是，它是一座在五十多年前几近重生的城市。1966年4月的一天凌晨，塔什干发生了一场里氏五点一级地震，震级不高，但震源很浅。地震摧毁了城中大多数建筑，包括近十万间砖土民房，并几乎夷平了市中心所有历史古迹。

我一度不相信一场地震可以把这座老都城的历史抹得这么干净，但在城市里漫无目的地逛上一圈后，我发现这里上年岁的基本只剩老式新村的楼房和以数字编号的学校了。地震为这座城市带来了惨烈的毁灭和被质疑的死伤数字，除此之外还有一座塔什干地震纪念碑，名字叫"勇气"，形象是坚毅健壮的一家三口，眼睛向下盯着一道人工凿出的地震裂缝。裂缝沿地面来到记录地震时间日期的一块岩石边，前面有许多欧洲游客，正在聚精会神地听讲。

好久没见到欧洲游客了。我忍不住多瞄了几眼。

塔什干的样貌在历史上大变过好几次。玄奘到访时塔什干被唐朝人称为石国，属于善于经商的粟特人。公元751年，唐朝将领高仙芝和阿拉伯阿巴斯王朝（大食）在今吉尔吉斯斯坦和哈萨克斯坦交界的怛罗斯附近打了一场大仗，导火索就与石国有关。

《资治通鉴》中记载说:

> 高仙芝之虏石国王也,石国王子逃诣诸胡,具告
> 仙芝欺诱贪暴之状。诸胡皆怒,潜引大食欲共攻
> 四镇。

历史专家们对这场仗的意义目前争论不清。有的认为唐朝输掉这场战役之后,决定性地停止了在中亚扩张的步伐,另一些人则认为这是一场平凡无奇的遭遇战。数百年之后成吉思汗西征到此,塔什干已是一座穆斯林的城市,同周围的其他城市一样没能逃过被付之一炬的命运。它在河中地区一直不温不火,直到最近两三百年才第一次成为这片区域的首都城市。或许正是因为有了这一层身份的保护,苏联政府才会在那场地震之后迅速深入地开展重建工作。

严格地说,老城里不是所有古建筑都被地震毁了。城北有一片叫哈斯特伊玛目广场的区域幸运地存活了下来。广场上有一座 16 世纪的马德拉萨(伊斯兰规制的高等学校,Madrasa),现在被改造成了手工艺品市场,另外还有一座同龄的清真寺和两座小一点的建筑。它们的外墙是土色的砖头修建的,嵌以蓝色的马赛克。乌兹别克斯坦独立之后,政府以同样的建筑风格在边上新建了一座巨大的清真寺作陪,又造了一座袖珍的可兰经博物馆,展出全世界搜罗来的各式可兰经,大的小的,不同字体的,不同语言的,什么都有。在这之中,最珍贵的是供奉在房间正中的鹿皮纸库法体的可兰经。据说这是全世界六本最古老的可兰经之一,作于公元 7 世纪,

14 世纪时被征服者帖木儿带回河中，是现在存世唯一完整的版本。博物馆里来参观的人流不断，但比起故宫博物院，这里的人简直少得奢侈。城里还有一些二战后的建筑也存活了下来，比如全国鼎鼎有名的 Navoi 剧院，它是日本战俘修建的。除此之外，蜿蜒的古城道路和住宅基本被损毁至无法使用，取而代之的是苏式的城市规划。这样的工程需要大量的人力。震后苏联政府从各个加盟共和国调集人手做重建，许多人就此在塔什干住了下来。

现在的塔什干有许多当代大城市的特征：时髦的餐厅、大型博物馆、国际机场和上下班时拥堵的交通。不过信用卡在这儿依然不好用，或许再等等就可以直接进入电子支付时代了。在这些特质中，我最没预料到的是塔什干丰盈的烟火气。这仿佛是当地人对地震带来的毁灭做出的回应。左边，厨师把新出炉的抓饭盖子掀开，羊肉的香气扑鼻而来；右边，烤架上并排摆着一串串烤肉，一滴油突然落到火红的炭上，"滋溜"冒烟，活力简单直接，充满感染力。圆顶集市（Chorsu Bazaar，直译为十字路口的集市）是这座城市最大的食物集散地，底楼卖肉类、腌制品与酸奶，二楼有从撒马尔罕运来的干果，小贩们不知疲倦地吆喝，推销自己的货品。在单辟出的馕区内，烘培师们不停地把松软的馕从馕坑中带着热气取出，制造一批批幸福的通货。斜对角的熟食区里，厨师们把各式肉与面堆在面前，叫人挑花眼。食物在这座城市无处不在，从烤肉到抓饭，到马肉面、酸奶（Ayran）、酿青椒，应有尽有。这种骨子里散发出的人气和能量是之前清冷的山间小镇完全没法比的。塔什干是乌兹别克斯坦的首都，有许多象征国家权力的苏式建筑，但与街道上的活力一比便毫无魅力。唯一有些意思的是国家议会外的一排水帘，听说高考结束的学生庆祝时会从下面钻一遍。这种有趣的仪式应该是世俗的，但形式叫人联想到祆教里的火焰考验：教徒证明自己无辜时，可要求从一溜熊熊烈火中走过，毫发无损便是无罪之人。

我们从 Milliy Taomlar 走出，穿过巴扎分流过来的人群过马路去坐车。如清看着手机上的推荐，琢磨下午的计划："地铁居然在塔什干景点中排名第一？这也是……要不去国立应用美术馆吧。看照片挺好看的。""还是回宾馆休息一下？"我用疲惫的眼神看着她。她有些失望，但没坚持。这两天她的精神恢复得很快，但其他人从山里出来后还在慢慢找能量。前几日白玥的身体最先报了警，然后是大卫和简，其他人或多或少都被疲劳占据。帮我们安排包车的"乌兹别克"旅行社经理艾丽娅推荐了一家非常舒适的宾馆，每间房间里都有漂亮的羊毛地毯和披着帷幔的巨型四柱床，让人看到就迈不动腿。前一晚她专门来酒店看了我和耐森，看上去年纪不超过四十，一头齐耳短发十分干练，大大的蝴蝶状眼镜释放着做梦的失焦感。她给姑娘们带了一些手工做的小包，给男生们准备了乌兹别克斯坦小圆帽，蓝蓝紫紫的，和伊利亚给的吉尔吉斯斯坦的白色改良山形帽风格各有特色。

"浩罕是不是有点无聊？"艾丽娅还惦记着之前给的建议。"是有些，但我们的遭遇很有趣。"我想把假 KFC 和那两个被仁韬当做黑社会的故事讲给她听。又想了想，决定留点悬念。

"哦？对了，你们的朋友苏迪前几天辗转找到了我。""啊！他说当地人推荐了一个很厉害的旅行社经理帮他出关，原来是你。"艾丽娅听见有点得意，旋即又不得不承认最后没能帮成苏迪，"你们在这里好好休息，后面的路很长。"

艾丽娅走后我沉沉地睡了一晚，第二天从 Milliy Taomlar 回来后接着睡去。塔什干确实适合休息。它远比大山嘈杂，但我可以忘却自己的身份，不费力地没入人流之中。我们的脸孔不像在小镇上那样不合群，内心也不会像在大山里那样被击中不设防的角落。我像《指环王》里刚刚抵达罗斯洛立安的魔戒远征队成员，找到一处终于可以放心休息的地方。

睁开双眼时已是傍晚。国立应用美术馆过了关门的点，如清看上去没能去成。我和大家合计决定找些吃的。这在塔什干不难。大卫热情地给大伙儿推荐附近一家他发现的汉堡店，名字叫 Gosht（意即"肉"）。仁韬吃了太多烤包子，对出门寻找其他吃食打不起兴趣。其他人穿过塔什干使馆区静谧的街道，来到汉堡店。店内的装修时髦干净，送餐的服务生头戴费多拉帽，脚步轻快，背后的大电视上放着节奏感很强的欧美流行音乐。

"我们现在坐在塔什干一起吃汉堡。"我突然觉得不真实。白玥坐在对面，看我露出了不可思议的表情。"塔什干，塔什干哎！"她夸张地应和。或许因为周遭的场景可以发生在上海、香港、纽约或是任何国际性大都市，我突然从丝路的魔法中惊醒了。之前路过的城市乡镇大多活在过去的故事里，看不出和当代的关系。我对塔什干未曾有过不同期待，见到熟悉的景致反而有些不适应。有一刻我忘却了沙漠草原和雪山，似乎下一秒就会见到鱼贯而入的下班白领。我打开手机软件，突发奇想搜起周围的夜店。排行榜上有几家评分高的，可惜不知道为什么倒闭了。

Gosht 的菜单是一张设计成极简风格的硬板纸，上面有一种由六种香料叶子组成的奇怪色拉和一种叫"美国汤"的海鲜汤。桌椅摆得不挤，还一人送一副一次性黑手套。大卫愉悦地吃着他熟悉的汉堡，满心欢喜的表情让我想起吃烤包子的仁韬。这是几天来大卫最安心的一顿饭，完全没见他蹙眉。小葛在旁边放下汉堡，拿起色拉里的一根青葱往嘴里塞："这里都是肉和面，也没什么正常的绿叶菜。"他把纯黑的长袖 T 恤袖管撸起，戴着黑色的一次性手套，造型略显滑稽。

"你这样太好笑了！"亦舒拿起手机给他拍照。其他人直接拿起色拉里的迷迭香往小葛头上插。到目前为止这盘色拉的装饰作用大过了它的饮食价值。

"最近有个撒盐哥很火，你们知道么？"小葛想到一茬，弯起右肘把所有手指捻在一块儿，模仿出一个特定的动作。"是那个土耳其开烤肉店的大哥么？"大家嘻嘻哈哈拍照上传到社交网络，仿佛一个普通的都市之夜。白玥要玩耐森的手机游戏，被耐森抢了回去。朱总挂着耳机，可还要时不时调侃大家几句。结账时服务生依然不收信用卡，大家只能各自拿出一沓现金，这场面无论见多少次都很滑稽。亦舒自告奋勇替我们清点，纸币在她的指尖飞速划过。"你怎么能数钱数这么快？"大卫没见过中国人快速点钱的方式，瞪大了双眼。"以前有机会练的。"亦舒有些不好意思。她身后的赭石墙面散发出一种恰到好处的温暖，颜色的中文名和塔什干古时的中文名一模一样。

我们顺着安静的林荫路走回宾馆，现代化的夜景在远处闪烁，同伴们仍在身边叽叽喳喳。"可惜没去成国立应用美术馆。""还有国家历史博物馆。""这里交通方便，以后可以坐飞机来嘛。""但感觉就不一样了。""都怪你们要睡觉。""那你也可以自己去呀。"旅队的精神和能量慢慢回来了。这或许都是塔什干的功劳。前几周我路过许多因天灾而被遗弃的城市，之后还会遇见更多，但塔什干不一样，它重新站了起来，并用快乐的烟火气感染着所有人。现在我唯一担心的是晚上没有出现的仁韬。我希望他没有因为烤包子吃坏肚子。毕竟明天一早，我们又要在破晓时出发了。

二十 驶向撒马尔罕的特快列车

早晨七点半，塔什干阴云密布。旅队穿过重重安检来到火车站台，看见一辆浑身白漆的列车在铁轨上等待出发的号令。这是乌兹别克斯坦唯一一条高速铁路线，国旗三色从车身侧面横穿而过，与隔壁站台老旧的绿皮火车形成了鲜明的对比。

铁路的前方是撒马尔罕。

小时候我对撒马尔罕一无所知，可大学毕业后就没断过去撒马尔罕的念头。不知从何时起这个名字开始频频出现在我的视线中。在《一千零一夜》里，它是国王山鲁亚尔的弟弟统治的国度，强盛富有活力。在《我的名字叫红》里，它是一座画师和诗人云集的城市，是伊斯兰艺术的圣堂。这些作品里的撒马尔罕灵气逼人，让旅人流连，使有志之士向往，叫邻国统治者羡慕。日积月累，它在我的心底埋下了一颗向往的种子。种子发芽结果，我和它间只剩最后一段火车的距离了。

高力卜带大家找到车厢。小葛戴上眼罩，朱总挂上耳机。我放下桌板，拿出笔记本开始写写画画。不久，列车启动，三维世界的无序运动让位于二维世界的有序位移。

　　撒马尔罕是一个符号，就好比罗马是个符号，长安是个符号。它在哪里不重要，重要的是它在远方，它神秘，它富庶。在伊斯兰文学里它是个半神话似的存在，有公平，有正义，头顶是一圈光晕，空气中流淌着诗歌。在小说《撒马尔罕》里，法国作家阿敏·马卢夫虚构了一份《鲁拜集》的撒马尔罕手稿。他借用中世纪数学家与大诗人欧玛尔·海亚姆的视角，描绘了 11 世纪塞尔柱突厥 ① 宫廷的景象，钩织出波斯哲学、诗歌、苏非主义 ② 与现代主义剪不断理还乱的纠缠。在《撒马尔罕的金桃》里，美国汉学家薛爱华用它象征唐朝辽阔的西域。他从撒马尔罕鹅蛋般大小的金桃说起，洋洋洒洒地记录了唐代从丝路上进口的大小物件，象牙、钻

---

① 塞尔柱突厥，突厥人的一支，一度在 11 到 12 世纪建立起统治中亚、波斯与两河流域的塞尔柱帝国。
② 苏非主义，伊斯兰教神秘主义派别，是对伊斯兰教信仰赋予隐秘奥义、奉行苦行禁欲功修方式的诸多组织的统称。

石、香料、舞女甚至魔术师，一应具足。很多人将自己能想到的最美好的词汇都赋予了撒马尔罕。它的真实形态或许已不再重要。只要它在，诗人的信仰就在。又或者它不在也好，这样它就能永远免受时间的侵蚀。去见这样一座盛名在外的城市的真身，怎会不叫人兴奋，又怎会不叫人紧张。

火车疾速奔驰。如清在前座歪头睡去，仁韬的头也耷拉下来。光影开始刺透塔什干郊外的云层，列车内一片安静。这辆现代化的高铁有一个神话时代的名字：阿夫拉西亚伯。在波斯，他是上古图兰国的国王，是史诗《列王纪》与祆教经典《阿维斯塔》中的大反派；在河中，他受人敬仰，撒马尔罕古城的考古遗址以他命名。和他同名的火车此刻不顾一切地向前，向前。

这座城市初生时和所有古老人类定居点一样小，都只有些土房。但它出名很早，波斯帝国时就已在大流士大帝的版图中。亚历山大大帝将它征服后为它取名马拉康达，使它逐渐成为索格底亚那①最重要的城市。此后它被纳入过塞琉古②、康居③、贵霜④和萨珊波斯⑤的势力范围，在南北朝至唐朝时成为城邦国家，中文名叫康国。唐朝在此置州置府，直到后来被

---

① 索格底亚那，古波斯帝国阿契美尼德王朝与亚历山大帝国时期行省名。
② 塞琉古，亚历山大帝国解体后的继业者王国之一。
③ 康居，汉至南北朝时期中亚大国。
④ 贵霜，月氏人建立的帝国，与东汉帝国、安息帝国、罗马帝国同期存在，疆域包括中亚与印度西北部。
⑤ 萨珊波斯，为伊斯兰教兴起前最后一个波斯帝国。

阿拉伯帝国吞并。在这里，佛教、伊斯兰教、祆教、摩尼教、印度教、犹太教、基督教共存共栖，思想碰撞激烈。当欧洲迈入蒙昧的中世纪时，伊斯兰中亚步入黄金时代，一大批数学家、天文学家和文学家在撒马尔罕的墙内留下重要的结论与作品。蒙古人的桎梏逐渐解除之后，撒马尔罕迎来了以自己为中心的帝国时代，在帖木儿的带领下成为伊斯兰世界最强盛国度的首都。几千年来，它一直受命运宠爱，养成了自己高贵的气质。它的历史深深印刻在这片土地之上，它的故事离不开中亚十字路口的地理位置。

送茶水的列车服务员走过安静的车厢。"Kuk Choy。"我用新学会的乌兹别克语要了杯绿茶。窗外的风景渐渐明亮晃眼，阿夫拉西亚伯号毫不拖泥带水地穿过河中的农田。大卫和简睡醒，齐齐看着窗外的果园。那些一闪而过的，或许正是一个个鹅蛋大小的金桃。

马上就要亲眼见到撒马尔罕了。不管它当代真实的模样如何，我都会记得第一次在《我的名字叫红》里读到它时的印象。那是一座艺术之城，虽然出场不多，但每每提及语气都毕恭毕敬。撒马尔罕产的"撒马尔罕纸"——据说造纸的技巧是被阿拉伯人俘虏的唐军兵士传来的——如丝般轻而柔韧，是全世界细密画师都想得到的物品。撒马尔罕画派的画师们在上面作画，无论是人物、花鸟还是风景，都带着一种深邃的和谐，细致的细节要用放大镜才看得清。他们糅合巴格达画派与西传的中国画审美与技法，活用填充与留白，做到了情感与克制的统一。在撒马尔罕的画坊里，人们从来不敢大声喧哗，生怕惊扰他人的笔触。这是一种懂得节制的创造，一种小心翼翼的美丽。一个长情的符号。

火车越过泽拉夫尚河。列车员报站的声音响起。"撒马尔罕，撒马尔罕"。在高力卜的带领下，大家起身抖去行路的困乏，收拾行李，预备下车。车速逐渐放慢，光影变化趋于平缓。脑中，英国剧作家 Flecker 的诗歌《通往撒马尔罕的金色之路》如经文般响起：

> 心怀期待离开黄昏的水井
> 投身沙漠沉落的夜幕，
> 静谧中的温柔驼铃
> 响贯通往撒马尔罕的金色之路。
>
> 我们不只为旅行而旅行：
> 燥热的风加剧火燎的心情：
> 我们渴求失落的秘密
> 就此踏上通往撒马尔罕的金色之路。

娜娜起身，笑问我是否兴奋。是的，我已经迫不及待了。窗外，撒马尔罕站牌出现在视线之中。我收起笔记本，背起行囊，走上过道。下火车前还有五米路要走。在五米之外，就是撒马尔罕。

二十一　金色撒马尔罕

　　我们脚步匆匆，穿过花园里的树荫，在小广场上来不及停留。倏地抬头，前方是一座巨大的蓝色的穹顶。那不是撒马尔罕在画册中的模样么？中亚的中心，文明的十字路口，人类的丰碑……这座老城或许沉重，或许威严，但它的第一面有着年轻天空的颜色。

　　"快些了！"我冲着伙伴们叫道。他们拖拉在后面，被老城的氛围迷得迈不开脚步。

　　又走了几十米，或者是上百米。我们经过高大的围墙，在墙根诧异于自己的渺小。参照物在这里失去了原本的意义。终于，一个转角过后，恢宏的列吉斯坦广场赫然出现在面前，人瞬间又感觉矮了一截。

　　中亚伊斯兰风格的建筑，我早先在波斯见过很多类似的——蓝色贴瓷、拱门、喷泉，大都秀美为主，叫人觉得是个有情调的喝茶去处。但是第一眼见到撒马尔罕的建筑就意识到不一样。它大，是帝国的气象，或许建筑师们只是把拱往上一抬，穹顶这么一拉伸，就有了一种参天的感觉。在这里站着，仿佛就该谈些国家大事、宇宙奥义、数学哲学。同伴们赶了上来，不自觉发出惊叹。

"我所听到的一切都是真实的，只是撒马尔罕要比我想象中更为壮观。"我不确定这句话是否出自亚历山大大帝之口。他所见的撒马尔罕早已被掩埋，但用它来形容我此刻的感受再恰当不过。

很明显，这种建筑风格不是由一而终地刚硬——你甚至可以说，那些波光粼粼的蓝色瓦片是柔情的——但你却知道，它的骨子里必是个阳刚的模样，只是夹具了柔情的阳刚，形象要立体很多。广场的形状由三座传统高等学院主宰，它们在阳光下泛着光，像纸镇一样定住广场，高贵而明亮。这是极不寻常的设计。我想不出世界上还有哪座中心广场边的建筑是学校——在那些位置的往往不是政府机关就是宗教场所。但撒马尔罕选择了象征人类求知传承的教育院校，而且一放就是三所。这或许从一个侧面解释了这座城市在历史上的光环，也解释了为什么它能让路过的旅人不自觉地感到渺小。

　　我们急不可耐地往广场中心走去。我看着信步的行人，觉得自己走进了拉斐尔①的《雅典学院》。这三座高等学院建于三个不同的时期，最老的是 15 世纪完工的兀鲁伯神学院（Ulugh Beg Madrasah）。它由当时撒马尔罕的统治者兀鲁伯下令修建，并亲自于此授课。另两侧的提利亚卡里神学院（Tilya-Kori Madrasah）和希尔多尔神学院（Sher-Dor Madrasah），建成要晚两个世纪，外貌风格非常类似。几所学院的大门因为几次地震有些歪斜，可依然坚韧地站着。高大的外墙上布满了马赛克和烧瓷，院内蓝色的洋葱顶高挑端庄地俯瞰着整座老城。

　　宏大的书卷气由是弥漫在撒马尔罕老城的正中。这些学校现在被改造成博物馆与商店，但它们的气质分毫未曾消散。当欧洲仍陷于中世纪，而亚洲大部尚未从蒙古人的蹂躏中恢复元气时，时年两千多岁的撒马尔罕成为担负全人类知识储备、探索与传承的少数几座城市之一。医学、哲学、神学、数学和天文学知识在这里获得了细致的保护和长足的发展。那个时代最伟大的头脑在撒马尔罕的学院里重拾古希腊辩证法，将圆周率推演到小数点后第十六位，编制了正确的正弦函数表和中世纪最精确的星表。

　　你睁眼看看撒马尔罕吧！

————————————

① 拉斐尔，意大利文艺复兴时期著名画家。

她难道不是这世界的女王么?

她的荣耀不是凌驾于所有城市之上么?

她不是手握着它们的命运么?

美国诗人埃德加·爱伦·坡在他的诗句中如是说。诗的名字，叫《跛子帖木儿》。

我眼前的可算是帖木儿的撒马尔罕无疑了。在他之前的撒马尔罕曾让亚历山大大帝赞叹不已，于盛唐的庇佑之下繁荣一时，还在蒙古入侵前做过花剌子模帝国的首都，但现在都只能在博物馆里觅得踪迹。帖木儿的撒马尔罕不同，六百年之后仍在原地散发着摄人的光芒。

帖木儿是个不输于亚历山大大帝和成吉思汗的征服者。他从河中起家，以撒马尔罕为首都和中心，通过数十年的南征北战留下了一个西达土耳其、东接中国、统治整个中亚、两河和波斯的大帝国。撒马尔罕作为中亚的文化和教育中心，在那个时代成为人类文明的传薪人。

在古代，一座城市要想取得这样的地位，必须有一个强权提供稳定安全的环境和财力的支持。然而那时的强权却往往与人性背道而驰。这从当代的叙事角度来看是件极为讽刺的事：为延续人性提供支持的，反而是惯于践踏人性的权力。帖木儿是一个典型的例子。他一生未尝一败，杀戮无数，所到之处暴行累累。他劫掠巴格达、大马士革和德里，屠杀大量平民，最后过世于东征明朝的路上。如果他再多活几年，不知世间历史还将如何改写。

但帖木儿对自己帝国的文学家艺术家无比宽容、重视。在他治下，波斯细密画艺术踏入黄金时代，诗歌文学得到长足的发展。他对俘获的奥斯曼帝国苏丹巴耶济德一世毫不手软，却据说与冒犯自己的大诗人哈菲兹和解，并慷慨地选择重赏。在所有艺术门类中，他最显眼的贡献一定是建筑。帖木儿宣称："如果怀疑我们的伟大，就请看看我们的建筑。"他说到做到，把帝国各地优秀的建筑师和工匠召集到了撒马尔罕，在波斯、塞尔柱突厥和叙利亚流派的基础上创造出了极容易辨认的帖木儿风格。它们蓝色的穹顶突入天际，精美的瓷绘占满外墙，马赛克的拼贴中蕴藏着无尽的符号。这种艺术恢宏而温柔，大胆而细致，就连痛恨他的敌人都不能不折服。

撒马尔罕就这样变成了帖木儿的城市，他的烙印自此挥之不去。

帖木儿下令建造的比比哈努姆（Bibi Khanum）清真寺在列吉斯坦广场东北。这座宏伟的建筑以帖木儿夫人的尊称命名，是撒马尔罕当年最主要的清真寺。清真寺的大门有十层楼高，礼拜时可容纳城中所有男性。帖木儿南征印度得胜后下令动工，旋即出发西征奥斯曼帝国，于是督建的工作落在了夫人比比哈努姆身上。据说她亲自参与清真寺的设计，还特地要求拔高建筑结构，希望所有人在撒马尔罕城外第一眼就能见到它。可惜这个设计破坏了建筑的平衡，后人经过一代代失败的维护后不得不将其遗弃。在此后的几个世纪里，这座巨大建筑的废墟不停震撼着旅人和艺术家，以今天的标准看也是个死而不僵的庞然大物。庭院里的巨型石制书架气势磅礴——原本这个书架上放的，正是现存塔什干可兰经博物馆的那本鹿皮可兰经。

这句"如果怀疑我们的伟大，就请看看我们的建筑"，如今不得不信了。

帖木儿落葬于列吉斯坦广场西南的陵墓后，撒马尔罕并没有停下它的脚步。事实上，帖木儿的孙子兀鲁伯留在撒马尔罕的印迹可能比他爷爷的还要重要。他不光在列吉斯坦广场建起了第一座高等学院，还在城东北竖起了一座巨大的六分仪天文台。比起能征善战的爷爷，他更是个载入天文史册的科学家。在他的统治下，撒马尔罕被注入更多人性的光辉。或许这是为什么他的真名已不为人熟知，取而代之的是兀鲁伯这个称号——伟大的执政者（Ulugh Beg）。

尽管频繁的内战和征伐让撒马尔罕逐渐失去了中亚政治中心的地位，但它仍是这块区域的文化中心。外来的统治者们虔诚地皈依它的建筑流派，以同样的风格为它添砖加瓦——在列吉斯坦广场之上，若不是希尔多尔神学院墙上波斯风格的老虎太阳图案泄露了天机，人们大概猜不到它与对面兀鲁伯神学院的建造时间能差上整整两朝。如今的撒马尔罕是乌兹别克斯坦的第二大城市，是联合国教科文组织口中文化的十字路口，是文明朝圣者趋之若鹜的地方。

比如我们。

从长安出发，经过狭窄的河西走廊，穿过绵长的天山，我们终于来到这座世界级的历史文化名城。亲眼见到这些地标时我有些晕眩，好像大山里的孩子第一次见到天安门，爱美剧的人第一次来到纽约。撒马尔罕老城到处可见不同的蓝色，但在我的眼里，它历史的气质散发着近乎金色的光芒。

太阳很烈，周围没有一丝云彩。我和同伴们坐在比比哈努姆清真寺外观察来往的行人。亦舒掰开手里结实的馕，重复着刚学到的知识："好硬好硬的面包是撒马尔罕的面包，蓬蓬松松的面包是塔什干的面包。"清真寺边是西亚伯集市（Siyob Bazaar）——或许名字是"黑水"的意思——集市门口还有人在兜售狼皮。听说猎狼在当代乌兹别克斯坦已属违法，所以这张皮或许来自哪条不幸的大狗。

一道巨大的阴影挡住了我身上的太阳。我抬头，发现是耐森。"你看上去火急火燎的。"他手插在牛仔裤口袋里，山里穿的夹克不见了，身上只有一件红色的有领 T 恤。

"我可以每天都来这里呆着，真的。"我转头，望向比比哈努姆清真寺。清真寺的入口是波斯风格的，学名叫"伊万"。建筑师在巨大墙面的下半部凿出了一个带拱顶的空间，然后开扇小门方便进出。"你想找的伊斯兰几何图案呢？"我问。

"我拍了很多。"他微笑着点点头。他总在微笑。我们像两个分头寻宝的少年，各自追寻着目标的蛛丝马迹。朱总在旁聚精会神地读着《孤独星球》中亚特辑里的历史部分，像考前临时抱佛脚的学生。一位当地女青年和几个朋友路过，兴奋地抓住我的手臂要求合照，拍完后跑回同伴那里一起向我们挥手。

这是一座伟大的城市！我几乎忍不住冲他们喊出来。你们继承了多伟大的一个名字！

他们一定会觉得我是个傻子。那两个男青年可能会礼貌地朝我微笑，也可能冲着我这个外乡人翻个白眼。四周路过的人或许正在心中咒骂迟到的公交车，有些人还要赶着去买菜。像我这样飘浮在自己世界里的访客，他们想必已经见多了。

我们在黄昏时分走进城郊的夏伊辛达（Shah-i-Zinda）皇家陵园。它在一座不高的山坡上，背靠蒙古人毁掉的上一代撒马尔罕老城。陵园占地不大，现在主要是 14、15 世纪修建的帖木儿式建筑。我们顺着台阶爬上坡，发现自己仿佛来到一座村落。每间陵墓都有一座伊万和一座高挑的蓝色洋葱顶。它们紧密地排在小街两边，就像普通街巷边里的宅院。撒马尔罕最美的马赛克和烧瓷花纹几乎都在这里。雕饰用上了各种白色青色蓝色，几何图案错综复杂，在傍晚的微风中显得无比灵巧而秀美。

"这是帖木儿的妹妹的。这是他侄女的。"高力卜指着这些建筑的大门，像在介绍村里的邻居。"一个工匠把自己的名字偷偷雕成花纹刻在了门口的柱子上。看这里。"高力卜的手划过一片片精心拼出的马赛克，耐森不停歇地记录所有的花纹。"这个门里是伊本阿巴斯的墓。他是先知穆罕默德表亲和同伴。公元 7 世纪他来这一带传教，殉了教。"

我们在陵园的一幢幢小屋中穿进穿出，与逝者没有一丁点距离，仿佛只是在村子里走亲访友。我去过不少陵园，却没见过这样平易近人的。温和的夕阳洒在夏伊辛达的小路和台阶上，幻化出一个不被人打扰的世界。这里没有丝毫哀愁，却有说不出的温馨和静美。在天幕的红晕中，陵墓穹顶的蓝也变成了黄昏的颜色，仿佛在共同纪念撒马尔罕的黄金时代。

"太美了，"如清不住感叹，"从未见过生死界限如此不明确的长眠之地。"橙色的光笼罩着一切，把我们也纳入了他们的时空。站在坡上往远处望，我能想象撒马尔罕东南西北的所有蓝色穹顶此刻都是这样的颜色。这座集齐光谱上全部蓝色的城市现在模糊了一切，只剩下金色的光芒。

> 假如那设拉子美女
> 有朝一日能对我钟情，
> 为了她那颗美丽的印度痣
> 我不惜把撒马尔罕和布哈拉敬奉。

这就是哈菲兹那几句冒犯到帖木儿的诗句。见过撒马尔罕后，我真是好奇那位姑娘的长相了。

二十二　帖木儿的影子

在撒马尔罕以南五十公里的地方有一处叫塔克塔克拉查的
山口，开车一个小时能到。不少当地村子里的大婶会带着麻袋
装的农产品来这儿卖。她们披着毛衣皮衣，戴着掺进土色的红
黄头巾，有一茬没一茬地打量过往车辆，看上去大多数时间只
是在晒太阳。摊上最显眼的食物是一种叫 Kurt 的固体酸奶。
它们有的像刀切馒头，有的像糯米丸子，白白小小，味道发咸，
听说适合带在旅途上补充营养。大婶们不急着招徕生意。过山
的车总有一两辆会在这里停下，为后面的旅程捎上吃的。

山口南面的路上有好几间露天烧烤餐厅，坐在最外面的位
子可以看见东西向的泽拉夫尚山脉起起伏伏的山峦。山峦不
高，裸露的褐色砂石上只有些零零散散的树，一眼可以望出去
很远。我们歇着远眺，脚下不停有车辆在盘山公路上来去。

"下面是卡什卡达里亚州。"高力卜走近，看上去刚抽完一
支烟。"卡……啥？"大家团坐在一张大床上左一口右一口地
吃着。床上铺了地毯和垫子，中间摆了一张矮桌，午饭就放在
桌上。

"卡什卡达里亚。"高力卜试图重念，但语速依然过快。同伴决定忽略这个名字，从盘子里又起炭烤羊肉，蘸进装有酸奶的碗里。桌上的素菜是一碗洋葱，还有一盘洋葱番茄莳萝色拉。我以前只在烤三文鱼上见过莳萝。它不是中亚本地香料，但加在这种色拉里能起到意想不到的提香功能。

和费尔干纳盆地一样，法律规定在这儿过山不许开大车。从撒马尔罕出发，我们重新组起雪铁龙车队，翻过塔克塔克拉查山口，在烧烤店小憩后下到卡什卡达里亚州。在山南的小城沙赫里萨布兹外我们远远看到一座高耸的建筑，一走近便知道又遇见帖木儿了：试想这世上还有谁会把大门造个六十五米高，再在外墙上贴满马赛克和瓷片？这座大门现在只剩原来一半的高度，大拱以上的结构没了踪影，斑斑驳驳的墙面像树皮一样剥落了大半，但气势依然摄人心魄。我见过无数钢筋混凝土做成的巨型怪物，但在他的建筑边仍然不由自主产生敬畏，原有的不服早已烟消云散。

这座城市很久以前叫渴石，唐称史国。如果你身边有姓史的朋友，那他的祖先有一定概率是从这里迁来的。史国不像石国、康国那样有存在感，碰到大小事总和其他昭武九姓王国凑一起做。《新唐书》里记载唐代在这里置了佉沙州，"首领时时入朝"。《大唐西域记》里细致描写这一带，"多沙碛，少壤土。稼穑殷盛，花果繁茂"。不过这一切都沦为背景里的点缀，只因渴石后来成了帖木儿的出生地。他对故里不薄，在这里修建了巨大的白宫（Ak-Saray），又为自己造了一间墓室，预备过世后在这里长眠。现在他的一座塑像立在古城遗址的正中，气宇轩昂。

从撒马尔罕到了沙赫里萨布兹，帖木儿的影子拉得很长很长。影响历史进程的影子似乎从来难以褪去，无论在地理上，还是时间上。

大概因为沙赫里萨布兹的当代人太想为他们的知名同乡做些什么，老城很多地方都起了修葺项目，辟出商店，做了花园，没想到破坏了原本的布局，导致联合国教科文组织把整个文化遗产下调至了濒危评级。但我也没见得什么游人，商店的生意一定好不到哪里去。

我们穿过残存宏伟的白宫大门，往遗址公园深处走去。好几个少年在绿化间玩耍，骑着自行车在访客间调皮穿插。日头很烈，可惜公园里的树是新种下的，没什么树荫。这与西班牙使节克拉维约六百年前到访时的记载大不相同。当时白宫内庭"树荫遮天，虽在盛暑，亦不感天气之热"。大家从入口向南走了三里路，哪里都见不到遮阴的地方。朱总、大卫和简找到一处矮墙，抓紧蜷到阴影里歇息。高力卜回头看被逗乐了。他撑着墙，左脚绕在右脚右边，耐心等待想躲太阳的同伴们进到阴影里。小葛看了看，也钻了过去。

"都舒服了？"高力卜带着揶揄的语气，像朋友间的调侃。"我给你们讲讲帖木儿之后的故事。"

帖木儿过世于 1405 年。经过一阵短暂的混乱后，四子沙赫鲁克接过了帖木儿的王位，并将帝国的首都从撒马尔罕搬到了现阿富汗境内的赫拉特①。在此后的几十年间，帖木儿的名字继续辐射着中亚和波斯。沙赫鲁克放缓野蛮战争的步伐，勤政爱民，将国家治理得井井有条，还与永乐朝的中国恢复了关系。

沙赫鲁克迁都后，撒马尔罕的管制权就落到了十六岁的年轻王子兀鲁伯手上。

"你们看那个蓝顶。"高力卜指着旁边的建筑说，"那是兀鲁伯献给父亲沙赫鲁克的清真寺。"

耀眼的阳光下，一群鸟儿从蓝顶清真寺（Kok Gumbaz）的顶上飞了起来。大寺一如他祖父帖木儿创造出的风格，伊万高挑，穹顶高耸，青蓝色的瓷砖辉映着天空的颜色。

———————————

① 赫拉特，现阿富汗第三大城市，位于阿富汗西北。

这位年轻王子对政治和军事的兴趣远没他对科学研究的兴趣来得大。他统治撒马尔罕地区的时候，在列吉斯坦建立了以他名字命名的高等学院，邀请全帝国的科学家来撒马尔罕研习，并在三十四岁那年创办了赫赫有名的兀鲁伯天文台。在这里，他与学生阿尔·卡西（Al-Kashi）一起绘制出极准确的星表，并比他的晚辈哥白尼更为精准地计算出一个回归年的天数。后人为纪念他，将月球上一处环形山以他名字命名，又将小行星带里一颗小行星取名为兀鲁伯星。几幅西方近代绘画将他与欧洲历史上最有名的天文学家们画在一起，环绕在主管占星与天文的缪斯身边。

但他的出身对他的要求不只是一位地方官和科学家，而是一个帝国的领袖。父亲沙赫鲁克将撒马尔罕交给兀鲁伯体现了他的良苦用心：如果一切顺利，王子依靠这片核心区域应能顺利接过帝位。然而兀鲁伯享尽民众爱戴，却无法在父亲过世后的继位战争中取得令人信服的成绩。他在赫拉特附近大败，回到撒马尔罕后管辖的范围丢失了大半，自己的儿子也起来造反。心灰意冷的兀鲁伯放下兵权，求得一个去麦加朝圣的机会，没想到在路上被儿子派出的刺客斩首。过世后，他天文台巨大的六分仪被他的儿子一并掩埋，直到数百年后才重见天日。

位列储君多年，兀鲁伯似乎一直都没能进入角色。如果有选择，或许他更愿意专心做一个数学家与天文学家，而不是卷入到中亚混乱的中世纪政治和军事中去。他不能说不优秀，只能说生为帖木儿的子孙，他必须胜任的职业早已被残酷的命运决定，不能自已，简直是一个从希腊悲剧中走出的人物。

幸好他的侄子即位后为他恢复了名誉，将他葬在帖木儿身边。在他一生中，这或许是距离祖父最近的时候。

帖木儿为自己在沙赫里萨布兹准备的墓穴在地面之下，墙面贴着切割整齐的石块，除去一些可兰经的经文石刻外没有多余的装饰。不过他死后并未在这里落葬，而是葬在了撒马尔罕的埃米尔之陵（Gur-e-Amir）。埃米尔之陵金碧辉煌，除去帖木儿和兀鲁伯之外还葬着帖木儿的老师和另几位儿孙。帖木儿的老师是先知的后代，墓边竖着一根长长的杆子，上面挂着马鬃，一眼就能认出。整座陵墓的内饰蓝金相间，布满书法和几何纹路，穹顶高挑，贴瓷层层叠叠，高远深邃。

这座叫埃米尔之陵的建筑本是帖木儿为他早死的长孙修建的，没想到后来为自己所用。它的影响力一定超过了主人的想象，因为一百五十年后它的风格出现在了另一座文明古国的陵墓身上——印度最出名的泰姬陵和胡马雍墓就是以埃米尔之陵为蓝本设计的。印度莫卧儿王朝的缔造者巴布尔正是帖木儿的五世孙。公元 16 世纪，他带着部队离开撒马尔罕，在印度扎根做起了皇帝。胡马雍和泰姬陵的建造者沙贾汗都是他的子孙。

在兀鲁伯为他父亲修建的蓝顶清真寺内，文保人员正在对墙面进行修复。墙面上没有马赛克或贴瓷，全是漂亮的几何彩绘。寺外的庭院里晒不到烈日，朱总和高力卜并排坐在长椅上看手机，一个处理工作，一个横屏打着游戏。几只鸟儿下到他们脚边觅食，他们全然没有注意。

我在他们跟前站了一会儿，高力卜终于抬起头。"我想到一个烤肉店带你们去。在撒马尔罕城外。"他若无其事地收起游戏，"咱们走吧。""你在玩啥游戏？""没啥，普通游戏。"高力卜切换回他极具掌控力的中年大叔脸，"我跟车队说一声。"

我们走出遗址。大街沿路都是矮楼，一派城郊小镇的模样。我找到一间邮局，说："寄明信片去中国。"工作人员递过四张邮票，设计是帖木儿的骑马像。我在地址后写下"契丹"的音译，把明信片递了回去。车队接上我们，驶回泽拉夫尚山的盘山公路。在塔克塔克拉查山口，我发现卖菜的大婶依然在那里坐着守株待兔，一点没有要动的意思。

帖木儿缔造的帝国兴也勃焉，亡也忽焉。但如同同样短命的亚历山大帝国、秦帝国和蒙古帝国一样，它在自己扫过的地区留下了深刻的印记。这种浓墨重彩式的存在，与其说是短命而绚烂的烟花，不如说是夏日午后的一场雷暴，乌云散尽后留下积水在阳光中闪闪发光。我们所见到的当代世界仍在受着他的影响，而撒马尔罕之所以为今日之撒马尔罕，沙赫里萨布兹之所以为今日之沙赫里萨布兹，更是通通绕不开他。

帖木儿过世五百多年后，沙赫里萨布兹和撒马尔罕被纳入了苏联的版图。1941 年，一群科学家从莫斯科来到撒马尔罕，计划打开埃米尔之陵里的玉棺研究并为逝者制作一个复原人脸模型。当地人听到之后惶恐至极，因为他们听说帖木儿的墓碑上写着"当我从死亡中起身，世界必将颤抖"，还有人说他曾诅咒"打开我陵墓的人将会遭遇比我更恐怖的征服者"。科学家们不为所动，按原计划开棺研究。几日内苏联突遭纳粹德国入侵，苏德战争打响，帖木儿之咒一下传遍大街小巷。

帖木儿的影子若即若离，又回到了这个世界的上空。而这，已不是他自己能掌控的了。

二十三　无人机在黄昏起飞

车队从沙赫里萨布兹驶回撒马尔罕。天色慢慢变暗，黄昏即将来临。我和如清坐在一辆雪铁龙上，窗外没有一丝云。车子驶进撒马尔罕郊外的一个村子，看到一支送葬队伍。队伍行进缓慢，成员主要是男性。他们神情凝重，大都穿着传统的长袍戴着黑色小圆帽。车子减速，几乎与队伍齐头前行，然后陷了进去。村里偶尔会有一两扇沿街门打开，走出几个旁观的村民。

"不知道能不能赶上日落前的光。"我有些担心，"我想用无人机拍一次撒马尔罕。"

"啊，想看'小黑'！"如清对长着翅膀的摄像机永远充满兴趣，在伊犁的车上时就是这样，只是那时的天气要糟糕得多。她的旅途就要抵达终点，明晚要和小葛同机返回北京。上午他俩收到航空公司的消息，说第一班飞机会推迟，不一定能接上第二班。讨论再三，他们决定冒着误机的风险继续往西走一天。现在小葛在后面一辆车上纠结，念叨着自己为什么要离开。他像一个做到好梦的人，才开始就要被叫醒。

"真的不再留几天么？"我知道这个问题问如清是徒劳，但总还想问。"从布哈拉往西就要进沙漠咯！再多一天就好。""没办法，要走啦。能来这次旅行已经是运气太好了。"

车窗外没有哭声，也没人念诵经文。雪铁龙跟着送葬队伍缓慢行进，仿佛队伍里的一分子。

白玥中午已经先行离开。上午去沙赫里萨布兹前大家和她告别，耐森最后一个与她拥抱。他向她保证会拍很多照片，再传很多段视频。大家在酒店的前台边围着他们，好像在大克明河谷里看诺拉烧柏香一样。白玥一直在微笑，酷酷地和所有人说再见。耐森目送她回到自己房间，转身和大家一起出门。

"你还好吗？"我问耐森。"有点难过。"他用力点了两下头，看上去有些失落。他穿了一件黑色短袖 T 恤，上面画着一个傻乎乎的卡通人物。卡通人左手拿剑，右手拿酒杯，好像天山楚河间的突厥石人。耐森总喜欢穿一些傻萌的 T 恤，像在特意强调自己高大外表和强大责任心之外的另一面。大家搭车去沙赫里萨布兹，途中见到山坡上一块风蚀的巨石，有人说像镂空的爱心。我们停车，耐森往坡上"嘭嘭"地跑。我赶上他，看到他眼里又有了笑："我小时候就喜欢在山里的岩石间奔跑。"我试图想象他小时候的样子。这很困难。从我认识他的第一天起他就是个大块头了。白玥要是在身旁他会这么做么？我想象了一下。同样困难。

车队挤出送葬队伍，驶出村庄。撒马尔罕就在眼前。我哼起《指环王》里的诗歌：

> 大门外，从此始，
> 旅途永不绝。
> 纵然前路漫漫，
> 但得脚步急切，
> 我愿紧追随。
> 直抵大道歧路，
> 无数路径交汇，
> 届时何所往？
> 我亦无所言。

如清好奇地看着我："以前没想到你的旅人心态这么强哎。""什么意思？""就有一种一直在路上的感觉啊。""处处是旅途，大家在城市里忙，没机会显露，哪像在这里。"

车队回到撒马尔罕。黄昏降临在城市的上空。我回到房间里放下背包，拿出无人机往天台上去。如清蹦蹦跳跳地跟了过来:"我要看! 我要看! 我要看! "她穿着酱红色的长风衣,和周围的环境间不再像在伊犁草原时那样不协调。天台上风大,但信号干扰少。我推下控制器的摇杆,四扇螺旋桨"嗡"的一声转了起来,无人机旋即腾空而起,不久肉眼就看不见了。

从高空看撒马尔罕,最显眼的莫过于列吉斯坦广场周边的三座经学院和帖木儿陵,此外还有一些宗教和政府机构使用的大型建筑,普通房屋看起来只像是用来填充画面的积木。远眺地平线见不到什么高楼,只有东北角一座高地看上去有些不同。那是帖木儿时代之前的撒马尔罕老城,现在叫阿夫拉西亚伯区,夏伊辛达也在那一块。列吉斯坦广场的人没有白天那么多了。帖木儿陵里的访客正在慢慢离开。

"有鸟! "如清叫道。它们飞过镜头,又绕了一圈飞回来,像在逗无人机玩。无人机不为所动,极为平稳地掌握自己的方向。从它的视角看出来,最吸引眼球的是地标,其次是城市规划,或许能见到车流,但人是见不大到的,除非他们汇成人群。一路来这架无人机记录下许多大山、大水、大沙漠和人造地标,雄伟高大,像历史的骨骼,构成一切故事的背景和框架。它仿佛一本通史作者,给我们划出轮廓,不为细节所累,只去探讨最大的话题,用几条主线描述一切来来去去的变革。

但它未能记录到多少个体,那些构成丝绸之路血液和肌理的人。他们微不足道,却无限复杂。没有骨骼,血液和肌理不以成形;但失去血液和肌理,骨骼就没有生命。

　　我想起早先在帖木儿陵里，一位来自哈萨克斯坦的访客跨入隔离带，在工作人员反应过来前用两根手指碰触帖木儿的玉棺，口中念诵经文以示崇拜和尊敬，情绪难以自已。我又想起在沙赫里萨布兹的画店里，一位画师试图重现帖木儿宫廷的盛景，甚至出于痴迷，正着手搭建白宫的复原模型。这些不是无人机能记录的，但我们还有手机、相机，有眼睛，有纸笔来还原这条路的真正模样。丝绸之路如此大气磅礴，又有如此多的暗街小巷，如何都能找到精彩的主线。有些人喜欢历史书的简洁结论，有些人偏爱小说里人性的复杂，丝绸之路兼具有之，从来不会缺少好看的故事。

　　透过无人机的镜头，我第一次也是最后一次观赏这座城市的全貌。它在小说《撒马尔罕》里初次登场时同样沐浴在夕阳里。作者说这样的光"更显出其千姿百媚"。我见不到偷了东西在老城鹅卵石路上光脚逃跑的男孩，见不到在街边就着微弱油灯下棋的朋友，也见不到走累了用西瓜皮盛水给自家骡子喝的人，但飞翔在街巷的上空，我感受到波斯史学家志费尼（Ata-Malik Juvayni）在《世界征服者史》中描写这座城市时提及的"柔和"，那种"受到北风抚爱"的特权。它是《中亚文明史》里"圣人的居所、迭里维希①和苏菲的故乡、学者的都城"，有说不尽的寓言，道不完的人物。它让我想起诗人笔下的长安与洛阳，小说家笔下的巴黎与纽约。它让我想起《列

---

① 迭里维希，伊斯兰教中的修士，有乞讨者、托钵僧的意思。

王纪》《奥德赛》^①《摩诃婆罗多》^②。它自己就是一个宇宙。

　　我究竟往撒马尔罕身上寄托了什么？大概是对人类科学与艺术蓬勃发展的向往，以及对人的智慧与创造力的崇拜。它与政体无关，同样与民族无关。它告诉大家，当人类把注意力转移到自我杀戮之外的地方时能释放出多少的能量，又能将想象的疆界拓宽多少。撒马尔罕与所有城市一样，都有不公、不均、不忿、不甘，甚至有着更多的算计和阴谋，但如同特定时期的长安、洛阳和佛罗伦萨，当人们把最高超的大脑和双手都集合到一个地方，并给予他们发挥的环境时，这种汇聚会产生极其耀眼的光芒。天才的个体能找到自己的舞台，天才的群体又能获得惺惺相惜你追我赶的机会。我见到真实的撒马尔罕，心里保留着那个理想化的撒马尔罕，而且甚至因为眼睛之所见对先前听到的溢美之词有了更深的理解。我看着无人机拍下的景象，想起岑参眼中的北庭，想起为追寻仪式感而留宿西安一夜的我。符号与现实之间的张力，总让人入迷。

　　无人机在没电前开始返航。我们在天台上旁观着它飞过一排排民房，掠过所有市民的生活。上帝视角始终令人兴奋，可我知道自己站立的天台也是地面的一部分。旅人们或许痴迷于丝路俊朗的骨骼，但从踏上这条路的那一刻起，他们就已经成为当地血液和肌理的一部分。他们是戈壁滩上一辆孤独的包

---

① 《奥德赛》，希腊《荷马史诗》两部中的一部。
② 《摩诃婆罗多》，古印度史诗，世界上第三长的史诗。

车，是草原上瑟瑟发抖的两位访客，是天山里五颜六色的马队，是盆地邮局里的寄书人。他们脆弱到被风一吹就不见踪影，却又是漫长黑夜中的一抹微光。在橙色的空气中，我听见螺旋桨的声音慢慢飘回宾馆的上空，我和如清好像两个最微小的像素，在镜头里完全看不清楚。放飞无人机的人，自己何尝会被看见呢？无人机向下慢慢地降，慢慢地降，如清冲着它挥手，在镜头中越变越大，直到它稳稳落到橙红色的天台地砖上。

我捡起"小黑"，发现它滚烫滚烫。这个产品的电池始终是个问题。如果这是我饲养的一只鹰，这时得要好好犒劳它。如清双手插在风衣口袋里，看我收起螺旋桨的支架："我觉得你还挺不一样的，旅行的时候。……和之前出去玩也不一样。好像很难一句两句说清楚。但是特别好。""呵。这才是本我吧。"我长摁住无人机的开关。

"是吗？我觉得我以前看到的你好像只是很小的一部分。我在那拉提就觉得了。""我在那拉提做了啥？""也没有什么，就是回想起来觉得你不一样。你跟导游和司机师傅相处得都很自然。我的点是不是好奇怪……""旅行最体现本性了吧。"我又想起保罗·索鲁关于独自出行的论述。

"而且还得是这样的旅行，去个舒服的地方躺几天可能没什么用。"

我们走下楼梯。楼道里一扇扇房门都大开着。"走，借朱总的电脑把这一段导出来。"我们路过旅伴的房间，看到小葛和仁韬在房间里休息刷手机，亦舒给娜娜分享着她拍的照片。 朱总的手机静静放在床边充电。 他操作着工作电脑，屏幕上全是旅队在撒马尔罕街巷中的模样。 娜娜拿着剥好的一碗石榴籽走过来。 那是在黑水集市买的红皮石榴，吃上去很酸。"今晚要稍微买点酒聊聊天吗？ 感觉好快我们几个就要走了。"

"可以啊。 让我给无人机充上电。 高力卜推荐的烤肉店今天不开，我们先找个地方吃晚饭。 明天早上八点半的火车，今天也不能太晚休息。 要是起不来——""我过去几天什么时候迟到过！ 你说！ "如清翻了我一个白眼。

黄昏慢慢消失，撒马尔罕街灯初上，小旅店的一间间房灭了灯关了门。 天台正下方的房间里一片黑暗。 但要仔细看，书桌上一只无人机的充电器一直在一闪一闪地亮着微光。

二十四　老城布哈拉

火车一早离开撒马尔罕，不到两小时后来到红沙漠的边缘。天光明晃晃打进车厢，不远处有一片光晕，一看是座大湖。荒漠中的湖泊天生带着濒死的危险感，像一出大自然的悬疑剧。湖面上光影一片模糊，蒸腾间带着不安，叫人想起了赵无极①的绘画。

高力卜是布哈拉人。他像通勤者一样起身拿包，动作利索而漠然。我抬头看了他一眼，意识到列车员还没有报站。"看到湖就知道可以收拾了。"他把旅行包从行李架上拽下，脸上毫无表情。我想起小时候坐火车回苏州，大人也靠找北寺塔确认下车时间。那时人们会对着窗外呼啸而过的电线杆发呆，还会花很多时间去记沿途县城小站的名字。

"布哈拉，布哈拉。"喇叭里果然传来声响。我们从各处捡回自己的旅行箱和大背囊，左碰右撞地凑到门口。高力卜确认

---

① 赵无极，20世纪华裔法籍画家，以抽象油画闻名。

大家都下了车，大步带路向前走。我们在后面紧赶慢赶，依然很快落下二三十米。大卫一脸坏笑："一定是想到晚上能见老婆孩子了。你看他。"

布哈拉是历史文化名城。它与撒马尔罕之间的关系好比长安与洛阳，河中王朝汗国的首都总选的它俩，诗歌里都是它们并行的影子。13 世纪著作《世界征服者史》描述布哈拉说："在东方郡邑中，它是伊斯兰的圆屋顶，那些地方的和平城。"同时代的《马可波罗行纪》称布哈拉："是波斯全境最要之城。"联合国教科文组织世界文化遗产项目描述布哈拉老城为"中亚中世纪城市中最完整的典范"。它在沙漠附近，看上去什么都是土色的。比起撒马尔罕的璀璨高调，布哈拉更加深厚宽广。两座城市像天空与土地，轮流主宰着河中的气质。

我们从西面入城，街巷不久变得狭窄。四周几乎没有高楼，土砖搭建的平房大都一二层高。一些墙边搭着随意的脚手架，像是正在维修。城里见不到什么树，最多的是土：土砖、土墙、土色的穹顶。街道路面铺着大小不一的地砖，沿街找不到钢筋混凝土的建筑，也没有现代品牌的广告牌。老城里没有太多能开车的路，从一处去另一处除去走路就是骑车。太阳直射到所有开阔空间，晒得一切泛光。街坊邻里间有一种村头村尾的亲近，全无撒马尔罕不能侵犯的威严。

"他们在干嘛？"有人注意到平房屋顶上有人在杀羊，羊血淌到墙边，顺着屋檐流了下来。一个工人站在脚手架上看着，后面是堆积如山的土砖。"祈福。"高力卜解释说，"这间房刚翻修完。"我们看了一会儿，被太阳逼进室内的阴头。不远处有一个乐器摊。老板看到外国人路过，不时拿起塔尔琴[1]和热瓦普[2]炫技。他弹得欢快，上来先用几小节建立节奏，再加入一些明快的旋律，随后沿着半音音阶上下爬坡，调式和城外大湖一样，有一种道不明的张力。当地人听到同样驻足围观（虽然对老板的生意没有帮助）。一个欧洲旅行团的当地导游走上前去拿起摊上一面皮鼓，帮着拍起切分的节拍。

莫斯科统治的一百多年仿佛已被尽数抹去，唯一让人看透伪装的是无处不在的西里尔字母。城里像在进行一场数万人参与的集体怀旧表演，弥漫着一种前现代的氛围。撒马尔罕恢宏的遗址被当作历史供了起来；可在布哈拉，历史和现实被糅杂在一起，过去似乎从未过去，未来也不必到来。这里见不到高科技，也没有虚拟社会，人际关系依然靠面对面维护。我很难想象它与世界上的"大时代"能有什么关系，甚至为什么要有

---

[1] 塔尔琴，一种使用传统方法制作的长颈弹拨弦乐器，源自阿塞拜疆。

[2] 热瓦普，弹拨乐器，琴身用木制作，共鸣箱呈半球形，起源于中国喀什地区。

关系。

"这太有丝绸之路的感觉了吧！"小葛连连惊叹："最后一天看到真值了。"他背着小背包，不时被街边的小摊吸引过去。空气的气味清爽干燥，几座市集之上加盖了土砖的屋顶，其上还有更多砖制小穹顶，起伏如山丘一般。城里人管这类市集叫穹顶市场（trading dome），专门盖在城里的十字路口帮摆摊的商贩遮去日头。以前这类穹顶市场各有各的特许经营范围，有些管换汇，有些管珠宝，还有些管地毯，现在什么都凑到一块儿卖，但已大不如中世纪时景气。除去少数跑区域贸易的商贩之外，这里的主顾主要是国外游客。

在老城熙熙攘攘的街道之上树立着许多高耸的伊万。它们几乎无一例外是传统伊斯兰高等学院的入口，无论贴瓷、马赛克还是穆喀纳斯装饰都很细致精美。如果说撒马尔罕用列吉斯坦广场为它的三座神学院提供了一个万众瞩目的舞台，那布哈拉对自己学识中心地位的骄傲更为低调。这座城市到处都是学校，似乎不需要一个中心广场去强调它对教育和学术的重视。高力卜轻巧地报出它们的名字：阿卜杜拉阿齐兹汗（Abdul-Aziz Khan）神学院、纳迪儿迪万伯吉（Nadir Divan-Begi）神学院、库克达什（Kukeldash）神学院、柯什（Kosh）神学院……它们分布在老城的各条街道，穹顶和伊万上的青蓝瓷砖为土色的城市增添了一抹亮色。耐森不再尝试记住它们的名字："我还是保持无知吧。"这些神学院大都建于帖木儿之后的布哈拉汗国时代，距今三四百年历史。那时大汗和宰相贵族有钱就会兴办学校，学校的质量参差不齐，但数量惊人。

布哈拉一直以学术和宗教传统出名。《世界征服者史》描述布哈拉说："它的四方有博士和律师的灿烂光辉作装饰，它的周围有高深学识的珍宝作点缀。自古以来，它在各个时代都是各教大学者的汇集地。"它引用当时的考据说："不花剌的语原为'不花儿'（bukhar）一词，在祆教徒的语言中为'学术中心'。这个词与畏吾儿及契丹偶像教徒的语言中有个词极为类似，他们也把自己的礼拜地方，偶像寺庙，称作'不花儿'。"高力卜引用另一种考据说："城市的名字'布哈拉'由梵语'Vihara'而来，意思是'寺庙'。它一直是宗教中心。伊斯兰教传播到这里之后布哈拉也成为一座圣城。所有的宗教都在这里和平共处。城里本来有两万多犹太人，不过1991年之后只剩几百人了。"高力卜换了一个公文包背，现在看上去煞有介事："我们这儿出过许多大师。以前别人管我们叫高贵布哈拉（Bukhoro-i-Sharif）。"在他身后，一幢楼的外墙上用花体字写着奥马尔海亚姆宾馆。这个名字来自公元11世纪曾在这里工作过的代数几何先驱奥马尔·海亚姆（Omar Khayyam）。

我知道中世纪的布哈拉曾经群星闪耀。公元9至12世纪，布哈拉是中亚乃至全伊斯兰世界的文化和科学中心，风头盖过所有邻居，撒马尔罕都得屈居其下。阿拉伯人的统治衰弱之后，河中独立的波斯政权萨曼王朝建都布哈拉。它风气开放，吸引来自四面八方的顶尖学者，几乎为所有的传统学科都做出了巨大贡献。除去奥马尔海亚姆之外，布哈拉还有被誉为大地测量学之父的比鲁尼（al-Biruni）、科学巨匠伊本·西拿（Ibn Sina，亦称阿维森纳 Avicenna）、波斯古典文学之父鲁达基（Rudaki）以及整理出权威圣训集的布哈里（Al-Bukhari）。

大师们涉猎极广，能够同时在多个领域取得很高的成就：搞大地测量学的比鲁尼系统地搭建了印度学的根基，搞哲学的伊本·西拿写的《医典》直到近代仍在欧洲使用，而数学家海亚姆现在常以四行绝句诗人的身份出现。后人很难以一种死板的身份来定义他们，所以管他们叫博学家。他们是文艺复兴前的文艺复兴人，是一千年前的斜杠青年。

那是一座令人激动的城市，一个令人激动的时代。在科学与文化成就之外，布哈拉生产的手工艺品和地毯享有盛誉，饮食也别具一格。在伊斯兰世界的土地上，它与阿巴斯王朝的首都巴格达相映生辉。大家对它倍加尊崇，称之为"伊斯兰的东方穹顶"。

可惜那个版本的布哈拉已经在物理空间中消失了。它在21世纪留下的唯一印记是布哈拉城西的一座方底穹顶砖制小陵，里面埋葬着历代萨曼王朝国王。这座陵墓是东方穆斯林为自己修建的最早几座独立陵墓之一，采用了烧砖工艺，从侧面印证了那个年代的活力。陵墓和后来的帖木儿式建筑不同，没有任何蓝色贴瓷，墙上漂亮的几何图案全靠土砖拼出，大气古朴。

日头很烈，亦舒和如清在陵墓边找到一个冰激凌摊，可惜没有现金。耐森发现之后替她们付了钱。"所以呢？之后发生了什么？"我们在陵墓外等姑娘们吃梦龙，一边听高力卜讲故事。陵墓边现在是一个儿童公园，里面搭了个摩天轮，看上去生意惨淡。

"蒙古人来了。"

高力卜带我们走过一个转角，来到一个广场。广场的角落上立着卡扬宣礼塔。塔很高，是布哈拉的地标，建于蒙古西征前的一百年。太阳凌驾于塔顶，教人抬头望时不自觉地眯起眼睛。

成吉思汗抬头时想必也眯起过眼。

他极少走进自己征服的城市，但他知道布哈拉在伊斯兰世界的地位。公元1220年，他带领蒙古骑兵从红沙漠大范围迂回，从后方突袭布哈拉，不久逼得守军开城投降。他亲自来到城内的广场，对幸存的百姓和神职人员训话，随后处死反抗者，放开部下劫掠。据说他原本没有打算把城市夷为平地，可混乱中的一场大火依然将它烧成了废墟。城中仅有卡扬宣礼塔逃过此劫。伊斯兰的东方穹顶，就此垮塌。

13世纪末布哈拉恢复了些许元气。志费尼描述说："到现在，要说人口的拥塞、动产和不动产的众多，学者的运气，科学及其研究者的兴盛，宗教捐赠的建立，伊斯兰国家中没有城市可与不花剌相匹敌。"但它的光芒不久就被帖木儿治下的撒马尔罕盖过。16世纪乌兹别克人建立布哈拉汗国，重新将河中的政治重心移回布哈拉，但随着欧洲的崛起和大航海时代的开启，布哈拉在人类社会的地位已无法与11、12世纪时同日而语。19世纪匈牙利人范伯利所著的《中亚行纪》说布哈拉："在今日则衰微矣……因教育之守积习，学校仅授成语，学术衰败。"

卡扬宣礼塔边现在有两座 16 世纪的巨型建筑群，西面是布哈拉最大的卡扬清真寺（Kalon Mosque），东面是米里－阿拉布神学院（Mir-i-Arab）。清真寺建在蒙古人烧毁的原址上，举行节日礼拜时会在几千平方米的内庭铺满地毯。对面的米里－阿拉布神学院建校后一直在伊斯兰世界享有盛名。20 世纪布哈拉被苏联接管，城中所有的传统高等学院被勒令关停，只有米里－阿拉布神学院得以幸存。学校现在还在上课。我们穿过入口巨大的伊万，发现石凳上坐着一个看门大爷。他警觉地看着我们，俨然全城对访客最不友好的人。我们往里走了些，立时就被叫住。校舍躲在土砖搭建的花窗后面，和入口一样宏伟，庭院中有别处少见的绿化。回头看，伊万的大木门在绿洲太阳的强烈光影下变得格外立体。

"现在政府不想在城里其他校址重新建校吗？""它们都变成商店和博物馆了。今晚你们找的客栈也是一家学校改造的。新式学校造在了新城。"高力卜带我们往城东走，两旁的老学校和商店交错出现。这里曾有最象牙塔的机构和最市井化的生活，但现在已不再走在人类科学发展的前沿。如今慕名而来的少有学者，多是游客。吸引访客的从海亚姆和伊本·西拿曾经徜徉过的图书馆变成了保存完好的中世纪城市风貌，一个符合当代游客幻想的"丝路城市"形象。

高力卜在街上遇见两个熟人，打了声招呼，没有停下。他带大家继续向东走，又在一家茶叶香料店外被店主叫住攀谈。小葛实在忍不住啧啧称奇："他是这里的教父级人物吗？怎么谁都认识。"亦舒也觉得高力卜回到布哈拉后有些不同："你们有没有觉得他今天身上的香水很好闻？怎么说，像是海洋的味道。你们闻得出是什么吗？"娜娜也觉得好闻，但猜不出是什么。在一间穹顶集市内高力卜撞见一个中年男人。这次他很酷地给那位大叔送上拥抱。看得出那位中年男人见到他很开心。高力卜回头，用英语给我们解释说："布哈拉人拥抱是要把心脏的位置对上的。左胸对左胸。这是发自心底的问候。"他俩一起朝我们笑，我们只好尴尬而不失礼貌地赔笑。往前走些，大家发现一家纪念品摊上有细密画师在作画。高力卜见我们感兴趣，说："如果你们喜欢细密画，我带你们去找布哈拉最有名的画师。他是我的老朋友。"

没人能拒绝高力卜在布哈拉的老朋友。我更不能拒绝细密画。我们随他走进后街一家店铺，学徒见状赶忙去隔壁找老师。"艺术家的名字叫托谢夫，"高力卜介绍说，"学徒说他和邻居喝茶去了。"店内的墙上和桌上贴满了他的作品，有的是寓言故事，有的是设计精巧的符号，还有些是普通静物。我在《我的名字叫红》里曾经读到："当一天结束，布哈拉的乌兹别克画坊里，细密画大师会用长老祝福过的清水洗涤眼睛。"我好奇托谢夫把店铺背后的作坊窗户开在了哪个方向。布哈拉的日头这么烈，要怎样才能做到放进刚刚好的光。

托谢夫腆着肚子晃悠回来。他穿着蓝衬衫，留着茸茸的小胡子，一头薄薄的黑色短发，发际线上移得厉害。

"想请教一下这些都是什么故事？这些符号都象征着什么？"高力卜把我们的问题转述给托谢夫。画家一定给成百上千个踏进过这个店铺的顾客解释过这些故事，但回答起来依然激情四射。旅途结束后我发现他是乌兹别克斯坦国宝级的艺术家，可在店铺里初见时只觉得是一位再普通不过的中年街坊，声音尖细。

"水车？嗯，应该是叫水车。你们看这幅画的主体是个水车。"高力卜翻译时难得地左支右绌。"水车会一直转，这里的意思是万事万物都会有低谷和高峰。你看这蓝色，它是天堂的颜色。还有这金色，它是太阳。再看这个。这是一位国王，他在微服私访。边上是烤馕的师傅，还有一个乞讨的老奶奶。国王想知道他的社会是否善良。"

托谢夫是苏非派的信徒。这个教派一向注重精神修为，诗歌充满神秘主义的意象，书法也飘逸洒脱，唯有绘画传统依然一笔一画细致入微，这样的发展路径多少叫人意外。帕慕克在《我的名字叫红》中多次提到布哈拉，说它大师辈出，尤其容易受到中国绘画技巧的影响。伊斯兰的教义严格意义上不允许绘制人和动物形象，但中亚绘画偏喜欢拿他们做主题。这或许解释了当时中国影响此地的为何是工笔画技法而不是写意山水。这其间的选择除去有为经典文学做插图的需求之外，还有审美和哲学上的原因。

"他的纸都是从古书里找的，起码都有百年以上的历史。"高力卜认真地翻译。托谢夫拿出几张作品，每一张画纸的棕褐色都略有不同。"以前的纸质量更好。"高力卜接着转述。我四处张望，发现陈列架上没有任何现代题材的作品，连沙俄时代的都没有。这个作坊已经决定该剥去哪些记忆，该生活在哪个时代。

我们揣着作品穿出集市，路过城中名叫利亚比豪兹（Lyab-i Hauz）的蓄水池。池塘边一溜原本给丝路商旅用的驿站翻新成了现代旅馆和工艺品陈列室，一些欧洲游客坐在毗邻的茶馆聊天。往前走点是纳迪儿迪万伯吉神学院。神学院的大门上画着两只巨大的神鸟，像白色的凤凰。

"这个人你们认识吧。"高力卜指向神学院门前不远处的一尊塑像。他不是帖木儿，也不像任何王公贵族。事实上城里没有任何这类大人物的塑像。他右手放胸前，左手抬在耳朵边做出一个俏皮的手势，身下还有一头驴。

"阿凡提？""张果老？"

"他叫纳斯尔丁（Nasreddin）。""没听过。""你们刚才是不是有人说'阿'什么？""阿凡提。""那就是了。也有人管他叫阿凡提（Effendi）。他是布哈拉人。""布哈拉人？不是新疆人么？"我上网一查，发现信仰伊斯兰教的广大地区都有他的传说。没有人知道他是否真的存在，到底是哪里人，但大家都同意他是一个生活于中世纪的智者。他为平民说话，用智慧挑战权威。布哈拉人选他立像一点也不奇怪。

"走吧，太阳要落山了。"高力卜脸上的表情变回了一贯若无其事的样子。这种什么都见过的宠辱不惊或许是经过数千年沉浮布哈拉人该有的样子——除非，他是想到晚上可以见老婆小孩了。

"高力卜，我有个请求。"我抓住他。好几个拎着杂货回家的阿姨从他背后走过。太阳不再暴晒，转而给土色的建筑披上了一层晚霞的粉。"什么？""我想要买一条靠谱的布哈拉地毯。""没问题，我带你去。老朋友开的。"

"我可以先去吃晚饭的地方。"耐森说，"如清和小葛一会儿要赶飞机，我去点一些吃的。""好。大家先回去放一下行李。一会儿可以来蓄水池边上的这家餐厅。传统当地菜。""名字叫什么？"耐森拿出手机记录。一会儿他可能得自己找路。"老城布哈拉。"

还真有这个名字的饭店么？我抬头看了高力卜一眼，发现他头也不回地开始带路。我可不想耽搁他回去看老婆小孩。我回头叫上同伴，一起快步走进了老城布哈拉的黄昏。

二十五　在萨尔多的地毯店

"走了啊！不等了。"我在旅店的天井里冲楼上同伴大喊。旅店的名字叫"护身符"，前身是座学校，内部是个环形结构，乍看像座微型客家土楼。耐森靠着二楼过道的围栏往下看，没有要动的意思——他得去老城布哈拉餐厅占位。黄昏的光影在天井上空迅速地变化，我实在等不及了。

"我们走吧。"小葛举着微型摄像机，见我转身离开，连忙进屋提醒还在收拾的同伴。如清和娜娜正凑在屋里看照片，行李箱敞开着，东西才拿出来一半。旅店的屋子不大，刚够放下两张床，地上是红黑相间的地毯，床上是红黄橙白的毛毯，毯上各自织进了一些几何图案。屋外有一圈露天过道，上面搭了一个木枝编织的顶棚，扶手围栏是歪歪斜斜的木头，转角处布置了一些陶罐，看上去像座商队驿站。

"赶紧走赶紧走。彭英之已经走了。"小葛继续招呼。如清拿起手机，笑着披上围巾："这一路就基本上靠他的催支撑着我们。"

他们走出旅店，沿着我身后的路穿进以前专卖帽子的穹顶集市（Telpak Furushon）。小葛用摄像机捕捉四周的一切。一些摊头开始打烊，几位下班的女性穿着正装裙提着皮包路过。娜娜把手伸向摄像机："我来替你拍吧，最后几小时了。"镜头摇晃旋转，画面中出现了小葛，穿着深灰色长袖，依然背着他的小包。娜娜问："有什么感想吗？""我和如清还有三个多小时就要走了。现在我们来陪彭英之买一下地毯。然后我觉得这种傍晚的破破烂烂的感觉，还挺符合我对中亚最初的想象的。"一辆自行车从他身后骑过，一个小女孩儿跑了过去。他们走出集市，来到西面的小广场。白天来来去去的行人几乎没了踪迹，多是半开半闭的店铺。

纪念品店的大喇叭还在循环播放白天的曲子。高力卜说它叫《Gülümcan》。"这是阿塞拜疆的乐曲。"他早先说，"不过中亚的居民和土耳其人都把它当作自己的音乐。"杜读管[①]的

---

① 杜读管，源自亚美尼亚的双簧风鸣乐器。

曲调遥远悠扬，笼罩着整个广场。小葛停了下来，眼睛看向不远处高耸的卡扬宣礼塔。如清嫌他们拖沓，自己朝地毯店走了去。小葛继续说："现在又回到卖乌兹别克音乐的这个店。没有想到地毯店也在这里。现在要走的时候，听到这种音乐觉得特别地……淡淡的悲伤。"说完他发现矫情，不好意思地笑了。

五分钟前我同样路过这个广场，生怕耽搁，步履匆匆。黄昏时分人总会对时间的流逝格外敏感，空气中有些期待和焦虑在蠢蠢欲动。日夜交错是一天中最难捉摸的时刻，一切充满变化而难以界定。小时候外婆会在这时走进我的房间，说日火接夜火，看书要小心眼睛。有些日子里我会放下书，看窗外的光影一点点渐变，直到黑夜完全降临。

地毯店在广场的西侧，从外表上看没有与众不同的地方：两面墙上挂着大件织品，墙边一摞摞地叠放着小些的，屋子的深处有一个后屋，店家可以管里面拿出的所有东西叫镇店之宝——这是几乎所有中西亚地毯店共有的布局。看店的是高力卜朋友的侄子，叫萨尔多·苏莱曼诺夫。他叔叔正准备出门吃饭。高力卜和他打了声招呼在门口坐下，假装耐心地玩起了手机。大卫和简在墙边的长凳上找到位子，朱总和亦舒在店里转了起来。

萨尔多看上去身材瘦高，年纪不大，胡子刮得干净。他戴着老派的眼镜，站在店中心招呼帮手把地毯从地毯堆里抽出铺到地上。他们动作极快，瞬间将房间变得五彩斑斓。如清进门，眼里有了缤纷的光。

我蹲在地上，轻轻碰触织品。几年前，一位我认识的英国犹太大伯也曾在布哈拉买过一张地毯。那是他第二次来中亚。在更早的 70 年代，他也曾坐火车沿欧亚大陆向阿富汗壮游。那时他刚大学毕业，在伊朗东北部的一座村庄意外遇见一位老同学在当地教橄榄球。在没有手机的年代，两人相见又惊又喜，一起旅行了好几天，一直来到阿富汗的赫拉特。几周后他回到英国，老同学却决定留下传教。他从此失去了与老同学的联系。几十年后，年过六旬的他再次来到中亚，已经没法再往阿富汗去。他觉得这辈子不会再有机会了。他在布哈拉结束旅程，买了一张地毯留念，我去他家时就摆在餐桌边的地上。他在地毯边惦念自己同学的样子，让我想起保罗·索鲁间隔三十多年的两场欧亚火车旅行，也让我对布哈拉地毯寄予了一份特别的意义。两年前去伊朗时我就对地毯着了迷。我喜欢这样温暖而厚重的织物，它在任何环境里都能吸收周围的光泽。它适合承载抽象的感情，有一种超越本身维度的容量。

布哈拉最出名的"布哈拉地毯"不是布哈拉城里生产的。它的产地是附近的土库曼民族游牧部落，商人们采购之后拿进布哈拉城里卖。别处的贸易商来这里买的多了，久而久之便有了"布哈拉地毯"的说法。一般中亚城市作坊的地毯设计复杂，图案流畅，部落地毯则不同。它的装饰图案以原始野性的几何符号为主，一眼就能辨认。

"这就是布哈拉地毯。"萨尔多推了推眼镜，指着面前一张猩红色的织物。毯面上的图案由浅红、午夜蓝和白色的毛线相织而成，不断重复。"大象脚图案的经典造型，Teke 部落[1] 的。那张也是。"

　　萨尔多又打开几张其他样式的地毯，羊毛的，丝绸的，不少从更远的地方收来。小葛和娜娜进门，看到地上红红蓝蓝铺得到处都是。我想起一些基本的辨识方法，简明地分享给大家："地毯要看材料，看直线织得是否平整，看每平方厘米的织数，看花案的特殊性。机器织出来的毯往往背后有网格，这个很容易识别。不过最重要的是相信自己的眼和手。看上去喜欢，摸上去喜欢，那就是好的。"这些知识是两年前一个伊朗奶奶告诉我的。那天下午我跟她在伊斯法罕[2] 一家地毯店坐了六个小时，一直呆到关门。

　　萨尔多是店内唯一站着的人。其他人慢慢匍匐到毯上，都叫色彩迷了眼。同伴们原本只是想看一眼，现在一个个不愿走了。不同粗细的手指慢慢划过地毯的表面，顺滑地画出弧线，碰触着成千上万个线结。那些线结是一个素未谋面的人花了好几个月的生命打出来的，背后蕴藏着另一个时空的喜怒哀乐。触觉的交互或许是欣赏手工织品与绘画雕塑最不同的地方。使用者的指尖能够触碰到创作者触摸过的同一个点，两个陌生的生命间就此形成一种奇妙的联结。

----

① Teke 部落，土库曼人最大的部落之一。
② 伊朗第三大城市，位于伊朗中部，曾在 16-18 世纪时为伊朗萨法维王朝首都。

下午高力卜曾带我们去到一间建筑前。我远远地听他说是地毯博物馆，不确定有没有听错。指示牌上说它叫马高基阿塔里清真寺（Magok-i Attori），看不出和地毯的关系。它蹲在一个一米多深的坑里，附近露天敞着些古老地基。

高力卜穿着休闲的纯色长袖 T 恤，看上去比前几天放松了很多。他转过头对我们介绍说："这是全中亚最古老的清真寺，最先是祆教寺庙，之后改造成犹太教堂，9 世纪才变成清真寺。对面的地基和清真寺的地基一样深，应该是同时代的建筑，考古学家推测是驿站和公共浴场。你们看这个清真寺好像在一个坑里。"他刻意停了一下，"但这周围其实是千百年来堆起的风沙。"

这完全出乎了我的意料。我没想到能在布哈拉能看到如此具象的时间印记。我知道布哈拉地处红沙漠东缘不大的绿洲之上，无论被毁多少次都只能在原址重建；我也知道这样的连续性极为罕见，长安做不到，撒马尔罕也做不到。但是眼前的深坑依然让人感到震撼。我们走进清真寺，发现它确实成了一个简易的地毯博物馆。墙上挂着不同民族的织品，有长条的，有横幅的，边上放着说明。时间——这从来是一个让人难以捉摸的概念，看似虚无抽象，却以各种方式定格于各地；应该匀速，但在众人身上完全速度不一。最令人摸不着头脑的是，它理应直线行走，却可以杂乱无章，带上无数的结结圈圈。布哈拉本身就是一座时间迷宫。它写满不同时代的元素，错乱而纷杂地交织在一起，好像一张巨型地毯，蕴藏着更多维度。城中的建筑立在先辈的基础之上，居民每天路过都能看到混杂与传承。

难怪恋旧之气会如此彻底地弥漫在托谢夫的细密画中，弥漫在宰羊祈福的仪式之上。可当城中所有的时代都交织在一起，人们又该如何识别未来？

　　萨尔多的店外天完全黑了。小广场上不剩几盏亮着的灯，只有地毯店内灯火通明。小葛看着手里的羊毛毯爱不释手，咬咬牙，决定买下。他不是一个喜欢在旅行时买东西的人，可在短短几个小时里为细密画和地毯两次破了戒。大卫和简选完新家的地毯，坐回长凳之上，观摩朱总和店员激情洋溢地砍价。萨尔多叫帮手过来扎地毯，问我们要邮寄地址："我有个好朋友在中国读书。我和他聊天的时候用微信。你们也用吧？"我没料到这一出，马上和萨尔多加了联系人。

　　"你们收信用卡吗？"我不抱希望地问。"不收。但附近有一个取款机。""那你带我去试试。"我和萨尔多步入店外的黑夜。老城的小街巷暗得让我不习惯。当地人走路或许不需要路灯。

　　"你们年轻人有做互联网行业的么？"我问。他的店里现在坐着好几个互联网从业人员。"你看我们的网速就知道不会了。"他有些鄙夷地说，"他们大都去石油和天然气公司。传统工业，稳定。"

　　我想起伊利亚对吉尔吉斯斯坦 4G 网络的自豪之情。我不确定互联网提速的那一天布哈拉会发生怎样的变化。这对他们现在的生活方式来说不是必需的，但没有多少技术革命在到来前是必需的。人类生活在同一个世纪，但拥抱新技术的速度大不相同。跑得远的和跑得慢的近距离接触，错位有时难免叫人晕眩。

"你几岁？"萨尔多问我。我如实回答。他讶异："看不出来。是不是中国人都更年轻一些？""似乎是。你呢？""二十二。""是么，看起来也不像。"他对眼镜款式的选择和淡定的眼神让我觉得我俩年龄互换一下才更合理。这种老成或许是布哈拉生意人所必备的。

提款机不待见我的银行卡，给了一些警示。我试了几次，悻悻而归。萨尔多说一个路口外有信用社，明天早上可以试着带护照取钱。我不信来到这里选购地毯的客人都会带上充裕的现金，但商人们也没有更现代的解决方案。

"你想过离开布哈拉吗？""我想去中国看看。""来。正好你朋友也在。""我还要再帮我叔叔做一阵，等拿到学位之后要出去转一圈。""找我。""嗯。"

出去转一圈或许能够破除布哈拉身上的魔法。我开始相信城中弥漫的旧时氛围不只是布哈拉人制造给外人看的东西，他们自己也生活在这个特殊的时空里。我想到土耳其作家帕慕克在《伊斯坦布尔》里描写的由失落引起的"呼愁"情绪。有过光辉历史的城市容易集体怀旧，现实的无奈会加剧这种感情。但布哈拉人又与伊斯坦布尔人不同。伊斯坦布尔一直杵在欧洲的门槛上，20 世纪时刻目睹着邻居的高速发展，而布哈拉人窝在中亚的沙漠边，可以对外界不闻不问。这是种福分，可能也是种阻碍。

萨尔多的帮手们收好店里的所有地毯，记下大家的地址。高力卜带着如清和小葛先走了。我从旅队所剩无几的美元现金储备中拿出一些替大家付了定金，说好第二天支付余下的。大家来到老城布哈拉餐厅，耐森和仁韬已经把晚饭安排就绪。如清查着航班，不确定在塔什干能不能赶上转机。

小葛把 Gopro 交回到我的手里，结束这一程的记录工作。他从面前的盘子里又起烤蘑菇和炒豆角，又问："能给我录一段吗？"我摁下录影键。"今天早上我以为这个旅程会非常平淡地在一些建筑和清真寺、还有一些 12 世纪和 9 世纪的遗址中慢慢度过。我完全没有想到今天会买画和地毯。这都是因为彭英之。然后他还不承认是他给我们种的草。这就是跟他出来旅游的'坏处'，会不知不觉地接受很多新事物。"大家哈哈大笑，小葛也被自己逗乐了。"另外，我一直觉得耐森是我们这个旅途里最大的 gentleman。他每天会发微信消息，告诉我们几点要起床，几点吃晚饭。然后每次当我们下车的时候，耐森会等在车的后面，伸出一个头看是不是所有人都下车，非常靠谱。没有耐森……和彭英之……我们这个旅行就不会这么顺利。谢谢你，耐森。"他一脸微笑，可是眼神开始闪烁。我问："你俩要不要拥抱一下？左胸对左胸？"他们勾肩搭背地碰了一下，耐森开怀地笑了。

"走啦！"如清起身和亦舒深深拥抱。大家互相告别，祝他们转机好运。丝路上来来去去正常不过。收拢时间，埋入回忆，没有比布哈拉更适合道别的舞台。"途中出任何问题和我们联系！"

留守在老城的伙伴们向旅店走去。利亚兹豪比边的小广场上打着惨白的公共照明灯，一群当地人在灯下三三两两地跳舞。细密画中没有这样的色彩光影。他们更像戈雅①的黑色绘画中被高光打中的巫师，令人疑惑，充满喜感。大卫走到旅店门口，猜测高力卜见到老婆后明天一定充满能量："我和你打赌他心情会很好。搞不好还会迟到。"我觉得他不会迟到。明天要坐七个小时的面包车过沙漠。要是到得太晚，那一头的城听说会不让进。

我和朱总回到自己的旅店小屋。猩红色的地毯上一个个浅红、午夜蓝和白色的几何图案不断重复，像童话绘本中的场景。房外的世界带着《一千零一夜》的色彩，可以写出一个又一个睡前故事。

"明天八点楼下某间屋子会有早饭吃。我们争取九点出门。"耐森在群里说。

我钻进厚厚的毛毯，不知道一觉醒来会出现在哪个时代。岁月乍看遗忘了布哈拉，可它只是将自己深埋进了城市里的每

---

① 弗朗西斯科·何塞·德·戈雅－卢西恩特斯，西班牙浪漫主义画派画家。他的黑色绘画涉及战争、死亡、疾病的主题。

个角落。这是一张精心编织的巨大魔毯，我们坐上它飞翔，同时在地层里埋下了属于自己的一微米风沙。

二十六　穿越红沙漠

耐森发来的文字里透露着焦虑。四十分钟前我带着四个人出发去布哈拉一间信用社取钱，到现在还没成功。他一个人坐在面包车上写明信片，一张，两张，三张，其中一张是给白玥的。写好收好，耐森发消息告诉大家他要下车去买水——早晨的太阳看上去要烈起来了，一会儿进沙漠肯定更糟。他买到水，发现其他人还没有要回来的意思，于是又找了邮局寄明信片。群里还在你一嘴我一嘴地讨论取钱的技术问题，似乎没有任何进展。他终于忍不住插话了："大家，是不是抓紧点。"

这时我正全神贯注地盯着城中信用社柜台后面的那台小小打印机。负责取钱业务的阿姨同样在等它反馈。取钱的信用社非常狭小，只容得下三个人，朱总和亦舒只能在外面等。打印机不动，阿姨不动，我也动不了。两三个当地人排在我身后，看上去一点都不急。任何先进的手机应用程序在这里都没有用武之地。大卫在和银行打电话。刚才他试图用信用卡拿钱，银行认定发生异常交易，直接把卡冻结了。

"通了！"信用社的通信装置收到信号，打印机立刻投入工作。阿姨拿过新鲜出炉的黄色复写纸，盖章后把美元递到我手上。我点了点，快步赶到萨尔多的店里验货结账。耐森见我们远远地往车的方向来终于舒了口气。高力卜拉上门，叫司机朝沙漠进发。阳光晃眼，卡扬宣礼塔在后视镜里越来越远，直到失去了踪迹。

旅队要过沙漠，再晚出发行车安全就要受影响。一起出发的同伴只剩七人，最新离队的是娜娜。她两小时前踏上返程的路，临走录制了一段告别视频。"你觉得要对我们还在路上的人说什么呢？"我问。她睡眼惺忪地说："我觉得如果再继续走下去的话，其实就已经很像是在生活了嘛。所以希望你们能继续享受你们的生活。"说完她透过镜头冲我招手，接着和耐森在天井里道别，背包走出旅店的小门。

昨晚出发的小葛和如清经过一夜赶路后回到了北京的办公楼。转机有惊无险。据说布哈拉机场在飞机起飞前给塔什干机场打了电话，叫去中国的航班等两位乘客到了再飞。为确保万无一失，高力卜还在塔什干的国际和国内航站楼之间安排了车，等他俩一到接上送走。大家听到消息不禁击节赞叹:"高力卜厉害!""一手遮天!"回到北京后小葛明显有些失落:"就这么,要上班了……"如清坐在办公桌前,同样过了一会儿才记起电脑密码。我发消息慰问她坐飞机的心情,她恐飞如旧:"从布哈拉回程坐的螺旋桨飞机,我到停机坪就崩溃了。但人家其实很稳。我觉得怕的是那种完全失去掌握,不明情况的恐惧感。"好在就目前的工作安排来看,这一周她不用再飞了。

旅队与同伴告别,继续西进。网络很差,太阳很晒。横亘在大家面前的是绵延近四百公里的克孜勒库姆沙漠(Kyzylkum),直译红沙漠。我们在布哈拉城外开上颠簸的砂石路,不久就被沙漠包围。四周地形平坦,沙面上趴着一些红柳和梭梭,一片贫瘠干燥的模样。车子引擎的嗡嗡声像以前的驼铃,一会儿就成了令人麻木的背景音。队伍少了一小半人冷清不少。朱总拿出纸牌,拉上耐森、仁韬和亦舒玩起八十分。

红沙漠占地三十万平方公里,南面以阿姆河为界,北面以锡尔河为界,域内像样的人类定居点不多,大都紧贴河岸。沙漠中留有数个古代建造的地下蓄水池(Sardoba),水源来自远方的河水或雪山融水。古时政府为解决过路商旅的用水问题,要求工程师在地底埋下送水管道,将水从河流或雪山脚下一路送到沙漠深处,并在沙漠每几十公里的地方修建一个连通送水管道的蓄水池以方便取水。蓄水池的顶上盖有砖制大穹顶,防止风沙或其他污染物入内,只在侧面开一个方便人进出的小门。中国也有这一类井渠系统,一般称之为坎儿井。如果地理条件允许,沙漠及附近绿洲的居民同样会直接往地里凿井。

布哈拉城里就有一座称为阿尤布井的水井，相传是先知阿尤布（Ayub）路过时用手杖戳地找到的水源。现在它被一座帖木儿时代建筑包裹，改造成了一个水资源博物馆，专门介绍红沙漠及附近绿洲对水使用和保护的方式方法。

"知道我们为什么主要喝茶吗？"高力卜问，"那是因为打上来的水太咸，烧开处理才能喝。烧开之后总得加点味道。"昨天他带大家路过利亚比豪兹蓄水池，说当地人洗漱烹饪以前都在池中完成。这很容易滋生疫病。古时城市管理者规定商旅在城外洗净以后才能进城，但防疫效果不佳。政府在苏联时期把城中大多数的蓄水池和水井都封了，改用自来水。这可苦了季节性迁徙来的白鹳。它们原本在老井边觅食，封井之后没了食物，一两年内就不再出现在布哈拉。当地现在往鸟巢里放了一些玩具鸟做纪念，不少人依旧把这种鸟当作城市的象征。它们依然会在中亚繁衍，只是从此再与老城布哈拉无关。

我们在空无一人的路上开了近两个小时，晌午的太阳照得人心烦。四周除了黄沙就是电线杆。在一个前不着村后不着店的地方出现了一家小店，看上去是间餐厅。高力卜招呼面包车减速，在店外慢慢停稳。我们带着疑惑来到门口，发现地上杵着几个水龙头，可是拧来拧去一滴水都放不出来。一旁有张大长桌，一位厨师正在给沙漠湖泊里捕来的大鱼去鳞。这些鱼大都是深灰色的，最长的有一米多，空中有不少昆虫在绕着它们打转。一只瘦骨嶙峋的小猫怯生生地从桌底露出脑袋，弱弱地爬出来看着我们。大卫、仁韬和亦舒的肚子不大舒服，看到这情形有些怵。大家硬着头皮进店坐下。"要不买点烈酒消消毒。"不知道谁开了个玩笑。话音刚落，高力卜走来把一瓶伏特加拍在桌上："你们一人干一杯，杀菌。"

我们抬头看他，确认不是玩笑。服务员给每人倒了一杯酒，在大家的要求下给高力卜也满上了。大卫坐在桌子一端不停蹙眉，略显尴尬地打量着眼前的选项。仁韬看着自己的伏特加，想了想，拿叉子蘸进酒里。"你为什么要蘸酒？"高力卜问。"它消……消毒？"仁韬试探性地解释。亦舒听到，也迅速把叉子往酒杯里蘸了进去。朱总一脸坏笑地问："司机不喝么？"没人配合他笑。大家干杯，我一口喝下，味道不好。高力卜叉起一片番茄往嘴里送，建议大家喝完吃它。我照办了。耐森和大卫不愿碰生的蔬果，决定靠喝汤来缓解嘴巴里的味道。服务员随后端上一盆炸鱼。在这个前后不着店的地方，或许只有这么做鱼才好吃。

车程在伏特加的作用下轻松了很多。高力卜受不了副驾驶座上的暴晒，逃到后车厢里坐下，一会儿就睡了过去。窗帘阻隔了大量光线，可穿进来的热量依然照得人昏昏沉沉。打牌的四个人鏖战了一会儿，耐森开始晕车。大家一会儿睡，一会儿醒，身后富饶的河中好像一场梦，不知是多久前的事了。

中国古代几位著名的西域探险家都没有走到红沙漠。这与他们最终目的地的方向有关：玄奘去印度在撒马尔罕选择南下，甘英去罗马到河中之后折向西南，而张骞停步的地方大约是在撒马尔罕和布哈拉南面的阿姆河畔。

这些人的壮举都堪称伟大，但其中最让人感到不可思议的是张骞。汉武帝派他出使月氏的时候，他以为月氏人在伊犁附近，到了伊犁才发现月氏已经被乌孙赶跑。张骞一路打听一路找，把费尔干纳盆地和河中转了个遍才找到月氏人。叫任何人走上一条充满未知甚至不知道终点在哪里的旅途，都是对心理的一场极大挑战，更何况外部环境一派险象环生。他没有地图，语言不通，大半时间都在野地里逃避追捕，能找到月氏人，不能不说运气非常之好。

有时不得不停下思索甚至讶异于张骞的坚持。他亲身走到这么远的地方，实打实地见到河中与汉地将近五六千公里的距离，为何会相信月氏人仍愿帮助大汉共击匈奴？古人对距离和时间的理解是否和现代人非常不同？见到月氏人之前，他是否有过动摇？他一定要找到月氏，是否只是一份对使命的执拗坚持？

无论如何，他找到了月氏，完成了任务，还回到了长安。不止一次，而是两次。难怪梁启超管他叫"坚韧磊落奇男子，世界史开幕第一人"。历史书对他的赞扬或许还不够动人：如果能设身处地点出他的困境，或许会有更多人对他拜服得五体投地。

张骞凿空西域之后，丝绸之路的雏形出现了。官方时常为商旅安排驿站和保护，人们来回不再如此艰难，货物开始大量双向往来。但在某一件交流品上，中国人对于向西输出似乎一直提不起太大兴趣。

文化。

华夏文明对改变别人的生活方式缺乏兴趣。这种趋势越到后来越明显，汉代或许还有点迹象，之后就几乎找不着了。从丝绸之路传入中国的宗教思想很多，佛教、祆教、摩尼教、基督教、伊斯兰教，无有缺席，但中国土生土长的道教和儒家思想却未能在中亚留下什么明显的痕迹。丘处机应蒙古人的邀请西行去见成吉思汗，但除了给大汗授课之外并没有留下弘道的意愿。唐代羁縻中亚时看重地缘政治与经济资源，却没想强迫诸城邦改从中国之学。再扩大点范围来说，日本送遣隋使遣唐使来华甚众，也从未见到中国人大量去授课。唐朝年间，虽有玄奘西行、鉴真东渡，但他们都是偷行的，遭到政府明令禁止。

我们知道不少从其他文明中心来华做文化交流的使者，有自发的，有官派的，却鲜见古代中国人游走在其他文明中心传播中国的原生思想。从结果上来看，中国文化对外影响可谓深远，日本、朝鲜、东南亚都是极好的例子。但这其中没有多少是中国主动去传，而多是他国来学，这一点已经越来越明晰了。

这一路上我在各个旅店见到的电吹风、镜子、空调几乎全是中国生产的。从物品输出这个角度来说，这条商贸通道仍在尽心做着它千百年来一直在做的事。但中亚商道对于中国人的作用依然主要是经贸通道。有些事现在想去做，只能一点一点来。

耳机里的歌单放完了。我把笔记本和笔收好。太阳从窗帘的间隙射进车内，角度越来越斜。朱总和亦舒一直在后座上聊天，说了两个小时的话，看上去也没觉得口渴。我数了数耐森出发前买的矿泉水，应该足够。简横躺在前排的座位上，大卫把腿直直地向前伸着。耐森睁着眼，无所谓看哪里。他在车上不睡觉只发呆的能力一直叫我佩服。"你是哪里学打的八十分？"我问。"高中时向华人同学学的。以前数学竞赛的间隙大家就会打几盘。"他说完点点头。下次或许可以和他试试掼蛋。

一条河出现在了车的左舷。它是红沙漠和河中地区的界河——阿姆河。河对面是土库曼斯坦的黑沙漠，两边都杳无人烟。所有沙漠河都带着一种天然张力。上游来的水量要抵消沙漠中的水分蒸发才能不溢不竭，体现出大自然精心设计的绝妙平衡。但阿姆河看上去并不平衡。它河床宽广，可是大部分地方只有裸露的砂石，水量明显不足。这个情况和布哈拉水资源博物馆里介绍的一模一样。

高力卜招呼车在路边停下，带大家跨过护栏朝河边走去。"别离河太近。"他提醒我们，"两边的边防兵现在在躲太阳，但发现有人偷渡的时候会毫不犹豫地用枪。"天上没有一丝云，颜色从下到上由灰蓝朝湛蓝渐变，红褐色的沙子布满河床两边，光线晃眼。耐森撒开腿在河边的荒地上跑起来舒展筋骨。一座遗世独立的小房子建在路基下方，上面写着"厕所"。高力卜劝我们不要进去："你们最好在外面找地方，里面实在太恶心了。"

我和耐森偏不信，之后后悔万分。

朱总和亦舒下车走到路基边。"朱总，今天不关心单车生意吗？"我问。"早上都安排好了。"他看上去比两周前放松了很多。"耐森和仁韬打八十分的水平怎么样？""他们很厉害。亦舒比较弱。"只要不打工作电话，朱总说话时便总会带着戏谑般的洋洋自得。

我放飞无人机，叫它往沙漠深处飞去。司机看着我手上的遥控器，好奇地问："这是个飞行照相机？""是的。中国科技。"他不再提问，只是仔细地看着手机上的画面。除去路边的几幢板房之外，附近只有一丛丛的沙漠植物，看样子是梭梭。每株梭梭间的距离都差不多，像是造物主用偷懒的算法画在沙漠上的。

高力卜催促我们继续上路。据说前方的城市规定所有未能在落日前进城的大车都必须在城外过夜。这种近乎中世纪的规定听上去不可思议。面包车继续沿衰弱而宽广的阿姆河向红沙漠边缘前进，不久路边出现更多高大的植物，接着是像样的城镇。沙漠渐渐跟不上车速了。手机上开始出现稳定的网络信号。我们终于穿出了红沙漠。这场古时中国探险家没有兴趣也没有完成的旅途，现在不能算是件事儿。或许假以时日，其他那些过去不愿做也不知道如何做的事也会变得更加容易。黑夜中引擎依然在嗡嗡作响，四周没有什么灯光，像极了入境吉尔吉斯斯坦的那晚。那时我们刚入天山，现在已在两大沙漠的夹缝之中。

大卫终于醒了。他在手机上看到欧洲各国政府对加泰罗尼亚公投的最新反应，忍不住叫喊起来："太可耻了。太可耻了。欧洲国家应该为自己感到羞耻。我们怎么能一边说自己支持民主，一边无视加泰罗尼亚人民的意愿？"没人应和。耐森发着呆，仁韬看着窗外，朱总和亦舒继续在后排旁若无人地用中文聊着天。小车跨过阿姆河，来到乌兹别克斯坦花剌子模州的首府乌尔根奇，不再担心会被拒之城外。旅队在半小时后抵达花剌子模地区的前首都希瓦。此时距离开布哈拉已经过了足足八个半小时。

"明天咱们早起出去转转吧。"我对耐森说。他点点头。我喜欢希瓦这样的绿洲。它们存在的每一天都宣示着生命对荒漠的胜利，而每一天最具生命力、最让人对未来感受到憧憬的时刻，正是清晨。

我背上背包，绕过大堂沙发往二楼走去。在余光中我瞥见沙发背上坐着一只小乳猫。它目不转睛地看着穿越红沙漠而来的七位客人，直到他们一个个消失在了楼梯的顶端。

二十七　逍遥希瓦

　　第二天中午我们气喘吁吁地爬上希瓦城里最高的宣礼塔塔顶。沙漠的风尘拂过，脚下是整座老城。土色的房屋沐浴在同样土色的阳光中，平坦的土地一直伸展到地平线的尽头。

　　耐森转过头："你猜我想到什么？"我摇头。"少年不识愁滋味，爱上层楼。爱上层楼，为赋新词强说愁。"

　　一个西方人在中亚的沙漠边念着中国人最爱的诗词，这景象让我讶异。他念完冲我微笑点头，对自己颇为满意，看到我的神情又多出几分得意。破晓时我们叫无人机来塔边转过一圈，但这如何比得过自己爬上塔顶后看的景色和随景而出的词。如清走后，耐森成了陪我飞无人机的人。他不像如清那样喜欢跟镜头招手，但他个子大，要在镜头里找到并不难。

　　希瓦内城不大，长宽各只有一两千米。从塔上往下望，几座翡翠色的穹顶是城里几乎唯一有别于土的颜色，好像金戒指上镶嵌的绿宝石。花剌子模绿洲从这里向北延伸，直到三百多公里外的咸海，另外三面则被沙漠和荒原包围。要是有沙尘暴来袭，希瓦城外的地形不能为内城提供任何阻滞，街巷会被很快吞噬。这几年常有这样的沙尘天气。好在现在是个晴天，土墙、穹顶、伊万都在沙漠的太阳里泛着强光。

耐森下塔时没再背诗。毕竟，中国诗词里写上楼的多，写下楼的很少。楼阁好比远离人群的精神世界，既能有"无言独上西楼"的惆怅，也可有"欲穷千里目"的格局，可是一旦下楼回到喧闹之中，诗兴似乎就即刻全无了。我们在极窄的塔身里扶墙向下，跟着螺旋式的台阶无止境地旋转降落，周围一片漆黑幽闭，不知过了多久才听见地面的喧嚣。塔外的街道边整齐地摆着各式小摊，指示公厕和问讯处的标识清晰可见。成群的游客穿梭在街巷间，除去一群群西方人外还有一队日本人，团客大都头发花白，没有登塔的意思。邻近的地方是帕赫拉万（Makhmud Pakhlavan）陵。那是一座17世纪的建筑群，刚才在高处见到的几座翡翠穹顶就属于这里。

城里的宣礼塔不少，唯有刚才那座四十来米的伊斯兰和扎宣礼塔（Islam Khoja）开放攀登。不远处还有座漂亮的卡尔塔宣礼塔（Kalta Minor），原本应该是座高塔，可造到一半遭遇政局动荡不幸烂尾，现在成了一座矮（Kalta）塔。不过它虽然矮胖，比例却刚刚好，青蓝色的贴瓷在沙漠城市里散发着粼粼波光。它和伊斯兰和扎塔一矮一高，一胖一瘦，像一对兄弟一样，底下多是照相的人。

如果可以用人生阶段来形容城市，那希瓦现在一定处于一种安心退休的状态。20 世纪花剌子模地区的政治中心搬去邻近的乌尔根奇后，希瓦缓慢而彻底地变成了一座旅游城市。它平时招待招待游客，维护维护老房子，好像一位退休的老人在家里照顾花草，没事请人来谈天说地。比起现在落魄到被人嫌弃的浩罕、重获新生的塔什干，还有仍在和时代较劲的撒马尔罕和布哈拉，希瓦看上去早已认命，一副乐呵呵没有牵挂的样子。来访的大都是退休的旅行团，和城市气场自然地切合。历代可汗和宰相花大力气雕琢的城市现在变成了一座中世纪主题的建筑公园，做工精美，风格统一。几万居民分布在老城内外，以旅游业、手工艺品和棉花种植为生。

花剌子模地区的政体在 16 世纪初把首都迁到希瓦，一直保持到苏联建国。后人管这个时期的花剌子模政权叫希瓦汗国。它仗着自己躲在沙漠里很少服外人管，并且时不时骚扰邻国，抓俘虏放到自己的奴隶市场上卖。汗国内部斗争同样凶险，四百年的史料上都是父子相残、兄弟杀戮的记录。可汗的宫殿刻意造得和迷宫一样叫人晕头转向，可是王座上依然每几年就换一个人。建造伊斯兰和扎宣礼塔的宰相伊斯兰和扎自己是一场宫廷暗杀的受害者。下令除掉他的可能是他的女婿、希瓦汗国倒数第二任可汗伊斯凡迪亚尔。

希瓦汗国在20世纪初被苏联吞并后，这些故事都成了久远的记忆。现在希瓦旅游局只想把城市最可爱的一面留给游客。城市的自然条件不好，但人们花在建筑上的心思一点不输富庶的河中地区，宫殿上的贴瓷、马赛克和陶砖（majolica）密集到令人目不暇接。比起撒马尔罕和布哈拉纯净的天蓝，希瓦的墙面更喜欢妖艳的紫蓝，花蔓的图案非常繁冗，在曲线和星星外还加入了一些方形的主题。建筑外立面一直受到风沙侵蚀，幸好城里的工匠手艺代代相传，有需要就可以给这些砖雕木雕做些维修重制。

城里最大的建筑是老城堡（Kunya Ark）和可汗的几处宫殿。为了降温，建筑师选择把一些重要的建筑安排在各个小院的南面，门朝北开，提高房屋地基，再辅以一座高过院内所有建筑的伊万，方便捕捉北面吹来的风。风通过管道进入室内，帮助宫殿里的人度过炎炎的沙漠夏日，可也让冬天变得难熬。这时可汗们会在院内建个大型圆形石台，在上面搭建暖和的毡房过冬。现在毡房没了，石台成了游客们拍摄对面伊万门面装饰的地方。

城里另一处气派的建筑是聚礼清真寺。寺内的大厅是个开放空间，有几百根木头柱子，有些据说有上千年之老。沙漠里干燥且昼夜温差大，木头里有残余水分容易开裂，因此每根柱子都做了认真处理。工匠们在每根木柱底部和地面石基接触的地方塞进了一摞毛皮，据说可以防止蛇虫上柱。每过一阵寺里有人洒水抑制扬尘。 这在沙漠绿洲里是很奢侈的待遇。

我们在聚礼清真寺边的露天餐厅里找了张床坐下，店家给我们上了绿茶。 树影婆娑，环境慵懒惬意，厨房里飘出诱人的羊肉香。 一只黑白相间的猫注意到我们，从遮阴的地方走来。 找人讨食，对住在沙漠绿洲上的猫来说想必是必备技能。 耐森迅速绕到它背后，跟上去意图捉弄。 两只体型迥异的生物越走越近，眼看就要碰上，却见那猫突然停下，回头嫌弃地瞪了耐森一眼，然后三两步蹿上隔壁的木床。

"你们听过阿明·范伯利（Ármin Vámbéry）么？"高力卜把视线从耐森身上移回。

大家摇头。

范伯利是一位 19 世纪的匈牙利间谍、学者和探险家。三十多岁时他乔装打扮成一位苏非派苦行僧，从欧洲来到中亚，一路考察沿路国家，途中靠给苦行僧的免费食宿过活。 那时中亚对外国人并不友好，时有监禁绑架的事发生，幸好范伯利的宗教和语言水平非常之高，靠博学一次次通过了人们的考验，伪装得很成功。 他逐渐声名鹊起，成了这一带有名的苦行僧，停留希瓦时常常受邀与可汗对谈。 他一路向东，最远走到了布哈拉和撒马尔罕，然后经由阿富汗折回欧洲。

"不过他露过馅。"高力卜笑着说，"有一次他被邀请去可汗的宴席。 途中乐队奏起音乐，他用脚打起了节拍。 可是苏非苦行僧听音乐的时候是只会摇头晃脑，不会用脚打节拍的。"

还好他意识到自己已经暴露，宴席结束后抓紧收拾一下就走了。

范伯利的故事有多传奇，就反映出他渗入的中亚有多封闭。在 19 世纪中叶，这些曾经不可一世的老汗国已变得虚弱而多疑。为了避免成为英苏大博弈的牺牲品，他们怀疑地看着所有的外人。本已躲在沙漠之中的希瓦汗国毫不犹豫地闭关锁国，拒绝绝大多数外国人进入——这也许就是逍遥自顾自的另一面。只可惜，这些中亚汗国最后没有一个能逃脱被吞并的结局。

现在中亚没有黄金时代时的开放，也没有大博弈时期的封闭，但眼下这座小城如此惬意，叫人很难将它与外部世界的变革联系起来。当地最近在搞一个大工程，要把高铁线从布哈拉穿过沙漠延伸到希瓦，给来回外界多修通一条路。不过，这一带的水资源和沙漠化问题一直没有解决。如果环境问题继续恶化，希瓦和花剌子模地区很难有什么长远的发展，维持现状已经是一个不错的结果。

服务员送上午饭。猫看了看，又躲回树荫里去。仁韬点了烤包子。这里烤包子的形状长得像煎饺。他拿起一只咬了口，闻了闻香，接着啃掉半只。亦舒的电话响了："对，是的。明天进沙漠。可能三天没信号吧。嗯，都做好了。"她给老板逐一解释项目的进度，嗓音保持松弛，但手的挥动幅度越来越大。听上去老板对某些法律文件的处置方式一无所知。大家不再看猫，把目光移到她身上。

"她在休假啊！"大卫拿起一片意大利红肠比萨咬了下去。几周来他一直无法适应中国人在休假时工作的习惯，也无法真正接受当地的饮食。"这没朱总夸张，"我喝了一口绿茶，"还记得撒马尔罕的那顿晚饭么？"

那是旅队到撒马尔罕的第一个晚上，我们到当地人家里去吃饭，每人喝了点伏特加准备交心聊天。这时朱总电话响了，他穿上鞋到庭院里去听。过了一会儿他打完回屋，一只鞋脱到一半，电话又响了。他只好默默地把半只鞋穿上，再度推门走出。

"但这不对！"大卫依然不屈不挠，又拿起一块比萨。那天晚上他也露出过同样难以置信的表情。

黑白相间的猫趴在几米开外的阴影里睡着了。隔壁床来了一群头发花白的德国人。亦舒抬头，手停在半空，发现所有人都看着她，不好意思地拿着手机去了外面。在城里几万本地和外地人中，或许只有她在焦虑工作。其他人来到这个避世的沙漠绿洲，步速一并慢了下来。

高力卜准备告假："下午你们就休息休息，自己在城里转转吧。""那你呢？""我约了朋友去钓鱼。""钓鱼？""对，就在阿姆河上。"我老忘了希瓦是一座临河的城市。这都得怪附近的风沙。

"有个请求。"我赶忙抓住他。"你说。""能不能帮我安排一辆车去看北面沙漠里的遗址？我想去托普拉克卡拉转转。""行啊。"他拿出电话。自从他帮如清和小葛解决转机的问题后，我不再怀疑有他在乌兹别克斯坦解决不了的事。

"你们去么？"我问其他人。大卫头也不抬地表示他和简要休息。亦舒处理完公事，有些心动，但还是打了退堂鼓。我看向耐森："你呢？""去的话，你准备在车上做什么？""睡觉？还能干嘛。""那我不去了。我在车上睡不着，你要是休息我会很无聊。"

高力卜放下电话："车给你找好了，司机叫阿塔贝格，一会儿城门口见。这是车牌号。"

我们往希瓦的西门去。卖地毯的男青年站在卡尔塔宣礼塔背后的小街阴影里聊天，欧洲的老年客在街道上不紧不慢地走着。我和同伴暂别，搭上阿塔贝格的雪佛兰向沙漠方向前进，不久跨过了阿姆河。道路两边起初有些绿意，后来只有越来越多的黄沙和碎石。刚才希瓦城里的树荫和茶歇仿佛人为制造出的悠闲，现在全都烟消云散，四周只剩无情的壮阔。花剌子模两千年前的首都和帝国曾经的疆土就在前面的荒漠上。

我只身到访，不知会遇到怎样的接待。

二十八　花剌子模的幽灵

沙漠里的日落总是特别长。不过三四点的光景，日头已斜挂天边，映得沙漠微微泛红。

红沙漠，多贴切的名字。

一座雄浑的堡垒遗址悄无声息地横亘在山丘上，像死而未僵的猛兽。它风化成了土堆，却依旧散发着舍我其谁的气势。我在山脚下内心肃然起敬。耐森要是看到眼前的景象，一定会后悔没跟来。

我在沙路上颠簸很久才来到这里。以前听闻沙漠间有几座孤魂般的花剌子模遗址，如今亲眼见到果然名不虚传。刚刚它在远方山顶出现时天地间的气场都改变了。这种霸气叫人想起了万军阵中提刀而出的关云长，又叫人想起《指环王》中的风云顶。这一路来我见过许多遗弃在野外的遗址，惟在这里感到了强大的精神力量。这大概就是古花剌子模曾有的气度。

我开始沿一个缓坡朝山上爬，流沙一会儿就灌满了鞋子。

"阿－亚－兹－卡－拉（Ayaz Kala）。"我反复念叨着堡垒的名字，感觉别有韵味。两千年的堡垒在山顶上寂静而刺眼。我一步一滑，踏过黄沙枯枝，发现一串微小急促的脚印和一条尾巴拖拽的新鲜痕迹。这是某条小蜥蜴留下的。它是肉眼可见的唯一活物。

我第一次看到"花剌子模"的名字是在《射雕英雄传》里：成吉思汗西征花剌子模，郭靖跟着掺和大败敌军，尔后又劝大汗不要滥杀无辜。那时我觉得这个名字实在太怪，还容易念错，就记了下来。读大学以后修历史，发现花剌子模作为一个相对独立的实体在公元前就已存在。成吉思汗打败的那个是历史上最强的花剌子模，但和建立阿亚兹卡拉的花剌子模已不是一脉。

不管谁当权，花剌子模都有一条永恒不变的主题，那就是要在沙漠夹缝间找到生存之道。居住在脆弱生态环境中的人类社群首先要确保能活下来。但这在花剌子模不容易。绿洲周围星星点点的遗迹标记了人类过往活动的疆界，同样也划出人们在沙漠面前败退的轨迹，活活一部人类逃亡史。

但花刺子模在人类历史上绝不是一个无足轻重的绿洲。事实上，一些构建当代信息社会的重要基石就与它有关。我读了很多年数学，毕业之后又花了很多年建模、编程，每天都会用到一个由花刺子模变来的词，那就是算法——"Algorithm"。它的语源是 Al-Khwarizmi，意即"来自花刺子模的"，是个人名。Al-Khwarizmi 在中文里翻译为花拉子米，是位出生在花刺子模的 9 世纪数学家。他对算术和代数的贡献巨大，以至于现在应用数学家和计算机科学家每天赖以生存的"算法"一词，就是由他的名字转变而来的。

谁会知道呢，花刺子模这座几乎已被遗忘的绿洲变相潜入了当代最前沿的对话中，每天堂而皇之地出现在所有人的嘴边。

不光是算法，西方语言中的代数——"Algebra"——也是由花拉子米一本数学著作标题中的"Al-jabr"转化过来的：它的意思是两边加减同一项，相当于移项，是解方程中的重要手法，后来成了代数的统称。除此之外，花拉子米的著作把印度数字介绍到了欧洲，而这些数字最后成了全世界通用的数字。

希瓦城门口现在有座花拉子米像。所有搞代数和算法的有空都该来拜拜。

我爬到一百多米高的山顶，登上阿亚兹卡拉两三层楼高的土墙，大风从开阔的远方不断吹来。堡垒的长宽各不到两百米，是个标准的长方形，内部空空如也，只有我在斜阳下拉出的长长的影子。在西南方向几百米外有一座略矮的坡，上面是座小些的建筑框架，墙体分割清晰可见。它也是阿亚兹卡拉防御体系的一部分。除此之外堡垒群还有一座仅剩结构框架的遗迹。它们占据了附近仅有的高地，建造时间的跨度超过一千年。游牧民袭扰花剌子模领土的时候看见这样的气势，恐怕都要先惧三分。

在很长的一段时间里，古花剌子模都是一个谜。这与它环境隐蔽有关，也与出土的考古证据缺失有关。或许它在几个世纪内都是附近庞大帝国的附属王国，但在出土硬币上有时会发现令人费解的独立图案。但有一点可以大体确定：佛教并没能在这里留下什么痕迹。这与我们先前路过的城镇颇为不同。在伊斯兰教兴盛之前，这里流行的是一种具有当地特色的祆教，对火非常崇拜。这从附近出土的证物中能略窥一二。

阿塔贝格的雪佛兰孤零零地停在坡底，站在高墙上一眼就能看到。我滑下山坡回到车上，接过他递过来的地图。他问："接着去哪儿？奇尔皮克（Chilpik）？"从照片上看那是祆教的寂静塔，和阿亚兹卡拉同样立于山丘之上，气势壮阔。

"太远了。我们直接去托普拉克卡拉（Toprak Kala）吧。"我看了看时间，不愿冒险。托普拉克卡拉离阿亚兹卡拉不远，是公元3世纪时花剌子模地区的首都。花剌子模迁都至阿姆河畔的柯提（Kath）后，托普拉克卡拉又在历史上活跃了三四百年，直至唐代才逐渐销声匿迹。遗址内的文书和艺术品考古出土颇丰，《中亚文明史》第二卷将它作为同时期的重要城市典范详加描述。

阿塔贝格把带我到托普拉克卡拉外的坡道上，给我指了条往内城爬的路。太阳慢慢靠近地平线，遗址内大都是残阳的阴影。这里比阿亚兹卡拉大多了，墙体同样风化得厉害，遍地都是沙漠植物。以前它周围的环境一定不会如此荒芜，否则偌大一个花剌子模绿洲怎会把都城建在这里。内城在城市的西北角，凭地基可以判断当时分割出了数十上百间房间，墙面上有一个个圆形的门洞。站在这里可以往下看见城市的全貌：城市的东北有一处凹陷，可能曾经是一座蓄水池；在城市中心有一系列分割清晰的建筑群地基，不知是不是住宅和集市。城市纵横都超过了一公里，走路考察要费点时间。我从内城下到外城，朝城南走了几步，然后意外地一脚陷进了地里。

我一愣——土地明明看着很结实，走上去却是空心的。我又迈出一步，结果又踩陷一块。我加快速度走了起来，每一步都能听见地表塌陷的声音。遗址内的土地好像法式焦糖布丁，表面松脆，底下柔软。这种触觉在前几周路过的沙漠荒滩中未有体验过，我不由得觉得蹊跷。这是什么特殊的土质么？一丛丛红红黄黄的梭梭从土里冒出，土层上有些白花花的东西，不知是什么成分。

又走了两步，我突然回想起高力卜之前说过的话，恍然明白过来，头皮立时一阵发麻。

"我们管它叫白沙漠。"高力卜前几天解释时神情严肃。前辈红沙漠（克孜勒库姆）和黑沙漠（卡拉库姆）存在已久，白沙漠（阿拉尔库姆）却是近几十年咸海逐步干涸之后才产生的不毛之地。它看上去被点点白色覆盖，因而被当地人冠以白沙漠的别名。咸海原本是世界第四大湖，阿姆河和锡尔河归于此处，为中亚提供着珍贵的水源。可是过去一百年来的错误规划导致水资源大量浪费，咸海的面积萎缩到了原本的十分之一。有人预计这个大湖将在几年后彻底消失，而在咸海原本的湖床上躺着的，除了成百上千艘锈迹斑斑的渔船之外，就是一层白花花的盐和有毒的残留物质。

别以为这些盐都会老老实实地呆在这里。风沙一起它们就会被吹到邻近各处，据说远至南北极也能监测到。在布哈拉我们见识过它们的威力：神学院和清真寺建筑上靠近地面的瓷砖，因为盐的腐蚀需要经常维护更换，沿路不大的耕地也一直需要担心盐碱化的威胁。从眼前的景象来看，红沙漠靠西的部分区域已经被它深度侵蚀了。

原来花剌子模深处真的藏着一个幽灵。它悄无声息地蚕食着这里的土地，日夜不停，而且成绩斐然。托普拉克卡拉威风凛凛的外表之下，内核早已被它侵占。

除了人口数量增加之外，苏联时期过度种植棉花可算是罪魁祸首。为了满足经济的需要，苏联在阿姆河和锡尔河沿岸大量开渠种植棉花，灌溉时使用了低效的管道材料，导致水分在引渠过程中大量蒸发，用水量急剧上升。沙漠中的水平衡本就微妙，于是咸海的水位在入水量下降后迅速变低。苏联解体后，乌兹别克斯坦没能阻止环境继续恶化。中亚几国争夺水资源进一步导致二十多年来沿河取水量不减反增。我们在阿姆河畔见到的裸露河床就是例证。一个杀伤力巨大的新沙漠于是不作声地快速形成，来无影去无踪地影响着这里的生态环境。人类亲手制造出这个危险的幽灵后，又缚住了自己的双手，心情复杂地看它为所欲为。

太阳真的要落了，阴影逐渐将整座遗址吞噬。我独自站在托普拉克卡拉盐碱化的土地上，不免有些惶恐。我来凭吊古迹，却目睹了环境的显著变化。这些意料之外的感官冲击叫人措手不及，继而心有余悸。白沙漠与这座遗迹间的关系叫人想起《冰与火之歌》①中的异鬼与尸鬼：它在咸海发迹，现在来到红沙漠中间，影响着当地本已艰难的生态。我是在实时见证另一个楼兰古国的衰亡么？罗布泊干了，现在咸海也要干了；楼兰没了，花剌子模会变成什么样？人类以前遇到自然变化会拜神做法求水，现在大家不再迷信，却依然无法有效阻止水源消失。这样的无助反而叫人更加痛苦。一个诞生了花拉子米的地区，是否终会被他推动的人类发展所埋葬？

阿塔贝格打着车灯迎了上来，接上我从荒漠中折返。"你还去克孜尔卡拉②吗？就在边上。""不了，不了。"我只想回到绿洲上去。天光昏暗将尽，沿途几处古花剌子模遗址像被施了

---

① 《冰与火之歌》，美国作家乔治·R·R马丁所著的史诗奇幻小说系列，后被改编成电视剧《权力的游戏》。

② 克孜尔卡拉，Kyzyl Kala，公元1-4世纪建造的花剌子模地区的一处堡垒。

咒，幽幽地沉睡在荒滩上。我们一路向南，接连穿过柯提的现址贝鲁尼（Beruniy）和乌尔根奇（Urgench），冲向希瓦。这三座城市自公元 4 世纪以来先后做过花剌子模地区的首都，现在尚适宜人类居住。

小车终于回到精心维护的中世纪小城，暂时摆脱了沙漠的阴影。希瓦的夜好不惬意，摇曳的树下察觉不到白沙漠长长的手。花拉子米塑像边不见了照相的人群，伊斯兰和扎宣礼塔在景观灯光中看守着古城。同伴们休息了一个下午，效果不一：大卫的肚子仍不舒服，看上去意大利红肠比萨也没能拯救他挑剔的肠胃。我和伙伴们回到中午的露天餐厅，在同一张床上坐下，黑白相间的猫不见了，转而多出一只小虎斑。亦舒的工作下午已经安排妥当，不过她的焦虑并未散去，甚至开始夹杂起自我怀疑。朱总在边上开导她："不要怕说英语。我英语也不好，但我不管，不停说就好了。"他们在树荫下聊着，一整晚都没用英语和其他人说话。

"遗址怎么样？"耐森凑过来问。"喏。"我拿出阿亚兹卡拉和托普拉克卡拉的视频照片。"啊！哎……"他不住后悔叹气。我叫了杯茶，想跟他分享在沙漠里更令我震撼的发现，却不知如何描述。我以前读到过咸海的生态问题，甚至在布哈拉亲眼看到过被盐腐蚀的砖面，但那些都不够直观。我该怎么跟耐森解释呢？我提到焦糖布丁一样的泥土，他点起了头。大家在树影中走回宾馆。城的外围没有多少路灯，入夜后和布哈拉一样黑乎乎的。几个小朋友在街边拿着手电筒，兴奋地过来给我们照明指路。绿洲上都还是生的气息。

　　高力卜在宾馆前台和我们打招呼。他和朋友下午垂钓成果颇丰，晚上直接在河畔烤了鱼做晚饭，一人喝掉一瓶伏特加。"你看这鱼，多大！"他心情大好，打开手机给我看图。鱼的模样和我们在穿越红沙漠时走进的那间前不着村后不着店的餐厅里见到的差不多。"我也有。"我拿出无人机的遗址航拍。"这个好！这个很好！"他充血的眼睛睁得大大的："你把文件复制一份给我。以后我可以拿给其他客人看。""你有优盘吗？""有的，有的。我去拿。"

　　"我去问朱总要电脑。"我走向房间，心里突然重播起踩陷地面时漏掉的半拍心跳。我们或许在见证一次不可逆转的地质变化，甚至是一个延续数千年的文明地域走向最终消亡的过程。不知道若干世纪后，当人们再次惊奇地说起"算法"一词的语源时，会不会全部用起过去时，再谈起在沙漠大河中钓鱼的经历时，会不会只能靠想象，而我现在周围的这一切，是否最终都会被白沙漠的魔爪同化掏空。

　　这一切就要看人类自己的出息和造化了。

二十九　地狱之门

从地图上看，花剌子模的南面是浩瀚的沙漠。这片茫茫沙海之下布满黑色的土层，因而得名卡拉库姆（Kara-kum），即黑沙，又可译为无尽的沙漠。黑沙漠深处有个巨大的地坑，地表在那里毫无预兆张开大口，露出地底熊熊燃烧的火海。烈焰在火坑里翻滚喷涌，看上去好像地狱的入口，于是人们管这个地坑叫"地狱之门"。

地狱的形象里不一定非得有火，但有火的地狱形象一眼就能辨认出来。神能降给人类千千万万种痛苦与惩罚，惟有声光热俱全的模样最直观也最容易传播。地狱的作用是为了激发心中的恐惧，形象自然越直白越好。

好在黑沙漠里的地狱之门不是神用来惩罚人的场所，它的造物主是人自己。这里原本是苏联时期挖出的油气坑。工程在初期发生了坍塌事故，工程师担心有毒气体渗出，于是决定放火将它烧尽。没想到天然气源源不断地渗出，一烧就是几十年，一点没有停息的意思。

我们计划从希瓦出发向南穿越卡拉库姆沙漠去呼罗珊[①]，途中在地狱之门附近扎营过夜。去那得南进土库曼斯坦，这意味着高力卜要和我们说再见了。

"我会想你们的。"他吐出一口烟，表情写着一切尽在不言中，"接下来我要陪些欧洲老年客逛，一定很无聊。"早晨的太阳尚不刺眼，气温还没起来。边检站在五十米开外的地方，附近只有两辆巴士，我们七个赖在车后，抓紧再和他聊聊天。

"土库曼斯坦只让带两盒烟入境。"他告诫道，"他们总统的照片到处都是，特别逗，去了就知道。不过到了那里可别乱评论，省得惹麻烦。"我想起要入境乌兹别克斯坦的时候，斯陶贝克也是这样左右叮咛我们的。但我相信高力卜。他给的信息一路都很准确。

---

① 呼罗珊，包括今伊朗东北、土库曼斯坦大部与阿富汗西部的地理称谓，意为"太阳升起之地"。

"接下来一路顺利。"他说，"我跟艾里亚斯打过招呼了。他会在土库曼斯坦那边接上你们。他是个好人。"高力卜灭了烟，目送我们进站，上车消失在了回往东方的路上。

我们按乌兹别克斯坦边检的要求，拿出过往十天所有的过夜住宿凭证备查，然后在两国间的无人区等待接过关的小巴。接驳小巴的数量不多，这一侧的一辆刚走。这让我想起霍尔果斯。没经历过的同伴们有些焦躁。我淡定地拿出瓶子，拧开瓶盖喝了口水。

二十分钟后，我们来到了土库曼斯坦这一侧的边境检查站，在外墙上见到巨大的总统照片。他得意地冲我微笑，我礼貌地还了一个。这片神秘的国度对外封闭，游客极少能获准单独入境。我们拿着入境邀请函下车，被告知仍有一定概率在边境被拒签。

艾里亚斯从边检站的另一端把头探了出来，冲我们招了招手。我们看到彼此都长舒一口气。他上了年纪，大腹便便，穿着考古学家的马甲，戴着宽檐帽，脖子上挂着一副带绳的眼镜，脾气似乎很好。在他身边还站着个举着"地狱の門"牌子的小哥，一直在左右张望。不一会儿小哥冲我们身后点头哈腰了起来。回头看，一个二十几人的日本阿姨团走进了门，每个人都戴着小帽，脸上涂得惨白，照这情形也是要去地狱之门的。日本中老年女性旅游团的足迹遍布世界上各个犄角旮旯，而且从来见不到男性旅伴。

"嘿。"

我闻声抬头，停下手中填表的笔。一个身着迷彩服的边检站人员走到我身旁，头上的牛仔帽绿油油的。"你这支笔看上去不错。能给我么？"我担心过关出岔子，就他的身份来说，我或许不能说不。"真的？"他看上去喜出望外，像捡到了宝。我站在桌边，不知该生气还是同情。

过关和霍尔果斯耗时类似，原因却不尽相同：当地人完全没有排队的意识，进入边检站后一个个直接走向柜台。边检管理人员只是略加提醒，却仍是照常受理。艾里亚斯忍不住介入。他要求插队的人排到后面去。可是插队的人既没有理直气壮地争辩，也没有羞愧地低头归队，反倒一脸茫然，好像从来没接触过排队这个概念。

几小时后我们终于踏上了土库曼斯坦的土地。艾里亚斯旋即在关外召集了一个小型会议："你们原来计划先去玉龙杰赤（Gurganj），但现在过关耽搁这么久，我们必须做出取舍。"他声音和蔼，但自带权威，"第一种，吃午饭，然后直接进沙漠。或者，按照原计划去玉龙杰赤之后进沙漠，但吃不上饭。"

队友们面面相觑。大卫、亦舒和仁韬身体虚弱，担心折腾不起。"我们能分开么？先送一辆车去地狱之门的营地。"

"在黑沙漠里不可能让一辆车单独走。我们这三辆车必须一起行动，互相照应。"艾里亚斯的话听上去不容置疑。我拿出手机，发现 3G 和 4G 的信号已经消失。"所以你们怎么想？"

　　大家看向我和耐森，我和耐森又看向几位抱恙的同伴。两条路的区别在于玉龙杰赤。它既是丝路重镇，也是一窥人类互相毁灭的窗口。城市位于卡拉库姆沙漠北缘，是花剌子模地区公元 10 至 14 世纪的政治中心，在不到两百年的时间里被成吉思汗和帖木儿的军队屠光了两次。我很难想象过门而不入。抱恙的同伴认为可以坚持，于是车队小做讨论，在边境城市达沙古兹买上面包和蜜瓜，驶上了绕行的路。

　　志费尼在《世界征服者史》里如此描述蒙古西征前的玉龙杰赤："它的四角供当代的伟人作歇肩之用，它的领域是容纳现代奇珍的府库；它的宅邸放射各种崇高思想的光辉，它的州邑、郡县因贵人光临而成为许多玫瑰园。"1221 年，蒙古人西征，攻破布哈拉和撒马尔罕后来到玉龙杰赤。他们在这里遭到顽强的抵抗，破城之后屠尽居民，不幸的玉龙杰赤"变成豺狼的邸宅，枭鸳出没之处；屋宇内的欢乐消失殆尽，城堡一片凄凉"。一百多年后它起义反抗帖木儿，战败后城市再度被彻底摧毁。

　　中亚经历过许多惨烈的战争，可像玉龙杰赤屡被屠光的没有几座。征服者清楚地知道把这样一座重量级城市屠光的政治意义和心理攻击力：斩灭反抗为其一，杀鸡儆猴为其二——"如果不听话，你们就是下一个。"城中的居民遭受的苦难和惩罚自不用提；对于中亚其他城市的人来说，他们受到的惊吓也同样可观。玉龙杰赤的废墟像但丁《神曲》里的地狱之门上刻的那行字："来者呀，快将一切希望弃扬。"我们这个物种爱善爱美，但也无比了解如何制造恶与恐惧。

我们大老远就见到了玉龙杰赤。遗址中那座六十米高的宣礼塔遗址像一座指路灯塔。不过除此之外，大几平方公里的废墟上只剩几座 11 到 14 世纪的陵墓遗迹。这里没像河中的那几座古城一样在废墟上重建，也不像吉尔吉斯斯坦的遗迹那样长满杂草，更没有博物馆，多的是大片大片空旷的泥土。土里时不时能翻出一些骸骨，主要是后来搬来的游牧土库曼人墓葬，有些则是史上那两场惨烈屠杀暴行的受害者。

天空中有不少野鸦在飞。可以想见在很长一段时间里，这里飞的是秃鹫。

每一次遭受厄运后玉龙杰赤都曾努力重建，被成吉思汗屠城后它在不到一百年间恢复了元气。但正是这一点让帖木儿感到了威胁。他在五次征讨之后再度屠城，并迁走了剩下的居民。光这不够：他破坏了绿洲的灌溉系统，又在废墟上种满大麦，意图向世人宣布这座城市被彻底抹平。玉龙杰赤依然没有放弃。但这一次自然给了它最后一击。它赖以生存的河流在此后的一个多世纪内改道、干涸，将它抛弃在了荒原上。眼见同时代的大城撒马尔罕和布哈拉重建辉煌，玉龙杰赤却走到了生命的尽头，陷入长眠。现在这座城市遗址的名字变成了库尼亚乌尔根奇（Koneurgench，即老乌尔根奇），而新的乌尔根奇出现在了现乌兹别克斯坦的境内，成了一座无趣的城市。

日头已经开始西斜，天空的蓝里夹杂着一些灰，从黑沙漠里来的风呼呼地吹过。遗址内铺了一条柏油路，路不宽，两三米的样子。路上走过六七位土库曼女性，好奇地打量着我们。她们穿着近似长袍的长裙，底色是保守的棕紫蓝，头巾却要鲜亮很多。

"她们来这儿朝圣。"艾里亚斯给我们解释，"有些会顺带求子。""这片废墟是圣地？""那边有座山坡，古时候是城里的祭坛。"我们往他指的方向那里望了一眼，有个十米多高的土堆，看看很近，走走有些距离。我们沿路向南，经过玉龙杰赤仅剩的六七座地面建筑，被外立面的砖雕和瓷片上泛出的强光刺得眯上了眼。它们经过一定的修复，但刻意保留了结构上的残缺。"这里原来一定很美。你们看这座塔乞失陵^①和后面那座伊尔·阿尔斯朗^②陵。帖木儿喜欢他在这里见到的建筑，从城里迁了许多匠人去营建他的撒马尔罕。"两座苏丹陵墓的顶是圆锥形的，颜色和形状像迪士尼魔法术老鼠戴的帽子。这种花剌子模风格的建筑和帖木儿式的洋葱顶显著不同，我们在布哈拉的阿尤布井见过，希瓦却没有。每一幢建筑间都隔着好几百米的距离，剩余的空间里只有泥土。古建筑乍现的精致与主宰空间的荒芜让人感到一种错配的荒谬。

阳光很烈，废墟上没有过腰的植物，更没有遮阴的场所。大卫和简俯身走在耐森的影子里，搭起一串小火车。艾里亚斯

---

① 塔乞失陵，塔乞失为花剌子模帝国君主，1172年至1200年在位。他在位时攻灭塞尔柱帝国。

② 伊尔·阿尔斯朗为花剌子模帝国君主，1156至1172年在位。

看了眼太阳的角度，有点担心："该走了。从这里去营地有几百公里的路，路况不大好。夜里开车会有点危险。"

我们没有理由怀疑他的判断。旅队匆匆南下，将花剌子模和阿姆河流域留在了身后。黑沙漠的路确实难开，车辆不时以超过十度的侧倾疾驶，道路两边是无尽的黄沙和一丛丛的梭梭。耐森坐在副驾驶座上，司机躲避道路坑洞的动作让他感到生理上恶心。幸好他们每个小时都会在路边停一下，抽一根烟，说话提神。这时耐森的手才敢松开车顶前扶手，喘上口气："这根本不是路。它只是假装是条路。"

两小时后太阳落山，无垠的沙漠里只剩下我们车队的车灯，余下的地方伸手不见五指。手机上的卫星定位显示我们在沙漠的正中，前后左右没有任何镇或村落的痕迹。我诧异地看着车队驾轻就熟地找到方向，这全仰仗车队领头的越野车司机引导。艾里亚斯戏称他为 Caravan-bashi，直译为"商队头领"。无论车队驼队，过黑沙漠都得有这么一号人物。又过了一个多小时，车队减速开下"大路"，转上了一条更为颠簸的沙路。地平线边出现了光。再一个转弯，一个地坑赫然出现在视线范围内。那就是地狱之门。远看它比我想象的小，近看却比我想象的大得多，直径有七十米，都怪黑夜里没有任何参照物。

车熄了，地狱之门边只剩火海扑哧扑哧的声音。我们走上前去，发现偌大的坑边没有任何保护措施，裸身敞在沙漠里。火舌悬在空中，时不时地从坑底蹿上一阵强热风，吹得人心慌。

简说："好大的本生灯！"大卫说："闻上去像个游泳池。"

我们缓了缓神，绕气坑走了起来。它虽然是人造的，此刻却没有任何人的气息。天和地在这里失去了形态，时间被无边的黑暗和狂躁的火焰吞噬，大家很快瞪大了双眼，有的出神，有的大叫，仁韬索性唱起了歌。强烈的感官冲击直达人的内心，那一刻的感受根本无法控制。我看到的是现代的工程还是远古的符号？它极度光明，同时极度黑暗。它纯净，然而毒辣，它充满能量，却毫无生机。它咆哮着，低吟着，时而愤怒，时而乖巧，随机无序，却蕴藏着宇宙运转的规律。我不信人类发明的神，却知道世界上有些物事能让我在一瞬间震服。我在天山间清楚地看见了自己的内心，却在地狱之门前迅速交出了对自己的控制。如果说篝火和壁炉能让人看上一晚上发呆，那这整整一坑的烈火仿佛可以让人一直盯到世界的尽头。

"运气好，这儿的毡房没人用。"艾里亚斯走到我们身边，示意我们一会儿可以过去。我猛地回过神来，看见同伴们已经四散在各处。耐森走到了气坑的对面，远远看上去小了一截。五米开外是亦舒，长发被气坑的气吹得到处飘，朱总试图给她拍照，却怎么也看不清脸。我从包里拿出无人机，叫它从几十米的高度掠过地面上的血盆大口。蒸腾的热气从底下呼呼地蹿出，让它第一次失去了原本处事不惊的控制力。大家冲它兴奋地挥手，像在一场电音节的现场。火苗不时从地底蹿出，忽高忽低的热量侵略着我们的皮肤。我心惊胆战地叫"小黑"来回了几次，然后抓紧让它落到凉爽的细沙上。

毡房离气坑有一百多米远。"商队头领"靠越野车发动机的电池给房里搭了一个手电筒亮度的灯泡。艾里亚斯趁我们在气坑边发愣的时候把四周的情况摸了一遍："你们知道么？那个日本阿姨旅行团在另一边的帐篷里过夜。另外还有一个帐篷，里面住的是两个澳大利亚小哥。"日本阿姨在这里扎营让我有些意外，她们对环境的耐受度超出我的想象。艾里亚斯拿出一罐烤肉，味道奇佳："我认识那群日本女士的司机，在过关的时候想到可能会拜托他，在玉龙杰赤的时候提前给他打了电话。"

耐森的肚子越来越难受。他吃不进东西，进到毡房后坐着闭眼休息。艾里亚斯拿出一瓶随身携带的伏特加，倒满一小杯，又往里面加了三分之一杯盐，给耐森递了过去："你需要火焰水（fire water）。"耐森没多犹豫。今晚没有其他选项。他一饮而尽，平静地说："味道简直恶心。"几分钟后他在毡房的最里面倒下，像一座大山一样睡了。我们担心地看着他，不知道明天会怎样。"他会好的。"艾里亚斯笑着说。

要变好，或许真得先往更坏的地方去。

我们各自找到一处地面铺上睡袋。熄灯后我隔着毡房的墙听见了窸窸窣窣的声音，起先以为是枯叶，后来想起沙漠里没树，于是只能认为是蝎子。我回忆起高力卜给我们解释过毡房的构造，告诉自己不用担心。除去这个声音之外，四周极为安静，厚厚的沙漠将一百多米外地狱之门的声响吸得一丝不剩，半分都没让传过来。可以想象在毡房外，除去被映红的沙丘，主宰一切的是无穷无尽的黑暗。

我知道地狱的形象多种多样。但如果有得选，我偏好东方宗教中的地狱概念。相较于西方宗教，地狱在东方只是无尽轮回的一部分。而这，就像玉龙杰赤废墟上的麦浪一样，多少给人留下一丝希望。

还好我们并非生活在地狱的永夜中。闭上眼，我期冀着，明天太阳照常升起。

三十　沙漠中的白色之城

我在清晨醒来。 耐森还在昨晚倒下去的地方睡着。 毡房外，淡紫色的朝霞笼罩着卡拉库姆，沙漠一片安静、平和。 几位同伴刚去地狱之门告别归来，表情像做完晨祷一样宁静而愉悦。 三位司机在毡房外用梭梭枝生了篝火，坐着和艾里亚斯聊天。

"谢谢毯子。"耐森坐了起来。 我从睡袋钻出："应该是昨晚艾里亚斯给你盖的。 你好点没？"他点点头。

我走出毡房，天地间弥漫着荒原的味道。 这个国家十之七八都是沙漠，想必多少决定了它的气质。

沙漠之境。 我默忖着穿好防风衣。

艾里亚斯拿着一个装满奶茶的保暖瓶走进毡房，往地上铺了一块布，从塑料袋里取出几只茶杯和果汁。"咱们吃一点，接着有三个多小时的沙漠路要开。 我们要去一座白色——大理石——之城。"他说话慢条斯理，声线像纪录片旁白一样圆润亲切。我边听边收拾，把行李拿到毡房外帮司机装车。沙漠中为什么会有一座大理石之城？听上去有点魔幻。

艾里亚斯说的是土库曼斯坦首都阿什哈巴德。它建于 19 世纪，和比什凯克和阿拉木图同属沙俄兴建的城市。城市的地理位置很好，位处古商道要冲，在地狱之门南三百公里，东北是黑沙漠，西南是科佩特山脉（Kopet Dag），商队进出黑沙漠时可以在那儿歇脚。公元前 3 世纪兴起的安息帝国把首座都城安在了它附近十多公里的尼萨（Nisa）。从那里出发他们一路征服了伊朗和两河流域。

从地狱之门向南的路况比昨晚好一些，或许这是因为首都就在南面。车外能不时见到牧驼人和他们的驼群。这在中亚原本应该是常见的景象，但这一路来只在土库曼斯坦见到过。那些牧驼人居住的村庄看上去完全没用心修，遍地积沙，路也分不清。土库曼人以游牧为主的生活方式一直持续到苏联统治时期，现在沙漠里的定居点看上去依然像是敷衍盖起来的，随时可以卷铺盖走人。除了几座互相之间相隔很远的朴素房屋外，村落里最显眼的是拴着骆驼的棚子。人走近一点，骆驼就会好奇地挪过头来看着。一位少年骑着摩托车路过，后面一溜小跑跟着好几只鸡。

"我小时候也放骆驼。"艾里亚斯说，"有天我带驼群走了很远，到黄昏发现自己迷了路，一下慌了神。这时我想起老人说，如果迷路就叫骆驼带你回家。于是我让驼群自己走。走着走着，我在骆驼背上居然紧张地睡着了。后来有人把我拍醒，发现是爷爷，他说到家了，放心吧。"

比起草原和高山，沙漠有更直白的险恶，也有更简单的温情。

车队在离白色之城不远的地方停了下来。按规定，所有车辆进入阿什哈巴德之前必须在洗车场彻底洗净。艾里亚斯说这是他们的总统"老大哥"要求的，因为圣洁的白色大理石之城必须维护得干干净净。在这个几乎全是沙漠的国度，首都硬是要搞得一尘不染可以说感人得滑稽。这像是总统"老大哥"在告诉国民，进首都就得与这个国家的沙漠主体划清界限。我瞥了眼耐森——他给我们提过这个传言，如今被证实了——他在抿嘴笑。火焰水的偏方似乎确实有用。他看上去精神了很多。

阿什哈巴德的氛围与黑沙漠看上去截然不同。主街宽阔的道路两旁是一片明晃晃的白色：银行是白的，宾馆是白的，住宅楼是白的，街灯立柱是白的，甚至连大多数的道路指示牌也是白的。大多数街区的建筑造型统一，充分显示了建筑师对重复美学的向往。它们像流水线作业的产物，每几十米安一座，非常刻意。与此相对，城市的显著位置有不少风格特别的大理石建筑。它们散发出一种离奇的超现代气场，不像人类有机制造出来的建筑。艾里亚斯说，这些大理石大都是土库曼斯坦用油气和意大利以物易物换来的。在街道中心的隔栏上还种着一棵棵柏树，统一在两米左右的高度，和周围的建筑一样规范。

"'老大哥'要求土库曼斯坦人每年在植树节种两棵树，城里会有专车接送，"艾里亚斯解释说，"偏远地方的居民省力一些，只要在自己家门前种就可以。"

艾里亚斯的话三句离不开"老大哥"——总统别尔德穆哈梅多夫。这是怎样一位人物，竟能如此不知疲倦地深入大家生活的方方面面。高力卜说得没错，在这儿到处能见到他的头像，无论生老病死，居民走进的下一幢公共大楼外一定有他稳重的微笑相伴。听艾里亚斯说，别尔德穆哈梅多夫上任后，给全国每位居民每年发放 1400 升汽油作为礼物，并把免费教育时限从九年延长到了十年（不过最近在讨论是不是要开始收学费了），但为个人崇拜做的事也一点都不少。他为自己安上了"保护者"（Arkadag）的头衔，又为自己在市内的广场上修了一座镀金骑马像。雕像在太阳下熠熠生辉，大理石底座有十几米高，周围六车道的马路上没车也没人，远看就像一个生意惨淡的百货公司停车场。

大卫很兴奋。他小声地议论着一切，警惕的眼神让人以为他在演谍战片。他不时向艾里亚斯委婉询问老百姓对总统和国家的看法，语气里透着"我懂你懂但咱没法明说"的暗示。艾里亚斯笑眯眯地回答问题，配合着留给大卫自行解读的空间。前几天，大卫也曾关切地问过高力卜乌兹别克斯坦人在专制国家生活的感受。高力卜只是回了一句，乌兹别克斯坦不是专制国家。

相比于别尔德穆哈梅多夫总统，土库曼斯坦的上一任总统尼亚佐夫的故事更神奇。他是土库曼斯坦建国后的首任总统，2006 年在任上过世。2002 年他把土库曼语里的"一月"和"四月"分别换成了自己和母亲的名字，继而把面包也改以母亲的名字命名。过世前他开始为自己修建一座宏伟的陵墓，将自己的父母和兄弟的坟都迁了进来，又在陵墓边建造了土库曼斯坦最大的清真寺。两座建筑都用意大利纯白大理石修建，外墙上除去可兰经的内容，还有自己所著《灵魂之书》（Rukhnama）中的大量语录。我没有阅读《灵魂之书》的兴趣，但后来从索鲁《开往东方之星的幽灵列车》中可以看到，尼亚佐夫在《灵魂之书》中教育大家要多微笑。从这点上来说，他的继任者一定认真地学习了他的教诲，并将它继续播撒在国家的每个角落。

艾里亚斯同样带着微笑。他和蔼地跟我们讲着这些故事，像是《天方夜谭》里的书摘。与其说尼亚佐夫和别尔德穆哈梅多夫把自己当做总统，不如说他们把自己当做了中世纪大家族的族长，事无巨细地指导六百万族人的生活。尼亚佐夫给自己封了一个土库曼人头领（Turkmen-bashi）的称号，现在还在他的陵墓上挂着。他的"部落"有一半住城里，有一半住沙漠，但在 2005 年他愣是把白色之城外的所有医院全关了，要求所有人进城就医。就我们见到的道路状况，后果可想而知。

旅队在尼亚佐夫大道上找了一家饭店吃抓饭。几位服务员姑娘穿着漂亮的红色连身裙站在边上看着我们，一直窃窃私语，咯咯笑得欢。其中一位把艾里亚斯叫去说了些什么，然后两边就都笑了。这个国家的女性几乎无一例外地穿着及地收腰连衣裙，戴着五颜六色的头巾。男性鲜有这样穿戴民族服饰的。他们主要穿的是衬衫西装。

"二十头骆驼。"艾里亚斯笑着回来说，"二十头骆驼，她就愿意嫁。"他指了指其中一个姑娘。话音未落，那位姑娘急着上来说了些什么，于是艾里亚斯又传话道："四十头。城里的姑娘要求比较高。"大家被她的大方逗乐了。朱总开始起哄。当地的聘礼以骆驼计，一头市价差不多一千三百到一千五百美金。这是沙漠游牧民的传统，迁进城里之后也没有改变。土库曼斯坦仍然是包办婚姻，年轻人不能自己做主，要靠部族里的长辈安排。年长的艾里亚斯在当地人眼中自然成了我们终身大事的话事人。

这不是我们第一次遇见女性和艾里亚斯谈聘礼。前一日在玉龙杰赤，我们遇见的六七位朝圣女性中也有一位替同行单身姑娘做主的大婶。她见到我们，叫停同伴，走到艾里亚斯的面前比划了起来。她不知为何对我特别感兴趣，指着待嫁的姑娘说，合适的话聘礼十头骆驼就行。艾里亚斯笑眯眯地传达了意思。我们礼貌地微笑，邀请所有人拍了一张合照，只听见几位阿姨嘴里嘟囔着"中国""中国"。拍照时，那位姑娘特意把头巾专门摘了下来，露出了自己棕褐色的头发。

我们向服务员妹妹表示道歉，表示没有这么多骆驼。她大方地笑笑，同样要求和我们合照，然后拉着我单独拍了一张。拍完她没有问我要照片，只是继续咯咯地笑。朱总在边上打趣："一定是你的眉毛。一定是你的眉毛吸引了她的注意力。"

艾里亚斯把我们带回车上："我大儿子结婚的时候我给亲家送了两头公牛、六只羊、两百公斤大米和一些珠宝。""城里人还会要公牛和羊？""有的人家会养着，其他人可以直接拿到市场上去卖掉。"窗外经过阿什哈巴德壮观的现代化机场，形状是只巨大的猎鹰，三十五万平方米的空间耗资二十三亿美元。

"那婚宴呢？"我想起美国一条不成文的规矩：男方要用三个月的收入买求婚戒指，女方负责婚宴。艾里亚斯露出了得意的笑容："也是我负责的。我们请了五百个人，准备了一百四十瓶伏特加、五大锅汤和一百多锅米饭。那可是一个大工程！"

我们随他爬上阿什哈巴德西郊的一座小山。往远处望，大理石建筑不见了踪迹，黑沙漠也被阻隔在外，只有科佩特山脉一字排开的峰峦。山的另一边是伊朗。山坡下是一家驯马场，养着土库曼斯坦的国宝阿哈尔捷金马。这些马据说是古汗血马的后代，四肢长而有力，跑起来匀称迅捷，让人看到就移不开眼。在霍尔果斯开滴滴的司机提到过它，没想到现在才终得一见。山坡的另一侧密集地种着许多树，和周围光秃秃的山丘形成了鲜明的对比，不知道是不是最近几年"老大哥"安排植树的成果。

"你们看到山里那条白线么？"艾里亚斯往远处指去，"那是前总统的健康道。他 1999 年戒了烟，决定多加锻炼，并且要求所有国民多走路。"我有些意外，没想到总统戒烟成了一件需要加上年份的历史事件。"他和法国总统密特朗一起走过那条路，还送了他一匹阿哈尔捷金马。"我查了一下，发现密特朗是 1994 年来访的。如果这些年份正确，那尼亚佐夫在戒烟前就开始走健康道了。但年份在这里又意味着什么呢？我在土库曼斯坦感到了极大的创作自由。我可以煞有介事地为一些顶荒谬的事情加上年份，然后瞬间将它们变成合理的事实。时代的错位感在这里如影随形。我不知道自己是穿越回了过去还是穿越去了未来。外人觉得这里不可思议，大多数当地人却自得其乐，一切那么正常和顺理成章。

大家继续往山上走，坡顶是两千多年前的古尼萨遗址。这座安息帝国的首座首都毁于公元前 1 世纪的一场地震，东汉甘英取道安息时或许已经废弃。现在它被开辟为考古公园，地面上除了一些地基和房屋外形之外什么都见不到。安息人在尼萨活动的时候，世间还没有地狱之门气坑，也没有白色大理石之城，但在黑沙漠间，骆驼和牧人早已游荡了千年。

艾里亚斯接上一位中年人，介绍说是当地的教授，一会儿会给我们讲解。教授手里拿着一本蓝色文件夹，里面塞着地图和照片，时不时翻出来给我们看，可在遗址结构前的解说工作仍然由艾里亚斯完成。"你说，"大卫偷偷问耐森，"这个教授会不会是来监视我们的。艾里亚斯明明什么都懂。"耐森不置可否地点点头。我们沿着步道往里走。两个衣着鲜艳的年轻人从我们中间穿过，后面跟着一个替男生拿衣服的助理和一个摄像团队。"他们应该是流行歌手，"艾里亚斯第一次遇见了他不确定的事儿，"我孩子肯定知道"。我看了眼教授。他也不认识他们。

一群身着民族服装的青年在遗址上拍照。两个女生扎着及腰的大粗辫，穿着美丽大方的传统长裙，身边两个男生戴着白色的大绒帽。他们见到我们，上前询问艾里亚斯能否与我们合照。我们应允了。他们脸上挂着发自内心的微笑，好看极了。当地大多数老百姓很难见到外国人。昨天旅队过关后买零食，店里的老板娘就曾满脸是笑地握住大卫的手，久久不肯放开。另几位阿姨围在他俩周围，同样乐开了怀，像在见证什么重要的新闻事件。我们被这个气氛感染了，唯一的问题是听不懂她们热情洋溢的讲话。货柜上的零食没有中国或西方的牌子，进口过来的只有伊朗的薯片。

这个国家毋庸置疑地闭塞，但这闭塞不是因为它的地理位置，因为它正处欧亚大陆的中心；也不是因为赤贫，因为它的人均生产总值达到七千美元；更不是因为任何宗教教义，因为它的主要教派并不保守。它闭塞，几乎完全是由个体的意志以及包容这些意志的社会架构造成的。在全球化如此昌盛的2017年，我没想到会在欧亚商贸通道正中见到一个这么抽离、这么不同寻常但又逻辑自洽的国度。它刻意地减少国内外交流，建立了一个近乎闭关锁国的体系。这个体系的建立不是没有经历过斗争，但在社会和大多数人的默许下，它一步步走到了今天的样子。

"回市中心的时候有一些地方不让拍照。"艾里亚斯提醒我们，"尤其不要拍特勤局的大楼。要是拍了我可能会坐二十年牢。"他哈哈地大笑着。"这是玩笑吗？搞不好是说真的。"大卫蹙了蹙眉。

或许这个国度不是活在过去也不是活在未来。它只是按照自己的理解把过去和未来拧在一起，产生出一个令外人怀疑而费解的形体，无论是沙漠还是城市里的社群都只是这个统一形体的不同表现形式。只是我不知道这个奇特国家的下一站在哪里，这本魔幻现实主义小说的下一章又会写成什么样。

宾馆底楼有无线网。两天来旅队第一次同土库曼斯坦以外的世界取得了联系。我发现微信的聊天功能和朋友圈功能在当地被分开监管，前者可以用，但后者被封了。这不影响朱总的体验。他在大堂里低头看了几百条聊天记录，做出批示。不过他随即放下手机，和大家一起上楼商量晚上的计划。比起在意大利的广场上该放多少辆共享单车，他现在更感兴趣的是在阿什哈巴德的广场上还有多少用意大利大理石建成的奇怪建筑。

仁韬的肠胃有些反复。我提议他也来杯火焰水。"我不推荐，"耐森现身说法，"太难喝。""我好好休息一下就好。"仁韬看上去没有一丝半点想尝试的意愿。

"明天四点要起床赶路哦。别忘了微笑！微笑可以解决一切问题！"我假模假样面带虔诚地和他互道晚安。作为回复，他把门重重地关在了我的脸上。

三十一　世界毁灭者

在土库曼斯坦东南部的马雷（Mary）机场外，艾里亚斯通知我们这里离阿富汗边境只有三百公里了。天刚破晓，大家睡眼惺忪，听到阿富汗的名字条件反射式地在座位上动了一下。

"苏联时期很多土库曼人逃去了阿富汗和伊朗。"艾里亚斯说，"后来不少人又从阿富汗逃回来。他们现在大都住在马雷城里。"

艾里亚斯是马雷周边区域的人。他在地狱之门边的毡房里说过自己在阿富汗打仗的经历：80年代初他作为苏军一员在阿富汗作战，因为中亚人有长相优势，他和许多土库曼人被要求便衣行动深入敌后。"过不多久我就回来喽。那里鸦片抽得太厉害。"艾里亚斯说，"后来苏联解体，我的退伍金完全没了着落。"

我没有见到去阿富汗的道路标牌，但从地图上看往南四个小时能到阿富汗的赫拉特（Herat）。赫拉特和邻近的巴尔赫（Balkh）、伊朗的尼沙普尔（Nishapur）、马雷的前身马鲁

（Merv）共为中亚呼罗珊大区中闪耀的历史名城。由于阿富汗局势持续动荡，访客去赫拉特和巴尔赫得下更大的决心。前几周美国国防部长和北约秘书长到访喀布尔，塔利班趁机袭击了喀布尔机场，幸好没有造成人员伤亡。

每座历史悠久的中亚城市都能讲出惨烈的战争故事。自古到今丝路的中亚沿线几乎一直是战场。这里产生过最璀璨的文明，也经历过最彻底的毁灭。21世纪阿富汗战争只是这些冲突的最新篇章。在此之前，亚历山大东征、阿拉伯人扩张、帖木儿崛起，无不横扫中亚，死人无数。这还没算上其他短命帝国兴起与灭亡带来的战乱。

但在蒙古大军面前，这些人都相形见绌。论毁灭，没人及得上他们的残暴与效率。

"一整天没洗澡，我闻上去像个蒙古人。"从艾里亚斯前一天说话的语气里大概可以觉察到，对蒙古人的态度在当地语境里或许八百年未变过。

旅队来马雷时为省时间坐了飞机。接机大厅外拉客的司机不停叫着"Baýramaly"（拜拉姆阿里）的地名，看看有没有人愿意拼车。据说许多来马雷的人都是往拜拉姆阿里去的，那儿有全国最好的肾病医院——因为咸海污染物的问题，不少土库曼人肾功能受了影响。我们不去拜拉姆阿里，也不去马雷，目的地是它们边上的马鲁（Merv）。它在中国文献里又称木鹿城，是古代中亚最重要的城市之一，这一程已见未见的古城中或许只有西安与撒马尔罕可以与它媲美，连布哈拉都要比下去。二千五百年前它被波斯帝国选作行省的首府，阿拉伯帝国建立后在公元9世纪做过整个帝国的首都。11世纪塞尔柱突厥人主宰全中亚时，它成为帝国的中心，好比帖木儿帝国的撒马尔罕。木鹿城在那个时代达到巅峰，访客们兴奋地赞美它为"世界的女皇"。但蒙古骑兵来后，这座城市的辉煌走到了终点。与北方的玉龙杰赤一样，它再也没能恢复战前的生机。

我们到得有点早。艾里亚斯安排我们在马雷宾馆的大堂里歇着等遗址开门。马雷城不大，建筑外立面同样以白色为主，清晨的阳光让总统先生的微笑显得更为舒展。仁韬身体不适没来，这八成是因为他昨晚没喝火焰水。剩余五个人半睡半醒地在马雷宾馆的酒店大堂里找了沙发，躺得横七竖八地。酒店的走廊上挂着许多油画画像，上面是塞尔柱帝国的历任苏丹。

"醒了醒了，咱们走了。"艾里亚斯戴着可以折檐的宽檐帽，准备在太阳下暴晒一天。大家凌晨四点起床，现在还有点糊里糊涂：航班买的是六点的，可到机场才发现八点半还有一班。为什么要这么早来在宾馆大堂里等遗址开门呢？艾里亚斯见我们疑惑，解释说："订飞机不那么简单。"耐森跟在后面悄悄评价："这在土库曼斯坦可能是新玩意儿，估计他还搞不大来。"

我们把车开进木鹿。这一路来直接开车进遗址还是第一次。木鹿城占地面积巨大，看上去和玉龙杰赤一样荒芜，但幸存建筑间的距离要远上很多。当时城市的格局一定很气派。志费尼在《世界征服者史》里描写蒙古入侵前的木鹿时说：

> 从面积上看，它在呼罗珊首屈一指，和平的鸟儿在它的上空飞翔。城中首领人物之多可与四月的雨滴媲美，它的土地与天堂辉映。

八个世纪后，已成旷野的它仍能让人想象出当时的盛景。城市由几片不同时期建造的区域组成：内城（Erk Gala）在两千五百年前古波斯帝国时期时起建，现在只剩一个巨坑；在内城之外是老城（Gäwürgala），兴起于两千三百年前，一度是丝路上重要的祆教与佛教中心；塞尔柱突厥人占领木鹿后，在老城西面紧挨着修建了苏丹城（Soltangala），将木鹿的整体面积扩大几乎一倍。

全城保存与修复最完好的是苏丹城内的桑贾尔苏丹陵墓。他是塞尔柱帝国最有权势的苏丹之一。在他的统治下，木鹿城与塞尔柱帝国走过它最辉煌的时代。不过桑贾尔苏丹自己的下场很凄凉，晚年被同宗的乌古斯突厥人绑架，放出来后一蹶不振，最后郁郁而终。他的陵墓就在苏丹城中，据说当时的人离木鹿还有一天车程时，就能见到这座高耸建筑闪亮的蓝顶。

木鹿城究竟做了什么事，让它后来遭到被蒙古军队屠城的命运？成吉思汗治下的蒙古军队虽然几乎每城城破即屠，但对于有些城市来说似乎还能硬找出些解释的理由，比如城池诈降后反叛，又或是成吉思汗家族的人在攻城的过程中身亡。但木鹿城实在很无辜。虽然它面对蒙古人的围攻时英勇地抵抗了很久，但投降时却相对和平：围城者郑重地承诺不杀之后，守军为免生灵涂炭打开了城门。蒙古士兵此时却个个化身魔鬼，将居民诱骗至城外后无差别屠杀，据说除去四百位工匠和部分童男童女之外，这座丝路明珠最后什么人都没有剩下。桑贾尔苏丹的陵墓被焚毁，全城财宝洗劫一空。

在漫长的人类战争史中，成吉思汗带领的蒙古军队可谓一大异类。现代史学界观点认为，成吉思汗屠城上瘾，除去震慑其余对手的原因之外，一大原因是蒙古的生活方式不需要这么多人，也养不起这么多人，留下会造成不安定。这不能简单归咎于他们的游牧习惯，因为他们并不是来往中亚成就霸业的唯一一支游牧民族。在蒙古人之前，无论是建立游牧帝国的帕提亚安息人 ① 还是突厥人，都未造成如此大的杀伤。相反，他们在战斗结束后往往会利用这些城市的地理位置建立牢固的据点，并鼓励城中的定居人民活动，以征税的形式获取利益。相比之下，蒙古军队的做法，确实非比寻常。

---

① 帕提亚安息人，创建安息帝国的一支伊朗民族，最初游牧于现土库曼斯坦与伊朗东北。

木鹿城里来往过各种民族的统治者。这里有阿契梅尼德波斯① 时期留下的地基、塞琉古时期的城墙、阿拉伯人做的城市设计，还有塞尔柱突厥人的建筑。他们中有定居民族，有游牧民族，但对于一座伟大如木鹿的城市都保有适当的尊重。惟有蒙古骑兵，不仅将它屠尽，而且照志费尼记载，之后路过看到回城的居民还会继续下刀。这好比将木鹿弃尸荒野后，再多次鞭尸，叫人再也不敢回来。

在苏丹城西现在能看到两座巨型贵族住宅建筑遗址，凭气势能想象它们当年的富贵模样。一幢叫大吉兹卡拉（Great Kyz Kala），属于一种名叫 Koshk 的中亚加固式大宅，外墙波纹状，内里有庭院，入口开在二楼，每层面积接近两千平方米。离它不远处是小吉兹卡拉（Little Kyz Kala），也在一个高台之上，形制类似，但面积要小很多。苏丹城南有两位先知穆罕默德的圣伴墓，墓主公元 7 世纪随阿拉伯军队首次攻占中亚时过世于木鹿城。两座简单的陵墓在帖木儿儿子沙赫鲁克执政时重新修过，背后加盖了伊万，可以看出帖木儿风格明显的马赛克装饰。在它们边上有一座地下蓄水池（Sardoba）供商贾旅人使用，入口顶上有破败的石膏雕花，外墙墙面上有山羊角形砖雕，象征丰收与财富。

我们来到城北一座重修的清真寺外，一个头戴绒帽身着土

---

① 波斯阿契美尼德帝国（前 550– 前 330），又称波斯第一帝国，由居鲁士大帝创建，亡于亚历山大东征。

库曼传统服饰的大爷张开双臂朝我们走来，热情邀请大家去家里吃午饭。艾里亚斯担心远，婉言谢绝。寺边有一个公共灶间与用餐室，外面写着"愿你的馈赠被接受！"（Sadakañyz kabul bosun!）。好几位女性朝圣者在这里做饭。艾里亚斯到灶台边看了看，说锅里是羊肉："她们相信在这里为他人做饭，能够使自己许下的愿望成真。"一群男人坐在用餐室里，邀请我们入内。这次艾里亚斯笑眯眯地替我们答应了："再拒绝不大好。"看样子他知道可以在这里吃到免费午餐，只是需要提前确认一下菜品。用餐室的墙面刷得粉白，地上铺着猩红的土库曼地毯，中间摆着两张长长的矮桌，男人们坐满一桌，另一桌还空着。我们脱了鞋走到第二张桌边，发现全屋中只有简是女性。

男人们为土库曼斯坦的油气公司工作，今天是来朝圣。他们给我们送了两盘葡萄和苹果、一盘西瓜和蜜瓜、一盘葡萄干和两盘番茄小葱莳萝色拉，又拿来三个馕。这群人大都戴着帽子，有鸭舌帽，也有民族小圆帽。大卫见状也戴上了自己的帽子。吃饭前一人吟唱祷告，其他人低头聆听，我们也默默坐着。不久羊肉汤上桌了，正是外面的那些女人做的。艾里亚斯也不客套。大家各管各吃，仿佛这是我们该得的。

"不少人会来朝圣，"艾里亚斯掰下一个葡萄，"这边的 Hoja Yusup Baba 墓、先知的圣伴墓、桑贾尔墓，还有西面的扎伊德墓。它们都很受欢迎。"土库曼人似乎很喜欢去废墟里朝圣。玉龙杰赤的废墟里也能见到朝圣者。我感激他们朝圣时的善心，但同样不理解他们：这些神坛未能在生时保护住自己的城市，是什么让能让它们在变成废墟之后变灵呢？

志费尼写作《世界征服者史》主要是为成吉思汗歌功颂德，但在木鹿城这一章忍不住为它发出了哀嚎："在这土地上，人们践踏着少女的面颊、青年的胸脯，我们就是在这国土中变老。"蒙古铁骑的烟尘最终散尽，中亚恢复了部分生机，但这波席卷欧亚草原的恐怖征伐却在人类历史上留下了抹之不去的烙印。中国北方与波斯文化区受到了巨大打击，河中地区的民族构成也发生剧变。有观点认为蒙古帝国的扩张促进了民族融和，但分析一个历史事件不光要看后果，更要看动机，而在动机上，成吉思汗绝非是以促进民族融合为出发点的。

历史没有假设，但人们总忍不住会想，如果当时呼罗珊与河中地区这些伟大的学识中心没有被连根铲除，不知道伊斯兰黄金时代还会诞生什么样的成果，而这些地区的样貌，乃至这个宗教的发展，是不是都会与现在完全不同。史学界对伊斯兰黄金时代的定义与分析还有争议，但不可否认在蒙古兴起前中亚与波斯曾集中诞生了一大批杰出的科学家，而蒙古人西征后这一带的科学文化研究遭受了毁灭性的打击。为了达到震慑与驯服的目的，成吉思汗和他的子孙在不到半个世纪的时间内烧毁了中亚乃至两河流域几乎所有大型图书馆，夷平了几乎所有中心城市，并摧毁了一些绿洲的自然生态系统。两百年后欧洲进入文艺复兴，中亚世界却陷入沉寂。原本群星闪耀的土地只剩下几支孤独的烛光，直至现在成了被世人遗忘的后院。

一个无保留崇拜成吉思汗的人，必然是一个无保留崇拜绝对权力和军事征服的人。虽然成吉思汗是位不世出的军事天才，征服之疆域之广前无古人，谋略勇气都堪称无双，但任何对文化和科学抱有信仰与同情的人，都无法忽略他在征服的过程中为人类带来的毁灭与灾难。我们这个物种的文明看似强盛，实则非常脆弱。如果塔利班炸毁巴米扬大佛、ISIS 炸毁叙利亚帕尔米拉古城让当代人感到心痛，那八百年前这场浩劫更是释放出了成千上万倍的破坏力。人类的发展是在不断地前进与后退中完成的，我们虽希望它螺旋式上升，但也需知道有些倒退和损坏是不可逆且不可挽回的。

好在我们可以宽慰自己，失去了布哈拉、木鹿、玉龙杰赤、尼沙普尔的人类社会，又有了伦敦、巴黎、纽约、北京、上海。人类文明虽然跌跌撞撞，依然在慢慢地前进。

我们谢过油气公司的工人离开。艾里亚斯指着遗址里的芦苇说，每年到 12 月它们变硬之时，附近的居民都会来砍些回家做建筑材料用。城墙边有几十头骆驼。牧驼人不见了踪影，大概找了阴头躲太阳。我在扎伊德墓外放出无人机，让它将巨大的遗址尽数收入。木鹿城的城墙保存得完好，可以清晰地看到内城、老城和苏丹城的边界和轮廓，桑贾尔苏丹的陵墓、大小吉兹卡拉同样显眼可见。

"哔——"无人机向我示警电力见底。此刻它飞在两公里外的地方，照预设程序自行下降，试图就近返回地面。我强迫它爬回五六米的高度，以最快的路径朝我的方向回归。耐森像瞭望台的工作人员一样寻找它在空中的踪迹。"小黑"掠过红柳和梭梭，在大风中时高时低，在还有 1% 的电的时候终于拍到了我们身后的房子和面包车。耐森跑出去迎接它，发现它还在高速移动，立马收住脚步。它一路飞到面包车的背后，安全落到了一片空地上。

"最后一次飞它还差点丢了。要是落在废墟里，这茫茫一大片要怎么找。"我定定神，把"小黑"收回包里。

我们在布哈拉打过照面的波斯数学家兼诗人欧玛尔·海亚姆曾在木鹿城的天文台工作过几年。他写说：

> 着意制造了一只精致的酒杯，
> 造成了就不应再把它捣毁。
> 兴头上创造了可人的身躯容貌，
> 扫兴时因何又把它捣毁？

智人这个物种在某一天或许会走到尽头，过程可能是渐变，也可能是因为一个横空出世的毁灭者。我们所珍惜自豪的一切，或许都会被彻底捣毁，失去意义。不知到那时，世界的主宰者会是谁？只希望回头看时能说，我们尽力地生活，不曾愧对过我们的时代。

三十二　星辰酒店

入夜，一架土库曼斯坦航空波音 737 客机载旅队回到阿什哈巴德机场。我走下飞机，穿过廊桥，在手机上全屏打出艾里亚斯的名字，把它佯装成一块举在胸前的接机牌。大卫、简、耐森和朱总配合地站在两边，假装翘首盼望。艾里亚斯不知怎么买的机票，和我们坐得特别远，要晚好一阵才出得来。

"欢迎欢迎，欢迎到阿什哈巴德！"我们投入地演着接机员。艾里亚斯提着小包，看到自己名字笑了："走，送你们回宾馆。"

宾馆叫 Yyldyz，建筑在夜色里闪着光。它的名字在土库曼语里的意思是星星，中文可以译成"星辰酒店"。它是土库曼斯坦和中亚最有名的酒店之一，外观像一滴泪珠，和迪拜帆船酒店有几分相似。宾馆位于阿什哈巴德西南的小坡上，周围有好多荒地。大堂挑高三层，天花板上垂下一盏螺旋状的瀑布水晶吊灯，地面和立柱是意大利进口的白色大理石，两边的屏风墙上画着土库曼斯坦五个部落的图标。耐森说我们一定要在这里住上一次。

"我们就此别过，明天会有司机接大家去机场，我就不来了。"艾里亚斯在酒店大门外和我们辞行。他收起了遮阳帽，在马甲外套上夹克衫。"你去伊朗口岸的车早上八点半到，"他跟我说，"好运。"我们拉他进大堂拍合照，叫他站在中间。

旅伴们要在未来十几小时里各奔东西：朱总回北京，耐森回香港，仁韬回纽约，大卫和简去伊斯坦布尔。这条路上马上就只剩我一个人了。大家来到宾馆高层的全景酒吧，最后集体喝上一杯。吧台上方垂着各式中东彩绘玻璃灯，电视在背景中放着体育直播，窗外是阿什哈巴德的夜景，城里灯火通明。临近小坡上的婚姻登记处散发着妖光。它顶上的立方体中有个迪斯科灯球，时而像着火一样发红，时而又变成幽幽的蓝。在它下面，高速公路的景观灯闪着鬼魅般深绿的光，不时提醒着大家阿什哈巴德审美之神奇。

"干杯！"玻璃杯发出清脆的碰撞声。我想起西安旅社门口昏暗的酒吧，又想起天山迷雾中伊利亚凭空变出的香槟。

"明天我和简就可以躺在伊斯坦布尔了。万分期待。"大卫憧憬着他在博斯普鲁斯海峡边的度假酒店。"要是耐森没来找我们，我们怎么也不会想到会来中亚。这是场精彩的旅行，但是是时候回发达社会了。"他拿起酒杯，表情舒展地喝了一大口。仁韬在他身边坐下，问吧台要了一杯水。"你今天去哪里转了没？"我问他。"没。一整天没下床。""这么严重？""没吃东西。现在好点。"

我拿出相机，装好话筒，叫朱总准备录他的告别视频。他要赶半夜的飞机，却不是旅队中第一个离开土库曼斯坦的——昨天亦舒已经先行返程。那时我们正坐在阿什哈巴德的餐厅里和服务员讨论聘礼骆驼数量的问题，我看到亦舒要走，抓紧打开镜头到她对面坐下。"现在是阿什哈巴德中午的一点三十八分，大概还有十分钟吧，我就准备去机场了。我要先回去啦！"镜头里的亦舒长发落肩，笑脸盈盈。"你觉得这一途让你印象最深刻的是什么？""在昨天去地狱之门之前，我一直觉得是撒马尔罕列吉斯坦最新的那个神学院的穹顶，非常漂亮。然后是夏伊辛达的大陵墓，真的好美。但是昨天，自从昨天去了那个气坑以后，我觉得其他都不重要了！那个是最震撼的！"她的笑容很具感染力。

亦舒走后，土库曼斯坦的队伍缩减到了六人。当晚我们没有麻烦艾里亚斯推荐饭馆，而是自己来到宾馆的十八楼。这里有一家看上去很高级的餐厅，菜单只有一张纸，菜品中包括熊肉、鹿肉和鳄鱼肉，几乎每道菜都四百人民币起。听说这里平日的主顾主要是土库曼斯坦的特权阶级，用餐为了显摆，自然越贵越好。我们在这里坐下，把菜单纸前后翻了几遍，发现只有汉堡和薯条吃得起，但餐厅依旧没有信用卡读卡机。于是结账时我跟他坐电梯下楼去前台，感觉在参与一个新系统的开发调试工作。

今晨仁韬抱恙，我们五个去了木鹿。大家从遗址出来后，在马雷找了家烧烤店吃晚饭。老板是艾里亚斯的朋友，之前在土耳其生活。我和大卫问他店里的电视能不能播曼联和利物浦的比赛。他愉快地应允，调出卫星电视，找到一个俄罗斯体育台，放出语速极快的俄文解说。耐森玩着无聊的手机游戏，游戏的内容是划转盘，看最多能一口气转多少圈。艾里亚斯给我们买的机票要到晚上七点才飞，于是他自己去城里看了家人。在旅伴们离开前的这个下午，没有人着急做任何事。时间在这家烧烤店里慢慢地磨着，直至太阳躲进居民楼背后的阴影里。

"朱总别动，让我对焦，找一下光线。"我把相机在酒吧的桌子上架好，收进朱总上镜前兴奋与紧张的正脸。他背对着阿什哈巴德的夜景，身上依旧穿着那件红色冲锋衣。

"朱总，马上要走了，什么感觉。""感觉啊，感觉像一场梦。十五天走了这么多国家，走了这么多公里，一瞬间就过去了。很舍不得大家。最好还能再跟着你去伊朗，但现在来不及了。""你觉得这一路让人印象最深刻的是什么地方？""我个人比较偏好自然风光，所以我看到天山山脉和两个沙漠的时候感觉挺震撼的。还有那个火坑也是。""如果要你挑一个地方再来一次中亚，你会去哪里？""我应该可能会去没去过的塔吉克斯坦。或者吉尔吉斯斯坦，去徒步一下。""你接下来有一段时间要去欧洲工作了。你想对短时间内见不到你的小伙伴说什么？""欢迎来欧洲玩。多骑单车哈。到时候来欧洲，给大家骑行券可以免费出游——"

我急忙向他做出结束的手势，阻止他聊工作。朱总开心地站了起来，喝了两口饮料，叫大家别忘跟他分账。他三下两下收好行李，到吧台边和所有人拥抱告别，然后单肩背着书包，拖着青色的二十九寸行李箱，就像在霍尔果斯的车行通道里那样，头也不回地走了。

大家下到房间楼层，大卫和简和我道别。他们明天早上要搭七点五十分的飞机离开，现在是时候休息了："来纽约的话找我们！""祝你们婚礼一切顺利！"我和他们拥抱告别，然后进到仁韬和耐森的房间。仁韬找了张黄皮沙发坐下。他的名牌风衣已收到了箱子里，现在只穿着一件灰色的短袖 T 恤，看上去像个大学生。我在他对面架好相机，问："你对这一路的餐饮怎么看？"他说："这儿有很多肉，很多很好的肉。然后就是烤包子，真的很好吃。尤其是新出炉的那种。"他双手做着捏住烤包子的动作。"喝的呢？""酸奶吧。这里用酸奶做底的所有食物都很好，每顿早饭我都能有多少吃多少。"我开始怀疑他拉肚子的原因和奶制品卫生有关。"你对以后要来这里的人有什么建议？""带药。""啥样的？""肠胃药。""听上去你在旅途中遇到了些问题？""又不是只有我！"

"结了。"他从沙发上站起来，好像完成了此行最后一件大事，哼起了小曲。我看向耐森，他知道轮到自己了。他穿着蓝色的有领 T 恤，满脸微笑，和我在阿拉木图见他的第一晚一模一样。"这样，我得把相机举高点。"相机很重，没法一直举着，于是我只能向后退了一步："耐森，你现在感觉如何？""我觉得松了一口气。这段时间一直很疲劳，我终于可以稍微休息一下了。看上去大家都很开心，所以这几周应该能算顺利。""你在旅途中最喜欢哪一刻？""应该是在阿拉阿尔查公园那次。大家在寒冷的雾里爬山，周围很惨淡。这时突然雾散了，我们看到大雪顶，大家都被震撼了。我感觉这是此行印象最深的瞬间。""你回去之后第一顿预备吃什么？""中餐吧。""你太太白玥提前走了，你觉得她错过了什么没？""她错过了气坑。不过她不一定会喜欢住毡房。"他思考了一下。"反正我有很多照片给她。"

我收好相机和话筒。耐森慢慢地点了点头。我说："得把无人机给你，帮我带去香港吧。"他继续点着头。无人机陪了我一路，但在伊朗可能会招致不必要的麻烦。去年我和耐森同校的一位华裔博士在伊朗做历史研究工作的时候被逮捕判刑，我可不想冒这个险。

"好好休息，一路平安！"我和仁韬拥抱告别，和耐森相约明晨出发前要再见上一面。我回到房间，拿出笔记本，坐在沙发上开始记录这一天："正因为与外部交流少，这个民族许多古老的传统仍然维持着难得一见的原貌。新年时，不少土库曼人会按古时拜火教的信仰叫小孩从火堆上跳来跳去，驱邪祈福。这是一个还在跑诺基亚手机的国家，没网，难怪……"

写着写着，我意识到这条路只剩我一个人在坚守了。我突然感到孤独。这种孤独和在大克明河谷与红沙漠里感受到的不一样。它更内向，更落寞。我在这一刻才明白，旅伴们确实都已离去，而我孤身一人，还在朝与家相反的方向前进。

我放下笔记本，定了定神，在手机上找出大家一路听过的歌单，让音乐填满整个房间，仿佛这样就可以听见同伴们嬉笑的回声。酷玩乐队的《Something Just Like This》带回了阿夫拉西亚伯号车厢里的阳光，如梦如幻；《空船》唤来天山寒夜的风，给山谷小屋里变出一抹温暖的光。自伊宁以来我已经很久没有过独自旅行。我习惯了有同伴可以商量行程的安排，习惯了放无人机时有瞭望员，习惯了没带东西可以在团队里找到补给。现在回到独行的状态，这些习惯都得打破重建。我在伊朗不能掉链子。我知道在那里还有辛苦的旅程在等着我。我像《一千零一夜》故事里的角色，做着一场大梦突然惊醒，发现热闹都是幻象。现在放眼四周，只剩一片片的沙漠荒滩。

我往前翻了翻笔记本。记录还在。我看见自己在大克明河谷里记录"朱总和娜娜互相让对方的马快些跑"，写在奥什的宾馆里"很多人的床单被套都很恶心"，描述"高力卜和司机讲起我们'KFC'的遭遇，哈哈大笑"，在沙赫里萨布兹的白宫大门遗址下写下"可想原来无比壮观"后又在"无比"两字下画了圈。这些事都发生过。这些事不是南柯一梦。

"我又开始听《空船》了。"我在手机上找到如清，北京已经过了午夜，不知道她睡下没有。"我也是每天都听，"她瞬间回复，"又一个人了，听起来更苍凉了吧……""最后几天好悲壮。大家聊的东西让我错觉自己要回家了，可我还有很长的路要走。""嗯……我也觉得你不容易。最开始一个人带着期待等着我们。现在要送别人离开的感觉最不好了。""是的。放松下来的神经得重新坚硬起来。""又得保持警觉了，孤独的旅人同学。自己注意安全哦。"

我谢过她，劝她早点睡。如清早起的作息看上去不复存在，现在也不会有人以踹门相逼了。几天前我们还在中世纪的街巷间一起徘徊，现在已在两个截然不同的世界。

索鲁在《老巴塔哥尼亚快车》中说："孤独，孤独：这个词仿佛就是成功的证明。我不得不走了很远的道路，才实现这孤身一人的状态。"然而旅伴们各奔东西之后，不也是带着难与外人真正分享的回忆回到各自的城市么？走过漫长而艰难旅程的旅者，每个人都以各自的方式孤独着。能够走进他人的生活并且分享一场独特记忆的，都是宇宙以某种极细微的概率牵上的线。能遇见这些人对我而言，无比珍贵。

我深深做了几次呼吸，确认自己只是需要调整心态。我收好笔记本，确认过关护照没有问题。明早去伊朗要打起十二分精神，毕竟当地人过关没有排队意识。而且这一次，不会再有艾里亚斯在另一边帮我训斥他们了。

三十三　诗人与圣人

　　我与耐森在清晨告别，一个人穿过了科佩特山脉。柔和的山峦将白色之城与黑沙漠阻隔在了另一边，没有跟来的还有伙伴的陪伴。我恢复了独行，重新在诗歌和音乐中寻找安慰。波斯诗人海亚姆的一首四行诗在脑中浮现：

> 飘飘入世，如水之不得不流
>
> 不知何故来，亦不知来自何处；
>
> 飘飘出世，如风之不得不吹，
>
> 风过漠池亦不知吹向何许。

　　我坐在接驳车上反复咀嚼这几十个字。我在向前。但我在走，是否只是因为前面有路？

　　山南是伊朗，离边境不远的地方是什叶派圣城马什哈德（Mashhad）。城中心的巨型陵墓里葬着什叶派的第八任领袖伊玛目^①里扎（Imam Reza）。每天有数不清身着黑袍的朝圣者前来这座圣陵哀悼，陵墓内外人声鼎沸，熙熙攘攘，世界各地的人都有。城市的名字来源于阿拉伯语"殉教之地"，最初以伊玛目里扎陵为圆心建造，现在是伊朗人口第二大的城市。如果说撒马尔罕正中的经学院让恢宏的书卷气弥漫在城市的上空，那马什哈德的陵墓则让城市永远带上一份委屈的愤怒。此程中，我还未曾见过宗教氛围如此强烈的一座城。

在马什哈德边上有两座小城，一座叫图斯（Tus），一座叫内沙布尔（Neyshabur）。论辈分它们要比马什哈德年长不少，不过它们辉煌的岁月已经过去。两座小城里同样各葬着一位名人，一位叫菲尔多西（Ferdowsi），另一位正是海亚姆。他们都是诗人，陵墓比伊玛目里扎陵宁静很多，更像沉睡之地。去拜谒的人不会高声喧哗，一个个只是在墓边与诗人说悄悄话。

---

① 伊玛目，伊斯兰教教职称谓，意为"领拜人""表率""率领者"。什叶派语境中指伊斯兰宗教团体组织内部地位最高的领导人，即宗教领袖。

我见过许多喜爱诗歌的文化，却从未见过像波斯这样尊崇诗人的。伊朗城市的建筑中除去王宫和清真寺，最漂亮的就要数诗人的陵园。历代波斯的国王和将军都以修缮诗人的墓为荣，每座城市中都会有以诗人命名的道路。中国最出名的诗人即便不在庙堂，也在来往庙堂的路上。相比之下，波斯的大诗人们要逍遥许多。如果未被聘为宫廷诗人，他们大都云游四方，和王权保持一定距离。他们笔下的字句机灵、浪漫，布满层层象征、隐喻，常常透着神秘主义的味道。他们作品中的场景不是神话、历史，就是细微的日常，寻不大见对时事的评论。关心当下江山社稷的责任很少在他们，但从他们的诗中能清楚无误地读出诗人们对自己文化极深厚的爱。

图斯的菲尔多西或许是他们中最伟大的那位。公元7世纪波斯帝国被阿拉伯帝国征服，民族语言式微，文化备受打压。两三百年后，缓过来的波斯人重建区域性王朝，急需重塑本民族对文化的认同与自豪感。菲尔多西在这样的背景下登场。他在民间遍寻材料，将传说与历史糅合在一起，用属于波斯人的语言写出了日后贯穿民族血液的史诗《列王纪》（Shahnameh）。史诗中的人物如英雄鲁斯塔姆①、夏沃什②、凯卡乌斯③等，都成了波斯语境中无可取代的形象。他们果敢、善良、智慧、勇猛，为一代代波斯少年树立榜样，给波斯语再

---

① 鲁斯塔姆，Rustam，《列王纪》中出名的大力英雄、勇士。
② 夏沃什，Siyavash，《列王纪》中的王子，为伊朗文学中纯洁善良的代表，结局以悲剧告终。
③ 凯卡乌斯 Kay Kavus，《列王纪》中的国王，统治伊朗长达一百五十年。

度注入强大的生命力。

菲尔多西过世后,海亚姆在临近的尼沙普尔出生。 他是一名出色的数学家和天文学家,无聊时会写一些绝句类型的"鲁拜"[①] 抒发苦闷,感怀人生。 后来一位19世纪的英国诗人发现了他的作品,将其和一些伪作一起翻译成英语,编成《鲁拜集》(Rubaiyat),没想到在欧洲一下风行数十年,影响了阿加莎克里斯蒂和博尔赫斯等一代作家。 推理女王的作品《魔手》标题即取自《鲁拜集》的第五十一首。 在中国他的作品同样流行一时。 胡适和郭沫若都翻译过他的作品,深得人们的喜爱。

菲尔多西与海亚姆的作品隽永而少有年代感,无论什么背景的人读来都容易产生共鸣。 然而他们自己所处的却是一个特点鲜明的时代。 那时波斯文化区一边受到新兴伊斯兰教的影响,一边努力保持波斯民族文化的独立性和生命力。 这两种不完全契合的思想从那时起一同深深嵌入伊斯兰波斯的文化与身份认同,延续至今。 波斯人喜爱的大诗人,如菲尔多西、海亚姆,再如哈菲兹、鲁米[②]、萨迪[③] 等,几乎都与宗教保守派的势力多有冲突。 他们认可宗教的精神,但不认可宗教机构固化的权威与说教。 他们推崇自由而透彻的思考,因而时时会因为自己的作品陷入麻烦。 但这并不意味着他们不是教徒——事实

---

① 鲁拜:一种古老的波斯诗体,又译作"柔巴依"。 每首4行,一般第1、2、4行押韵,类似中国的绝句。

② 鲁米,Rumi,波斯文学家,苏菲派神秘主义诗人,主要诗集为《玛斯纳维》。

③ 萨迪,Saadi,波斯文学家,以抒情诗《果园》与散文集《蔷薇园》著称。

上，他们可能是最虔诚、通透的那一批。

我从科佩特山脉下到平地后做的第一件事是去拜谒菲尔多西的墓。上一次来伊朗前我曾像孩童一样每夜睡前捧着《列王纪》阅读，靠它认识了波斯，现在去菲尔多西墓仿佛是感恩还愿。20世纪初，波斯国王礼萨汗举办活动纪念菲尔多西千岁诞辰，专门将他的墓以白色大理石和古波斯的立方体样式重新设计建造。现在它坐落在图斯市正中，绿树参天，流水潺潺。墓室内墙以浮雕的形式表现伊朗妇孺皆知的《列王纪》故事，环绕着大厅中央的诗人玉棺。菲尔多西晚年的生活并不幸福。他在《列王纪》的结尾写道：

> 整整三十五载的人生光阴，
> 为挣得报酬付出几多艰辛。
> 到头来我的辛苦尽付东风，
> 三十五年后依旧两手空空。

但他骄傲地预料到了自己身后的荣光：

> 只要他有理智、见识和信念，
> 我死后必会把我热情颂赞。
> 我不会死的，我将会永生，
> 我已把语言的种子撒遍域中。

菲尔多西如自己所料成了波斯文化的大旗，对波斯民族认同的贡献后无来者。来拜访的伊朗人源源不断，许多都带着孩子。大家轮流以两根手指碰触菲尔多西的玉棺，口中念念有词以示尊重。墓室外一尊菲尔多西的坐像塑在水池边，在树荫下手持纸页俯视地面，仿佛一位在给孩子们讲故事的爷爷。

海亚姆的故乡内沙布尔离图斯不远。它以前叫尼沙普尔（Nishapur），和木鹿城一样曾是中世纪呼罗珊地区的中心城市。它毫无意外被蒙古骑兵屠城，现在是一座普普通通的小镇，整天加工加工绿松石，种种地。海亚姆的墓倒是重建了，同样是伊朗国王礼萨汗下的令，也是借着菲尔多西千年诞辰的机会。现在墓的造型带有几何的美感，体现出海亚姆数学家的一面。

金庸在《倚天屠龙记》第三十章中转述过一个关于峨默（海亚姆）的故事：

> 其时波斯大哲野芒设帐授徒，门下有三个杰出的弟子：峨默长于文学，尼若牟擅于政事，霍山武功精强。三人意气相投，相互誓约，他年祸福与共，富贵不忘。后来尼若牟青云得意，做到教主的首相。他两个旧友前来投奔，尼若牟请于教主，授了霍山的官职。峨默不愿居官，只求一笔年金，以便静居研习天文历数，饮酒吟诗。尼若牟一一依从，相待甚厚……

这个故事很长，法国作家阿敏·马卢夫的小说《撒马尔罕》同样以它为蓝本撰写。后人论证故事是虚构的，因为三人的年龄相差甚大。但这不影响海亚姆同时以一个文学家和文学人物的形象在历史中流传。他是一个不愿多被世事打扰的人，只想安静地做学问，现在被如此推崇大概是自己未曾预料到的。他的诗以记录人生感悟为主，字里行间透露出不受保守教义束缚的哲学思想。他写过一首鲁拜，回应旁人对他自由行为和思想的议论：

> 说我沉醉于祆教的酒浆，
>
> 说我放浪形骸，崇拜偶像，
>
> 人人都把我描述一番，
>
> 我知道自己生就一副什么心肠。

小说《撒马尔罕》中也曾引用过他一首非常有名的鲁拜：

> 主啊，你打碎了我的酒壶，
>
> 断绝了我的享乐之路。
>
> 把橙红的酒泼洒在地，
>
> 恕我无礼，难道你也醉得一塌糊涂？

这是流淌在波斯人血液里的浪漫。无论在菲尔多西、海亚姆的诗里，还是在《一千零一夜》收录的波斯民间故事里都能品到这种不受拘束的味道。海亚姆的陵园在午后的阳光中美丽而恬静，不悲伤，也算不上肃穆，反倒带着一份生的庄重与愉悦。他的陵园如此，隔壁诗人阿塔尔（Attar）的陵园也是如此。诗人在波斯民众的心中是可以亲近的智者与导师。平日里伊朗人喜欢来他们的陵园里坐坐，花些时间诵诗，再静静地思考。

离开诗人们的陵园后，我一个人在马什哈德市中心住了两天，每晚都能看到圣陵喧闹的光。

马什哈德是全世界什叶派的朝圣地，街上走着身穿各地传统服饰的男性和统一黑袍下的女性。宗教节日阿舒拉（Ashura）的哀悼仪式三周前已过，伊朗其他地区的人大都恢复了平日的装扮，可是马什哈德的街上依然黑影幢幢。在伊玛目里扎的圣陵里，每一天都是哀悼日。在这种充沛的宗教情感面前，淡然的闲情雅致无处安身，若是诗人在这里久居，笔下诗歌的味道想必也会不同。

圣陵的主人伊玛目里扎是先知穆罕默德女婿的五世孙。他为人谦和低调，博学多才，是全体什叶派的领袖。9世纪时什叶派人数甚众，是阿拉伯帝国内一股不可小觑的政治力量。这让帝国的哈里发们头疼。在什叶派的记录中，阿巴斯王朝的哈里发马蒙[1]因无法忍受伊玛目里扎的影响力而下毒害死了他。里扎过世后被葬在伊朗东北的一个小镇上，吸引了很多人前来附近定居，久而久之成长为伊朗人口第二多的城市。

在当代伊朗，几乎人人都是什叶派的信徒。伊玛目里扎因

---

[1] 马蒙是阿拉伯帝国阿拔斯王朝的第七代哈里发，813-833年在位。

此成了一位几乎与所有伊朗人息息相关的圣人。什叶派伊斯兰教的思想与原生的波斯文化多有矛盾之处，不过在厌恶逊尼派的阿拉伯当权者这件事上意见统一。什叶派自成形之初就带着一种受害者心态：他们认为主流当权者贪腐堕落，眷恋权力；反观本派十二位伊玛目[1]，个个正直、虔诚，深得民心，又是先知穆罕默德的后代，却一直受到当权者迫害。什叶派与逊尼派分裂，最早是政治上的，然后才变成宗教上的，直至现在与民族也沾上了些边。

刚刚结束的阿舒拉节是什叶派教徒纪念第三任伊玛目侯赛因公元 7 世纪殉教的日子。信众们往往会以自残身体的方式来表达痛苦与哀悼，场面蔚为壮观。贵为什叶派圣城的马什哈德在这个大节拥挤异常。伊玛目里扎的圣陵内人潮涌动，宣誓声呼喊声不断。节日过后，许多非常传统的什叶派信徒仍会身着全黑，以示纪念。这种装束，可能会持续整个穆哈兰姆月（Muharram）[2]。

看得出来这里的人都极认真。从弥漫在城市上空的氛围中可以明白无误地感受到这里一切都事关大是大非，容不得任何放浪形骸的酒徒，也不会允许任何调侃。我在圣陵的广场上见到参加当地人葬礼的人群，也见到以伊玛目们起誓不忘历史的众人。在教众的眼里，圣陵是本派语境的重要组成部分，是呼

---

[1] 什叶派的大多数派系承认历史上有过十二位伊玛目，为穆罕默德女婿阿里与其直系子孙。

[2] 穆哈兰姆月为伊斯兰历正月。

吁团结、牢记苦难的重要象征，是绝对神圣而不可侵犯的。几千块波斯地毯覆盖着它的地面，金顶一个接着一个，成千上万块玻璃点缀着清真寺与墓室的内室。在这里，伊玛目里扎的故事被不断传颂，千万信众靠着朝圣与冥想寻找精神的支柱。这里需要的不是宁静、肃穆，而是喧闹的斗志。

在圣人伊玛目里扎陵墓的影子里，马什哈德还有另两座名人之墓，但相比之下都暗淡无光。一座的主人是被《剑桥伊朗史》称为"中亚最后一个军事征服者"的纳德尔·沙（Nader Shah），另一座埋葬的是哈里发马蒙的父亲哈里发哈伦·拉希德（Harun al-Rashid）。前者将马什哈德定为他庞大而短命帝国的首都，后者则是阿巴斯王朝最著名的哈里发，被认为是伊斯兰黄金时代的开创者。但在什叶派信仰面前，哈伦·拉希德成了一个反派，连墓现在都找不大到了。

不奇怪，因为马什哈德这座城市从来都是属于伊玛目里扎的。在这里，个体都易被抹去身份，汇入潮水一般的群体。波斯人对伊斯兰教的发展做出无可比拟的贡献，同时又热情地背诵民族诗人写下的篇章，重述鄙视阿拉伯征服者与传教士的文字。他们生性浪漫热爱自由，却要遵从规矩最为严格的宗教教诲。这些挣扎，不光决定了伊朗人个人的特质，也决定了伊斯兰教传入之后千百年来不同波斯王朝道路摇摆不定的特质。海亚姆写道：

　　一群人探讨宗教教义，

一群人思索人生不易之理。

我担心有朝一日一声呼喊：

无知的人们，这二者都不是真理！

成熟的文明体系因为复杂而充满矛盾，也因为充满矛盾而变得伟大。人在伊朗，很难不由此及彼地思考中国和伊朗这两个古老多难而又韧性十足的文明间的关系。千年前波斯的身份认同经历了一次砸碎重组的过程，至今仍时时有些迷茫。而在中国今天令人眩晕的发展速度中，或许我们正处于一个急需诗人的时代，一个重新思考圣人的时代。

"彭先生，准备好了吗？"我看了看手机，是包车司机阿塔发来的消息。"就下来了。"我拖沓着放下笔，穿过门，安静地没入马什哈德如潮的人流。

三十四　阿塔

马什哈德人阿塔是我的包车司机，今年二十八岁。人们说眼睛是心灵的窗户，阿塔的窗户却是整张脸。昨夜他在圣陵外情绪紧张，依次透露出了困惑、担心、讨好和无奈的表情。几秒钟前一个男人刚刚箭步上前，从我的手上摁下了相机。

"不许拍照。"那个男人严厉地说。"圣陵外也不行吗？"阿塔替我问。"不行。"那个男人不再多说，从口袋里抽出一张身份证件展示，然后迅即塞了回去。"你别拍了。"阿塔转头对我说，"他是便衣警察。"

来圣陵前，阿塔和我解释过注意事项。他说："可能会有小偷。"他又说："大相机不让带进去，得放车上。"在圣陵外的停车场，阿塔的夫人从后备箱里拿出黑袍认真套上，以防引起侧目。此时正是伊斯兰历的正月穆哈兰姆月，我们谨慎遵守一切已知规定，生怕造成不必要的麻烦。没想到在圣陵外也不能用相机拍照了。但既然警察这么说，还是乖乖把东西收起来为好。

阿塔决定带我离开人流攒动的地方，请我去喝奶昔。在我遇见过的包车司机中他算极其热情的，一整天都在给我介绍伊朗生活的方方面面，担心我吃不惯米饭、没见过蹲式厕所（"中国也有？！"）。奶昔店在一条安静的街边。柜台小哥听说我是中国人，边挤果汁边给我竖起大拇指。

入境伊朗的那天早上，我和阿塔约好在 Bajgiran 口岸 [①] 外见面。从土库曼斯坦出境是个体力活，边检站内的所有人都在不客气地往窗口挤，争先恐后的架势像极二十年前中国公立医院的门诊挂号处。伊朗这边的情况要井井有条很多，尽管土库曼大妈们还在想法子把自己的护照往前推，但最后不得不找张椅子坐下排队。等候的时候我遇到几个主动对中国表示好感的伊朗人。他们穿着派头十足的衬衫和西装外套，拎着公文包，一听我是中国人，马上同我握手表示称赞与欢迎。

阿塔迟到了。他询问工作人员，被告知刚才只有个十六七岁的中国人路过。他急得到处找，楼上楼下转了一圈，终于在

① Bajgiran，土库曼斯坦南部口岸，通向伊朗。

楼梯间撞见正在下楼的我。阿塔个子不高，棕色的皮肤，身材微微发福，留着一圈精心保养的胡子——或许这才是边检人员心中三十左右的人该有的样貌。"这是我的夫人兼搭档。"他热情地向我介绍。夫人生得白皙，大方地和我打招呼，笑容堆得有些拥挤，看得出在包车导游行业是个新手，但非常努力。

"你介意听音乐么？"上车后阿塔问。"介意？为什么要介意？""来马什哈德的有很多传统的朝圣者，根据教义不能听音乐，所以想确认一下。"阿塔打开车上的音响，飘出美国流行榜单歌曲的靡靡之音。

"你要喝茶么？"他接着问。"随意好了。"事实上刚才在等阿塔来的时候，我已经在边检站楼上空无一人的茶室里喝了半小时。阿塔的夫人拿出保温瓶、茶包和杯子给我现泡。不愧是伊朗人，在路上还要对茶这么讲究。

阿塔在服兵役，还有两个月退伍，现在在部队下属的公司工作。这份工作是兵役的一部分，没有工资，于是他在业余时间兼职做起了导游和司机。夫人是新手，这次出来帮忙，每每有不确定都会眼巴巴地望着阿塔。小两口预备等他退伍后一起做一家旅游公司，我就是他们的"小白鼠"之一。他们为招待我专门为我买了一只喝茶的新杯子："这只中国生产的杯子只要一美元。可以想象么？要造，要运，然后小店老板还得要点利润，加在一起都只要一美元。不可思议。"

我附和着表示赞叹。

他接着说："你们的产品这么便宜让我们很难办，因为你们拿走了伊朗人的工作。但是我不怪你们，因为这是你们做得好，所以我们应该赞扬你们，并且向你们学习。我们伊朗人就是不大会推销自己的东西。我是很想来中国参观学习一下的。"我确认了一下，阿塔是商科硕士。

"欢迎欢迎，北京和上海都很不错。""我要去你们一个大型工业城市，叫'衣我'。""啥？衣……我……？""我们这里很多东西都是那里生产的，那里据说什么都有。""哦……哦！你是说义乌！""对，对。衣我。"

小两口对中国的印象很好。阿塔甚至表示，世界杯预选赛中国男足踢得很不错，唯一的不幸就是抽到了伊朗队。他对中国人的经济成就表示佩服，并询问我秘密在哪里。"首先，中国人民非常勤劳，每天工作十小时是常态。"我决定不提九九六，更不提朱总。"十小时！"阿塔和夫人听后面面相觑。是的，并不同波斯人那样，一顿午饭连吃带躺要花两个小时。当然，阿塔也不是对所有中国产的东西都称赞有加。每次在路上见到中国生产的汽车，他都会不厌其烦地跟我说，这是中国牌子，质量不好。每当此时，我都会表示中国依然有很多需要努力的地方。

第二天一早阿塔一个人开车带着我转，夫人在家打理家务。他显然放松了很多："中国人骂人的话是什么？""单音节去声，念 cao。""中国年轻人一般第一次性行为是什么时候？""这个因人而异吧。"他在街边找到车位侧方停车："怎么去美国申请读博士比较好？""网申，要推荐信什么的。""你喝酒吗？""喝。""咱们这边有的时候也可以偷偷藏点酒。你知道上次我和几个朋友……"他踩下急刹车，差一点撞到后面的车。

我们回到圣陵，这次相机彻底留在宾馆里没带出来。广场上的男人们穿着各式衣服，好像小半个世界都在这里聚集，冥想和祷告的人随处都是。行色匆匆的阿訇走过我们的身边，袍子带着风。圣陵建筑的穹顶是扁一些的洋葱顶，宣礼塔粗壮，和撒马尔罕布哈拉的建筑风格不甚相同。阿塔带我走进圣陵内部，穿过如潮的人群来到安放伊玛目里扎棺材的墓室外，提醒我说这里手机也不让拍照。我认真收起手机，突然被两个工作人员拽住。这次轮到我困惑不安了。他们冲我说了几句话，我听不懂，于是他们转向阿塔。阿塔转述说，两位中的一位觉得和我长得像，想和我拍照。我瞅了他一眼，对"像"这个词产生了疑惑。他确实有东亚人的长相特征，但轮廓眉眼更像年轻时的日本演员高仓健。阿塔解释说，当年成吉思汗的军队在这里留下很多混血的子孙，后代们长得都有东亚人的影子。这个群体现在被人叫马什哈迪，这位工作人员是其中一员。

"这里不是不能拍照吗？"我看向工作人员，不知道是不是什么考验。他们穿着黑色过膝风衣，看到着装违规的冒犯者，会用手上的蓝色鸡毛掸上前提醒。

"他们说可以就可以。"阿塔说。我站过去，不知道该不该笑。阿塔留下影像，又说："他们说你想自己在这里留影也可以，他们会睁一只眼闭一只眼。""这么好？那抓紧。"

墓室内的吊灯和贴瓷闪着绿色的光芒，里三层外三层都是来朝圣的人群。他们尽量伸手触碰置放里扎棺木的小屋外墙，口中念念有词，几乎全是男人。墓室是整座圣陵的核心，整个马什哈德都是围绕着它建立起来的。绿光只存在于这间墓室内，在建筑内的其他地方都找不到。我绕行小屋两圈走出，看到建筑内其他大厅都亮着温暖的白光。室内的不同空间由拱形门洞隔开，户内户外铺满地毯，方便朝圣者坐下冥想。我们回到露天广场上，发现不少到访者带着经书坐在地毯上看，一呆就是好久。

"我以前有事想不通就会到这里来坐坐。"阿塔说。"有的时候坐着坐着就想通了。"

来这里的朝圣者极虔诚。他们的精神对任何旁观的人都有着强大的感染力。生活在马什哈德的人耳濡目染，从小就熟悉精神和宗教的力量。迷茫、困惑和转瞬即逝的悟道，或许在这座城市只是日常。这是每天奋斗工作十几个小时的中国年轻人更少有时间获取的生活体验。

阿塔在一个十字路口停下车等红灯。他说他最近在琢磨，人生下来是否就应该随自己家庭的宗教信仰："你说我是不是也有去看其他信仰的权力？"问题沉甸甸的。我小心地说："多看看多想想不会错。或许会找到更自洽的处世方式。"

离内沙布尔的海亚姆墓不远的地方有一个小花园，里面建了一座纯木制清真寺，建筑师是一位在英国和美国读过书的伊朗导演。清真寺建于二十年前，风格让人想起巴塞罗那建筑师高迪的自然主义作品。一片片木板像鱼鳞一样装饰着墙面，两个宣礼塔从屋顶中伸出，像一个卡通外星人触角上长出的两只可爱眼睛。寺边的塔顶上装了一个圆柱形的金属罐，外表漆了一个大大的黄色笑脸，仿佛在对大家说，归根结底，宗教的目的是让大家找到一种与世界与人生和解的方式，而这个过程，为何不能是快乐的呢？

第二天晚上我要赶路去德黑兰。伊朗的飞机安排一如既往地不靠谱，时间不停调整，就算马什哈德去德黑兰这样的主要航线也不例外，起飞时间一口气推到了半夜。阿塔和太太邀请我去他们家坐着等。他俩住在马什哈德一处不错居民区的小楼三楼，母亲买在楼下，家里装修风格西式，配上美丽的波斯地毯，观感洋气。阿塔得意地向我炫耀说，这里不少家具是专门去德黑兰定做然后用卡车运来的。他俩在客厅里看配音版的美国电影，不时大笑。我疲劳至极，已无法支撑，在他们客房的地铺上昏睡了一个小时。

去机场的路上阿塔也露出了些疲态。城市的光影在他的脸上不停变幻。他和这座城市许多年轻人一样，看美国电影，听美国音乐，背波斯诗人的诗，在自己生活的轨道上努力打拼。宗教打从他们懂事起就是生命中不可或缺的一件事。爱它、恨它，浓烈、淡泊、迷茫、和解，它总就在那儿，想绕也绕不开。

"别忘了关注我的社交账号！"阿塔和我告别。下午他把我和他俩的合照上传到了他为公司准备的账户上，获得不少点赞。"会的，要是有人来马什哈德，一定推荐给你。希望你的生意能做起来。"

夜幕中的马什哈德依然黑影幢幢，纪念阿舒拉节的黑色横幅和标记到处飘扬。我坐上飞机开始朝最后一站德黑兰进发。与此同时，二十八岁的马什哈德人阿塔做完了一单包车生意，朝兵役期结束与新梦想的开始又近了一步。

三十五　又见德黑兰

德黑兰天气晴朗，菲尔多西大道上人来人往。我和刚接上头的导游艾娜丝在一家食堂似的小饭馆里吃午饭，渴的时候轮流去楼梯下的电热水瓶处倒茶水。

"进国家珠宝博物馆前手机要寄存哦。"艾娜丝一脸明艳，微笑时有两个酒窝，头发挑染成了灰绿色。她做司机的弟弟坐在一边。他从凌晨三点到机场接我起一直很腼腆，没怎么说过话。

"你朋友说好一会儿在哪里见面了么？"艾娜丝又问，于是我把朋友张晶的地址拿给她。张晶是北京人，随油企在伊拉克工作时喜欢上了伊朗文化，后来辞职到德黑兰学波斯语。三周前我通过一位共同好友介绍在微信上认识了她，问德黑兰有没有地下聚会可以跟着去。我感兴趣的是学生们搞的地下剧社和言辞犀利的私人聚会。可惜，上一次我未能见到，这一次看上去也不能如愿。我曾在德黑兰开始伊朗腹地的旅行，现在又在德黑兰来到一个月西行旅程的终点，既是人为，也是巧合。两场旅途在这座城市隔空对接，让人不禁感慨万千，却又不知从何说起。

我低头喝了口茶。

几小时前我在宾馆醒来，睡眠匮乏，身心俱疲。我挣扎着坐起来，又无力地躺下，脑中一片混乱。过去一个月的人物景象在我眼前交替出现，耳边不停回响着他们的话语笑声。我想起耐森、如清、朱总，我想起白玥、娜娜、亦舒、小葛，我想起仁韬、大卫和简。我想起中国大西北的绿皮火车，想起高力卜带公文包走路的样子，想起伊利亚的微笑，想起艾里亚斯在沙漠帐篷里说出的故事。七千公里的陆路此时变成了一团混沌不明的记忆，难以名状，仿佛要喷涌而出。我在笔记本上潦草地写下"突然很想哭"和一大段难以辨认的字，然后便瘫在那里。这场旅行对我而言不仅仅是过去四周在路上度过的时间，更有背后承载的太多心血。在它行将结束之时，长久积累起来的各种情绪终于找到释放的出口，一时竟难以控制。

我终于有条不紊地在艾娜丝来接我前收拾好了行囊。两个背包，二十公斤，和西安出发时没什么差别。

德黑兰的阳光很好，交通依然拥塞。它不是一座很有美感的城市，大多数街区里塞满矮小的火柴盒建筑，高楼看上去突兀笨拙。厄尔布尔士山脉在城北，没有雾霾的话可以见到连绵不断的山峦和雪顶。记忆中的德黑兰街头弥漫着汽车尾气的味道，大巴扎里人潮混乱，今天的空气质量却不错，蓝天深邃可见。这座城市年轻而略欠雕凿，在当代语境里太过刚硬，少了一些层次感。不过比起中亚那些凋零的古镇，它对当世的重要性不言而喻。访客们能感到这里的氛围认真而不松散，不是闹着玩的。

国家珠宝博物馆在城中心，名义上是个博物馆，其实是伊朗中央银行里一间守卫森严的房间，每周二至周日只有下午开放两小时。我两年前到访时正值闭馆，这次随工作人员入内，立刻确认眼前是一场从未见识过的奢华珠宝展。以前参观过许多欧洲国家的珠宝展览，总是悉心摆放，不像这里，珠宝被敷衍密集地扔在一起，仿佛一种最不屑的炫耀：红宝石、祖母绿、绿松石、钻石、珍珠，但凡未被镶嵌在饰品上的，无不一把一把地堆在盒子里，好像米铺里的米。房间里有一座用几百块宝石做的地球仪和一颗一百八十二克拉的粉钻，其他宝座、王冠、首饰和佩剑上到处可见闪亮的珠宝。它们大而质纯，镶嵌极富美感，看上去巧夺天工，真正价值连"城"——几十年间它们构成了伊朗货币发行信用基础的一部分，难怪博物馆要开在央行之内。

假使真的生活在这样的环境里，或许会有一种满大街都能捡到宝石的错觉。深宫中藏有这样的珍宝，不奇怪外来的征服者会觊觎这个王位，也不奇怪理想主义的革命者会憎恶这个王位。对于一个国家来说，珠宝或许是最无用的财富，但它们又是国库中最容易见到的。人类对于美而无用之物的追求无能出其右者，多少国家的兴衰到头来都与这些物件有关。

艾娜丝和弟弟来过好几次，依然看得入迷。我们不像客人和导游，倒像三个一起出行的同龄人。我和他俩在展厅中来来回回，小声指出各自的最爱，许久后才回到大街上拿车，然后在社交网络上互粉。艾娜丝在国外旅游时拍的照片里总是穿着色彩艳丽剪裁大方的衣服，有机会就不戴头巾。我一直很推崇伊朗人的审美，就是不知道德黑兰这座城市为何如此乏善可陈。

张晶约在德黑兰大学，从珠宝博物馆过去有些堵，我只好跳下来走了一段。她很好认，和我打上招呼就走进一家小饭馆，驾轻就熟地点起菜："奥不故石（Abgoosht）。米杂高斯密（Mirza Ghassemi）。"它们都是糊糊，于是她又叫了两个饼，"估计你一路吃烤肉都要吐了吧"。我笑着应了。来这里吃饭的全是学生模样的人，各自拼桌。饭馆很小，转个身都难，和中国街边的凉粉店没有什么区别。

"你一路走下来真不容易。""像你这样才不容易，抛下其他东西就到这里来读书了。""几年前我遇到过个和你类似的人，是个女孩子，也沿着这条道走了很长时间。那个姑娘失恋了，是辞职走的。她当时说每天都在办公楼里不是生活。这句话对我触动最大，好像点燃了我隐藏在心中的小火苗，然后回去我就辞职了。"

糊糊的味道还行，只是吃的到底是什么说不清楚。它们全混在一起，像今天早上脑中的记忆。张晶说自己上午刚考完听力和写作，明天还有一门考试，晚点得意思意思复习一下。她说伊朗的学生喜欢在草坪上铺张毯子野餐，要不然就在山上抽水烟，还喜欢背波斯诗人的诗歌。"可惜了。要是周末我就带你去我伊朗朋友家了。他正好学中文呢，很喜欢和中国人交朋友。"

我们来到大学北面的拉勒公园（Laleh Park）。夕阳穿过树荫打在安静的小道上，晚跑的年轻人从我们身边不时路过。一些男男女女在露天球场打排球，个个身材高挑。公园里有一些雕像，走近发现是从布哈拉开始不断打过照面的欧马尔·海亚姆与比鲁尼。比起珠宝，文化学识和坚韧的精神才是一个文明根本上的财富。

我问："你学了波斯语之后准备干吗呢？"她说："找点事情做。可能在伊斯法罕或者哪儿开个旅社。也会看看有没有其他生意的机会。""我很喜欢伊斯法罕。伊朗还有好多地方我没去过。这次如果能留更长的时间就好了。原本我还要从这里接着往西，去赞詹①，去加兹温②，去大不里士③，可惜来不及了。""我也还没去过这些地方，找个机会去。""我也总会再来的吧，到时候可以约上你的伊朗朋友。"

① 赞詹，伊朗西北部城市，为同名省份首府。
② 加兹温，伊朗西北部城市，为同名省份首府，16世纪下半叶为伊朗萨法维王朝首都，现以书法文明。
③ 大不里士，伊朗第五大城市，16世纪上半叶为伊朗萨法维王朝首都，位于伊朗西北，距土耳其与伊拉克边界不远。

艾娜斯和弟弟在公园外等我，见到张晶用波斯语互致问候。我与她道别，嘴上和心里都祝她好运。她对波斯文化的喜爱，将会改变她一生的轨迹。

德黑兰的国际机场与两年前很不一样了。那时整座机场只有三家快餐厅，朴素得很，现在它与其他现代化机场别无二致。我把背包放上安检传送带，把所有摄影设备单独拿出来装进塑料框。一个相机。两个镜头。四个便携式摄像机。我瞄了一眼传送带后的安检人员：他心不在焉，没有要开机检查的意思。背包和器材顺利地进入 X 光机。我走过安检门，把东西收好，朝着登机口前进。乘电梯到二楼后，我路过一面披着黑色幕布的墙，墙后打着刺眼而沮丧的绿光，墙的前面搭了一个敞开的小帐篷，前面立了一块硬纸板，画着跪在地上恸哭哀悼的妇女。和在马什哈德时见到的一样，这是纪念阿舒拉节的装饰，一直要摆到穆哈兰姆月结束。我见过世界上大大小小的节日，从没见过氛围如此愤怒悲伤的。很难想象这份情绪来源于一千四百多年前的一场战斗①，更难想象现在它现在依然被营造得如此强烈。

我终于踏上了归程。我换不同的陆路交通工具走了七千公里陆路，见到了海一样的山，山一样的废墟，和没有定形的沙漠。到头来，这一路上最令人着迷的还是人。人如此有趣，却最留不下痕迹。我在笔记本上涂涂写写几个星期，试图记录这

---

① 卡尔巴拉之战，发生时间为公元 680 年 10 月 10 日。

个时代的人和他们的故事，最后才发现，自己是在漫长的黑夜中捕捉一点荧荧的微光。

身上余下的几十万伊朗里亚尔①留在身上没用了，离境前得找个办法把它们花了。工艺品店很好找，柜台边的营业员在我进门时瞥了我一眼，然后继续低头摆弄他在柜台上的笔。我拿起墙上的手绘铜盘，逐个检查它们的笔触。铜盘的底色层层渐变，是各种摄人心魄的蓝，花瓣状纹路穿插其中，中间藏着桃红色与褐色的小点。

"这是哪儿的师傅做的？"我问。"设拉子②。"营业员走到我身边，没做更多的介绍。他不是一个好销售，但我是个好顾客。我知道自己要用掉剩下的几十万伊朗里亚尔现钞，并且在过去几秒内认定会在这家店里买一件东西。我一路从东方来，接着要回东方去，身上沾着漫长陆路的尘土和几十天的故事，却需要一个物件来承载这场旅程的终点，这听上去有点荒谬，但我不想再和自己挣扎。"就这件了。帮我包一下。"

我点了点手上的里亚尔纸币："能便宜些么？"他摇头，眼神里没有沿路巴扎集市生意人的狡黠，只有一份机场工作的要求和规范。我仍要努力："就差这么一点。要不只有美元。""美元也行。"他不为所动，接过我身上所有里亚尔和一张

---

① 2017 年秋，伊朗里亚尔与人民币的汇率约为 5000：1。
② 设拉子，伊朗南部最大城市，以玫瑰和夜莺之城闻名于世。

美元纸钞，拿出计算器，操作后又还给我几张纸币。

我叹了口气，把几张里亚尔塞回钱包。这或许昭示着下次还要来伊朗。两年前到访的时候，我对这里的宗教、政治、历史、文化所知甚少，对什么都充满强烈的好奇。如今我二度离开，心情已经从容许多。第一次来时，人们对刚签署的核协定将信将疑地乐观，现在经济虽然开始恢复，国际局势却愈加复杂。在波斯宏大的历史中，两年时间不过沧海一粟，但对任何需要经历这个时代的人来说，它可能会长过永恒。

时间，从来就是一个可以折叠的概念。

能折叠的东西方便存放，以后重温只需按图索骥将它展开。我即将回到一个同样可以多维折叠的国度，看过中亚再回看自己的国家让人多出一份豁然开朗。多年之后再回头琢磨这次漫长的旅行，想必又会看出新的花样。这个月里我见证了这个时代里的一条路和这条路上的一个时代。我会好好收藏这些城镇、戈壁、雪山、草原和沙漠。日后这些人和事会写入大历史和小故事，我们所有人都会是其中的角色。

我朝登机口走去，背包里除了摄影器材之外多出一块漂亮的铜盘。铜盘下放着写得一本密密麻麻的笔记本，第一页第一行上写着"一夜长安"四个字，那是几近一个月前在旅途的起点写的。现在我在旅途的终点，十几小时后就要回到阔别已久的家，不知道窗边的绿植是不是还活着。

飞机准时起飞，纪念阿舒拉节的横幅越来越远。背包被我塞到了前排的座椅下，用脚安心地顶着。包里装着万米之下的故事，那里的人，那里的阴雨暴晒，和地表下浅浅深深的风沙。

尾声

飞机在午前落地香港，周围场景的变化让人恍惚。我从机场搭上车回到办公楼附近，在办公室前台把包放下，沿过道走向自己的工位。周围的同事目不转睛地盯着各自眼前的六块屏幕，没人注意到我的出现。

太好了，正好可以偷偷溜回位子。

我拉开椅子坐下，突然看到一个熟悉的微笑脸在显示屏角落里直直地看着我，吓得我一激灵。

土库曼斯坦总统别尔德穆哈梅多夫。

"什么鬼！"我忍不住叫出声来。耐森和他旁边的同事发出哄笑。一个入职没多久的新人走过来说："耐森叫我把这张照片打印出来贴在你屏幕上。他说你会喜欢。"另几个同事围了过来，打趣问："欢迎回来。是不是找了好久？"

一切都没变啊。

回到家，看到楼下的信箱里塞了一份厚厚的邮件。我打开，发现是自己从奥什寄出的《中亚文明史》第六卷，信封上除了无数张邮票外又多了无数个章，看样子从北京绕了一圈才来的香港。我想起在伊宁买的干果寄去了如清那里，发消息问："我需要带箱子来北京吗？""你的东西应该有小半箱吧。实在不想带，我下次来深圳给你装来呗。或者我直接寄给你爸妈就好啦。""会不会太贵哦？"我发着消息打开房门，发现窗边种的几株罗勒死了。邻居忘了来给它们浇水，这个小菜园只能从头来过了。

周末我去北京为公司在大学里招人。朱总、如清和娜娜约我和其他朋友一起聚餐，其中好几位在八个月前听朱总聊过量子力学。朱总这次没有再提理论物理，只是时不时拿土库曼斯坦姑娘和骆驼嫁妆的事跟我抬杠。娜娜说她开始读《我的名字叫红》，就是进度有些慢。

两周后我把旅行中拍摄的八小时素材做成四分钟的视频，发给同伴和一路上帮助过我们的旅行社和向导。高力卜收到之后很开心，分享了几张最近钓鱼的照片，看上去在阿姆河边收获颇丰。亦舒接过做视频正片的任务，说可能得要花上点时间。在太平洋另一端，大卫和简收到了萨尔多从布哈拉寄出的地毯。他俩不久举办了婚礼，迎宾处挂着好几张地狱之门和撒马尔罕的照片。仁韬继续到处寻找美食。据说某天他得到灵感，动笔创作了一本科幻小说，现在正等待出版。

我开始把这段旅程写进公众号，在电脑前度过一个又一个夜晚。丝路上的见闻在月亮一次次盈亏中变得越来越遥远，也越来越明澈。新闻里美国退出了伊朗核协议，土耳其的货币闪崩，一个个热点出现又消失。每次抬头，我都会发现世界在快进着飞驰着。我把万余里陆路在心里走了一遍又一遍，那些影像和声音在脑中不断回放，聚合着化作屏幕上的字迹。我在一切可能的地方回忆着，写着，琢磨着，发现那些原本在抽象世界中无序飘浮的光点渐渐有序起来，显露出了背后的形态。

丝路一直在变化流动。它像一个没有自身形态的容器，具象地反映出每一个历史时期的特性。当代人所见的只是它在这个时代的投影，未来人所见又会大不相同。语言、文明与宗教在这里多次消亡、迁徙，以至于前后一百年间居住在同一处的居民可以没有任何传承和连续性。这片土地上曾经诞生了一整批人类文明中心，却在蒙古铁骑肆虐后一蹶不振，许多城市甚至就此消失。自然环境的变迁与国策的加速了沿线城市的兴衰，科技的发展同样改变着百姓的生活习惯。游牧民族在三百年前还是沿路各个定居文明的心头大患，如今却再难出现在新闻的头条里。这个人类分支与定居民族分庭抗礼数千年，大多在近两三个世纪内转化消亡，过程安静得令人诧异。画角声中，牧马频来去，民族、战争、博弈、宗教、科技、艺术、开放、封闭，膨胀与碰撞，每一样都叫人应接不暇。几大文明的个性在交流沟通的过程中一览无遗。中华文明虽然热情好客，却不主动外展，"开而不放，传而不播"[①]。这种看似外向的内向气质一直流淌在中华文明的血液中。

写作让我将这条路重走了一遍。我更深入地碰触到了人，那些活在丝路历史和现实中的人。他们彷徨期待，有说不完的故事，大多会被岁月遗忘，但无一例外是岁月的塑造者。通过他们，我得以重新审视自己，我们这些 21 世纪的青年人。我们相遇交流，自由穿行在这条古老的通路上，带有这个独特时代的烙印，也是推动这个时代的创造者。每当来自东方的脚步在中亚沉睡的沙石上响起时，我都能在千里之外看见当下的中国。

我是丝路上的过客——就如同我们之前千千万万的过客——在丝路上留不下什么脚印。那些大山大水的年龄已无从考究，但只要一眼就叫人认清自己在宇宙中的位置。可是丝路在过客心中却留下了永恒的痕迹。它是一部人的故事。在它昏昏欲睡的城镇之间，蕴藏着未来的轰鸣。

丝路回来的第二年国庆，小葛和朱总分别组织了一场七八

---

① 复旦大学葛剑雄教授语。

个人去南美冰川的旅行。如清也去了。她在途中和我分享他们见到的自然风光："今天去冰川了，很特别。朱总安排的大部分都是自然风光，人文的比较少。不过真是时光飞逝，这一路还是老能想起丝路的事情。很希望你也在。这一路上看雪山，他们都在狂拍，我看了一会就不看了。雪山没有丝路的美，而且因为丝路的滤镜，总觉得同样的荒漠和草原，丝路的泥土都有灵魂一些。"我放下手机望向窗外。维港的景色里竖着一幢幢摩天高楼。我在这里看着，也是同样的感觉。

周末耐森和白玥来家里吃饭，我把新种的莳萝和洋葱、番茄切碎拌出中亚的色拉。我们聊起一年前在奥什和浩罕的种种怪事，调侃起同行伙伴的近况。嘻嘻哈哈之后我难免有些沮丧："去完丝路后，似乎已经没有什么旅行能叫我兴奋了。"

耐森点点头，依然习惯性地伸了伸头。不知安静了多久，他缓缓提出一个新的旅行计划。

"你什么时候想到的？"我讶异，继而狂喜。"刚才。"他说完又点了点头，语气波澜不惊，可听上去仿佛酝酿已久。我激动地叫出声："这可太不同了！全新的挑战啊！我们可以沿着……"

一件庞大、复杂的事情做成前最好不要让太多人知道。这是我少数几条迷信之一。下一途的想法先留在我和耐森这儿。如果有机会，我一定会与大家再度分享的。

人物索引

旅队

彭英之——"我"。

耐　森——我的大学师兄、同事。这场旅途的组织者之一，多年学习中国文化的美国人。做事心细，白玥的丈夫。

白　玥——我的大学同学。从小在美国长大的华人，在深圳创业，是一家电商公司的联合创始人。耐森的太太。

朱　总——在一家新兴的共享单车公司工作，永远在工作，喜爱自然山水。

如　清——年轻律师，迷糊但古灵精怪，对一切事物充满好奇。

大　卫——谷歌工程师，英国人，无论在文化上还是饮食上经常水土不服。简的丈夫。

简——谷歌工程师，美籍华人。大卫的太太。白玥的大学室友。

仁　韬——我的大学师兄。美籍华人，着装讲究的老饕。

亦　舒——在文娱行业工作的香港朋友，对饮食最感兴趣。

娜　娜——在互联网初创公司工作的北京朋友，性格飒爽。

小　葛——在投资基金工作的北京朋友，喜欢琢磨最新的科技流行风潮。

在我独自旅行时通过网络给予帮助的朋友

墨　墨——嘉峪关出生长大的朋友，二十出头，与我在一个背包客群相识，在成都工作。

红　叔——乌鲁木齐出生长大的朋友，年近四十，与我在印尼相识，在北京工作。

一路在当地遇见的人

眼　镜——嘉峪关眼镜烤肉店的老板。

张师傅——瓜州的包车司机。

梅　子——乌鲁木齐的包车司机。

晶　晶——伊犁的导游。

埃　缪——阿拉木图的哈萨克小导游。

伊利亚——吉尔吉斯斯坦北部的俄罗斯族向导，像邻家哥哥。

杰　申——大克明河谷的吉尔吉斯族牧民，杰申的丈夫。

诺　拉——杰申的太太。

贝　卡——杰申与诺拉的儿子，带旅队进山的向导。

苏　迪——上海的朋友，翻译，经营一家小的软件公司，背包客。

斯陶贝克——奥什的乃蛮族向导。

高力卜——乌兹别克斯坦全程的向导，多国血统，非常具有掌控力的中年人。

艾丽娅——乌兹别克斯坦"乌兹别克"旅行社的经理，在当地颇有人脉。

托谢夫——布哈拉的国宝级细密画家。

萨尔多——布哈拉地毯店老板的侄子，看店的乌兹别克年轻人。

阿塔贝格——希瓦的包车司机。

艾里亚斯——土库曼斯坦全程的向导，和蔼的大伯。

阿　塔——马什哈德的包车司机，即将结束兵役期，梦想是开属于自己的旅行社。

艾娜丝——德黑兰的导游。

张　晶——在德黑兰读书的北京姑娘，曾经在油企工作。

一路上还遇见了许多当地人，如瓜州的榆林窟讲解员和锁阳城导览员、土库曼斯坦的教授和阿塔的太太等。此处不再列出。

后　记

在《丝路北道》逐渐成形并出版的过程中，我获得过许多朋友的关怀与帮助，对此我深感亏欠与感激。

这本书的雏形最初是一系列公众号文章，其时朋友胡文、张依伦、杨扬、胡楠和曹玉骞对个别章节提出的反馈让我找到了写作的方向，蒲肖依甚至在当时就为我的作品寻求了出版的可能性。在我将公众号文章收集成册、修改为第二稿后的疲惫低潮期，是内河老师的鼓励让这本书有了继续完成的可能。在那几个月里，大头马老师在写作和寻找出版社上提供了热情的支持，而李净植给出的醍醐灌顶的建议，帮助我最终找到了合适的叙事风格。第三稿完成后，朋友席亦舒、赵晓一、郭沐子千、卢悦、熊月剑、叶离、雷宛听不吝时间阅读全稿，给予了重要的反馈，而师妹李文怡下班之后制作全书插画每每忙到深夜，让我在感动之余不免自责内疚。感谢孙晶老师和夏德元老师对我的认可与陪伴，让这本书有机会走完出版之路，而葛剑雄教授与顾春芳教授对本书的推荐、文汇出版社社长及总编辑周伯军老师对题材的支持、以及编辑陈屹老师和装帧设计张今亮、任晓宇老师为《丝路北道》最终出版所做的工作，都让我倍感幸运。

本书的每一稿都有一两位首读读者，他们是我在写作过程中感到忐忑时首先倚仗的人：夏楠提出了无数及时而诚恳的建议，而许如清每次收到文章后都会放下忙碌的工作开始阅读，为我提供鼓励与有趣的思路，对此我十分感激。最后我必须对我的家人特别道一声谢谢，尤其是妻子胡诗雪。她在本书断断续续近四年半的写作修改中陪伴我走过高潮和低谷。虽然她从未踏上过丝路的土地，但在这条路上已和我同走了无数遍。

彭英之

2023 年 4 月于中国香港